萌宠物语系列

汪说

你是我的
全世界

N O O F

[奥]弗朗茨·卡夫卡 等 / 著

冯金辛 等 / 译

中国文史出版社

图书在版编目（CIP）数据

汪说：你是我的全世界 /（奥）弗朗茨·卡夫卡等
著；冯金辛等译. — 北京：中国文史出版社，2020.2
（萌宠物语系列 / 张春霞主编）
ISBN 978-7-5205-1732-4

Ⅰ.①汪… Ⅱ.①弗…②冯… Ⅲ.①短篇小说 — 小
说集 — 世界 Ⅳ.①I14

中国版本图书馆CIP数据核字（2019）第267380号

责任编辑：张春霞 高 贝

出版发行：中国文史出版社

社 址：北京市海淀区西八里庄69号 邮编：100142

电 话：010-81136606 81136602 81136603（发行部）

传 真：010-81136655

印 装：北京新华印刷有限公司

经 销：全国新华书店

开 本：787mm×1092mm 1/32

印 张：8.25 字数：200千字

版 次：2020年6月第1版

印 次：2020年6月第1次印刷

定 价：36.80元

目录

Contents

烈焰中的导盲犬

[美]W. A.克里斯坦松

我已经和阿尔莫一起旅行了十万多英里。

有一次旅行的时候，我们住进了老朋友亨利·巴克的旅馆。多年来，他一直是加利福尼亚西部港口城市奥克兰一家大路旅馆的老板。

知道我喜欢安静的房间，这一次，他专门给我们安排了旅馆的三层也就是顶层的一个房间。我们旅途劳顿，而且晚上还得出远门，所以想下午躺下来休息一会儿。我们刚睡了几分钟，就被阿尔莫焦躁地来回跑动的声音惊醒了。这对它来说是不正常的。我仔细倾听，想搞清楚到底是怎么一回事。很快，它跑到我的床前，用爪子抓住我，哀叫起来。这更使我确信有麻烦了，可是我无法判断到底出了什么事。

我站起来，给它套上牵索，拿起拐杖，进了走廊。走廊通向电梯和楼梯。我没听到有人走动的声音。根据我的判断，应该是一切正常。于是，我命令阿尔莫回房间去。我正要给它解开牵索，这时候，它又一次哀号起来，跳着往我身上扑。接着，传来一阵很特别的轰隆声和号叫声，混杂着玻璃破碎时的"哗啦"声。旅馆里的某个地方开始一阵阵地骚乱起来，人们尖声叫喊着："起火啦，起火啦——旅馆起火啦！"

我一下子想到，旅馆是一座木结构的大楼，火着起来将是非常快的。我命令阿尔莫："到大门口去！"我急匆匆地催着它沿着走廊奔向电梯，希望能在走廊里遇到一个人，告诉我木楼的哪一部分失火了。当我跑了几百步远，到了通向电梯口的走廊拐角处时，已经不需要别人告诉我哪里起火、火情有多严重啦。因为，在我们转过拐角冲向电梯的时候，阿尔莫突然停了下来，拽着我使劲往后拖。我只能感觉到走廊已经烧成了一片火海。那些令人痛苦的"噼啪"声和炙人的酷热告诉我，火势起得很猛，而且已经无法控制。我能听到远处凄厉的呼叫，好像就是楼下着急地跑来跑去的人们发出来的声音。楼下的房门"砰砰"作响，因为房客都在十万火急地逃离自己的房间，飞奔着穿过走廊，互相招呼着逃生。好像除了我们，没有别人住在顶楼上。

起初我以为大火是从下面两层烧起来的，然后烧到了上面一层。那时候我还不知道，火苗最初就是从我们住的这一层烧起的。后来我听说，火灾是由于顶楼上电线破损漏电引起的。火已经在墙体里和天花板上着了好长时间，也没有人发现。火舌蹿出来以后，开始在通向楼梯和电梯的走廊里大面积地燃烧起来，它释放出来的滚滚浓烈的黑烟很快弥漫了整个走廊。

当我们周围的烟雾越来越密集的时候，烈焰也不断地在向我们逼近，烤得人越来越难受。阿尔莫又一次猛地拖着我，向我房间的方向撤退。我知道通向电梯和楼梯的路被掐断了，但是还不知道在哪里能找到安全出口。于是，我和阿尔莫冲回房间，唤醒我的妻子。如果我们想找到一条逃生的路，那就一秒钟也不能耽搁。妻子跟着我跑进走廊。我很惊讶地听见她说："我们该往哪里走呢？"

"你看不见该往哪里走吗？"

"看不见，"她说，"烟太大了，根本看不清。"话音刚落，我们就被封在了一片黑压压、浓密的烟雾中，呛得谁也透不过气来。这一切以及越来越近的消防车的尖啸的汽笛声，让我心里突然产生了恐惧的感觉。我万分恐惧，下意识地给阿尔莫下了一道命令："到大门口——出去！"就在它犹豫不决，判断该往哪边走的时候，我好像一下子摆脱了刚才一直包围着我的那股恐惧。我妻子紧紧地抓住我的胳膊，我能感觉到她在发抖。阿尔莫贴近地板，嗅到了烟雾最稀薄的地方的空气。它很有把握地知道了该走哪条道，于是拽着我们两个人，沿着走廊向相反的方向跑去。火苗正从后面快速地向我们扑来。

"我们怎样才能救出阿尔莫？"当我的脑海里突然闪现出这个问题的时候，恐惧又一次闯入我的心里。"快点，快点！"我冲着它大声喊，好让它透过救火车密集的呼啸声和大街上人群的叫喊声听到我的声音。它火急火燎地在前头开路，领着我们转过一个又一个走廊，寻找出口。到了走廊的一个交叉口，它突然停下来，用力嗅着空气，以便确定哪一条走廊通向出口。因为烟雾太浓，它没法看到远处。它警觉地站了一会儿，然后向左急转弯，继续向前跑去，跑了几码远，停在一个窗口前。我们打开窗户，发现它正好通向一个安全出口。我意识到这里终于有了新鲜空气，有了通往安全地带的通道。感谢上帝把灵性赐给了这条忠实的好狗，把它带到了我的生活中。

在这里，我们又面临着新的问题。一打开那扇窗，就开辟了通往走廊的通风道，这样就把更多的烟雾和火焰吸进我们这条通道里来了。我妻子看了一眼安全出口，然后告诉我，我们不可能让阿尔莫穿过这个小小的出口，或者顺着那个窄小的、直通下面的屋顶的梯子下去。我当时的一个想法是，让阿尔莫从窗口进到安全出口，那样我们就有可能被发现，我们求救的喊声就有可能被听见。于是我命令阿尔莫："出去！"但是它拒绝走。我试图把它举起来从窗口塞过去，但它极力反抗。

站在我们下面的屋顶上观察火势的两个人看到了我们正在窗口挣扎，便顺着安全出口的梯子爬上来营救我们。接着，一个消防队员也从同一个通道上来了。阿尔莫还在反抗着，拒绝我们企图把它塞过窗口的努力。消防队员又看了一眼走廊里的大火，发现火势蔓延得太凶猛，就在我的耳边大声喊道："你得把狗留下，自己冲出去逃生。"

我马上就明白了阿尔莫为什么不愿意从窗口逃出去，它是不愿意离开我。爬出窗口以后，我招呼它跟上来，它马上就跟过来了。

消防队员和我妻子都坚持让我第一个走下梯子。我情绪很激动，匆忙当中，大衣让一个尖尖的东西给钩住了，钩得紧紧的。我挣扎着想脱开的时候，一失足便从梯子的横档上滑了下来，大衣给钩掉了；我滚落了好几英尺，掉到下面的房顶上。我还以为是安全出口坍塌了。这一下摔得我头发晕，心乱跳。但当我听到上面的嘈杂声和周围的人们激动地喊着"把狗扔下去！"的时候，我急忙站了起来。断裂的四肢、断裂的脊背、严重的内伤、手枪的射击声，和一个刚刚救了我们性命的奇迹般的动物的生命终结——这样的幻象令我发狂。记得我当时疯狂地冲着消防队员喊："不要把狗扔了！"消防队员没有任何工具能把阿尔莫放下来。他和另外两个人犹豫着，不知道如何处理阿尔莫，怕它咬人。

在这里，我们要向我们的兽医表示感谢。他曾经教给我们把一只大狗举起来的正确方法，让狗既不会挣扎，也不会受伤。我的妻子提议消防队员用这种方法试试，把他的两只胳膊放在阿尔莫身下后腿的前边、前腿的后边的位置——牧羊人就是用这种方法举起小羊羔的。消防队员照着做了，发现这样能很轻松地把阿尔莫举过栏杆。接着，他抓起牵索的抓手，尽力把狗往下递，然后一松手，让狗落到了正在房顶上等着接它的几个人的怀里。

阿尔莫一着地就蹦着跳着朝我跑过来，兴奋地叫着。它直立着后腿，站起来狂热地吻我。尽管我的妻子差点儿让烟给呛死，她还是安全地下来了；她又来到了我的身边，我觉得很宽慰。救我们的那两个人和消防队员刚刚下到房顶，大火就从我们逃生的那个窗口喷涌而出。消防队员大声喊着："让我们把房顶清扫干净！"因为，下面仓库里存放的是汽油和柴油，随时都可能起火、爆炸。我们在一排平房的屋顶上拼命地跑来跑去，急切地寻找着下到地面上的路。我们跑着，从一个屋顶翻到另一个屋顶上。等到了地面上的时候，我们的力气几乎用尽了。但是，阿尔莫从容不迫地领着我们走到人行道上，在那些转来转去、情绪激动的人群中穿行，他们正在看旅馆失火。它小心翼翼地绕过灭火水龙带、汽车、消防车以及消防队的化学武器和云梯车，把我们安全地带到

了自家的汽车前。我们的车停放在好几个街区之外。

到了停车场的时候，由于神经高度紧张，焦虑不安，我们已是筋疲力尽。我们体验过一段令人惊骇的经历，很高兴能有一个"避难所"可以让我们沉下心来想一想。停车场的服务员都跑去看旅馆着火了，只有我们自己静静地待在那里。我的注意力转到了身旁这只高贵的动物身上。我和妻子正在抚弄着小狗，表扬它刚才所做的好事，感谢上苍让我们安全地逃离了这死亡的恐怖。这时，一大群报社记者和摄影师从天而降，问了很多阿尔莫是怎样把我们救出来的问题，并且给它拍了一些照片。阿尔莫就这样成了这一时期的英雄，它的英雄故事传遍了两个大洲。

（杨春霞 译）

一只狗的遗嘱

［美］尤金·奥尼尔

　　我的家人、朋友，还有其他一些熟识的人，都会亲切地称呼我为伯莱明，但我原来叫席尔维丹·安伯伦·欧尼尔。

　　我深深地体会到了衰老带来的一系列麻烦，还有如魔鬼般的病痛让我饱受折磨，这一切的痛苦都让我意识到自己很快会离开这个世界，离开我的亲人、朋友了。我将把我所有的感情与遗嘱都深埋在主人的心灵深处。他会在我死之后发现这一切，发现心灵深处埋葬着的情感。当他感到孤独时，也许就会把我想起，那时他将体会到我这份深重的感情。我希望他把我的感情一直放在心上，直到永远，当作对我的纪念。

　　我几乎没有什么可以留下的。为什么呢？我们要比人类聪明许多，不会花大把的时间去存钱，也不会收藏一些乱七八糟的什物放在仓库，更不会为了得到的更多而扰乱睡眠。

　　我留给他人的是什么呢？没有任何值钱的东西，只有爱，只有信赖。所有爱过我的人，都可以得到我的爱和信赖，特别是我的男主人跟女主人。我知道，因为我的离开，他们会献上最真挚的哀悼。

我多希望，主人可以永远记住我，不要忘了我们曾经的日子。但我并不希望，他们因为我的离开而痛苦太久。我活着，每当他们感到悲伤，我总是竭尽所能去慰藉；每当他们感到快乐，我就努力再为他们添几分欢愉。可是每当想到，我死后他们肯定会悲伤不已，我就感到分外痛苦，极度不安。

我得让我的主人们知道，我生活得很快乐，比任何一只狗都要快乐。因为一直以来，你们关心我，爱护我。这是我莫大的福分。现在，我又瞎又聋又瘸，没有了往日灵敏的嗅觉，小兔子可以在我眼皮底下大摇大摆地走动了。因为这病痛，因为这衰老，我还有什么尊严可言！我知道，是时候与大家告别了。我不想成为你们的负担，所有爱我的人。

我悲伤，不是因为将死。人害怕死亡，我们狗却不怕，我们将死亡视为生命的一部分。死亡并非毁掉生命的恐怖灵异。我悲伤，实因难舍我深爱的人。

死亡以后，我将去往天堂。我宁愿相信这点。在天堂，所有的人都不会饥饿，也不会衰老。在天堂，每天都过着快乐的日子，每刻都可以享受美食。到了夜晚，一个个不会熄灭的壁炉，一根根燃烧成卷曲状的木柴，一团团跳跃着的火焰。我们悠闲地打盹，然后进入甜美的梦乡。梦里面，再现我们在人间的英勇时光，再现对男女主人的深切爱怜。

预知自己离开的时间，确是一件难事。纵然如此，也要保证死亡前的时间一定是平静的、安详的，为了衰老疲倦的身心的需要。我要静静地享受在人间最后的日子，带着人类给我的厚爱长眠于此。

我想，这该是最完美的结局。

有一次，女主人对别人说："如果有一天伯莱明死了，我肯定不会再养狗了，因为我深爱他。我无法再把自己的感情倾注到其他狗身上了。"

但我想恳求我的主人，请她再养一只狗！并把给我的爱给他。我坚信，就算再养一只狗，他们依旧会记得我，怀念我。

在主人家这么久，我明白，他们已经习惯了有狗陪伴的日子。如果我离开了，他们会受不了。这是我不想看到的。我是一只心胸开阔，而且嫉妒心不强的狗。我一直觉得，凡为狗类，大都如此。

代替我的狗，应该年轻力壮，就如我年轻时一样。我以为，达尔马提亚狗是最佳选择。他有良好的行为举止，而且帅气又忠诚。亲爱的主人，你切切要记住：不要让他做无法胜任的事情。

对于你交办的一切事情，他都会尽最大的努力去做。这是肯定的！但他也有自身的缺点与不足。千万不要拿他的缺点、不足与我做比较，尽管这样你们会记起我，但我觉得不应该这样伤害他。

我的皮带和外套，我的颈圈，还有那雨衣，请把这些都给他吧。以前大家都羡慕我，因为我拥有这些精美的衣物。也许他穿戴起来没有我英俊潇洒，但我绝对相信，他肯定会用自己最好的状态去表现。他绝不肯让自己表现得笨拙、不识大体。

生活在这个温暖的牧场里，他在某些方面如我年轻时那么优秀。我觉得，在追逐长耳朵大野兔上，他要比我优秀很多。无论如何，我都希

望他在这个家庭里过得快乐、幸福。

亲爱的男女主人，这是我离开前最后一个请求了，就是无论在什么时候，你们来我的坟前看望我时，都可以记起我们共同生活的那些日子，并用满怀哀伤又欣慰的语气说："我们爱的以及爱我们的朋友，埋葬在这里。"

请你们相信，无论我睡得多深沉，都会听到你们说的话，感受到你们的心意。一切死神的力量，都阻止不了我对你们欢快摇尾巴的致意。

我在渡口等你

[加] 欧内斯特·汤普森

切维厄特，这个遥远的城市，是小巫利出生的地方。小巫利出生之后不久，他的兄弟们便相继都被送了出去，只有他跟另外一只留了下来。什么原因呢？全因为巫利是一只黄毛靓狗，而那位兄弟长得酷似附近一只最优秀的狗。

这两年来，小巫利过的是什么样的生活？他过着牧羊犬的生活，跟着一只资深的牧羊犬学本领。两年下来，巫利通过了全套的牧羊训练，练就了熟练的技能。

罗宾对巫利非常放心，所以常常让它独自在山上看管羊群，而自己却整夜泡在酒吧里。罗宾是谁？罗宾就是巫利的主人。这位老牧人最大的爱好就是喝酒，每天以饮酒为乐，整天糊里糊涂过日子。

罗宾很欣赏巫利，极少呵斥他，更不会采用粗暴行为。所以在巫利心中，罗宾是个非常棒的主人。不管你何等的精明或强大，在巫利的

心中都比不上老罗宾。他对罗宾是那样的虔诚。

巫利对老罗宾特别服从，以此来报答老罗宾对他的赏识。巫利不知道，老罗宾全部的体力和脑力都以每周五先令的价格抵押给了一位牛羊贩子。什么意思呢？那个牛羊贩子才是巫利所看管的羊群的主人。不过，这位牛羊贩子还不够财大气粗，跟附近的那些乡绅们相比，还差着一大块。

这天，罗宾得到了牛羊贩子的命令。命令就是，他需要把374只羊装上马车，赶到约克州的码头和市场上去。在枯燥的旅途中，巫利最为活泼。路经诺森伯兰时，一切都还顺利。

然后，他们到达了泰恩河，乘渡船行至南布尔兹，在那儿安全上岸。南布尔兹烟雾弥漫，你说是什么原因？这里林立着许多工厂的大烟囱，不断地喷吐着浓烟。铅灰色的浓烟不断地往外冒着，伴随着的是工厂机器不倦的轰鸣。浓烟了不得，瞧去像暴风雨来临时的乌云一样，使光线变得非常昏暗。

在羊儿们的眼中，那的确就是乌云。看来暴风雨就要来了！一定是一场异乎寻常的大风暴！羊儿们个个吓得惊慌失措。这个时候，什么牧羊犬，什么老羊倌，全都被抛到了脑后。这些异乡的羊根本不顾牧羊人的看管，在大街上四处乱窜，寻找能够躲藏的地方。

目睹到这样的场景，罗宾会做何感想？他瞠目结舌，不知道该怎么办。但是一回过神来，他就赶紧下令："快，巫利，赶它们回来！要快！"

谁见了罗宾都会惊讶——前一会儿还焦急万分，一转眼又放松了下来。现在他坐了下来，不紧不慢地点上了烟斗，取出织了一半的短筒袜，开始编织起来。他知道，巫利从来不会让他失望，而这次也是一样。

对巫利而言，罗宾的命令堪比上帝的旨意。他连续朝不同的方向奔去，把奔散四处的羊儿拦集在一起，再带到罗宾前面的渡口小屋那儿。整个过程从开始到结束，罗宾的表情一直都没有变化过，他站在渡口上，手中还拿着才被织好的袜子，呆头呆脑地观看巫利怎样赶羊。

巫利在示意——是的，是巫利，而不是罗宾——羊都回来了。于是，老罗宾，这位糊涂的羊倌开始清点他的羊群了——370，371，372，373。

"巫利！"老羊倌开始责难他忠诚的狗儿，"373，你听到了！还有一只羊在哪里？"

巫利感到无地自容。他立马跳了起来，赶紧再次冲出去寻那只丢失的羊。巫利不知道，就在他刚离开一会儿，旁边有个看热闹的小孩又把羊群数了一遍，然后告诉羊倌："是你数错了，一只羊也没少。"

老罗宾重新数了一遍，果然是自己数错了，羊一只也没少。这下，老罗宾为难了。根据主人的命令，罗宾必须尽快赶到约克郡，耽误的话工钱可就没了。巫利呢，罗宾是了解的，巫利自尊心极强，不管找多久，找不到那只羊绝不肯回来。巫利也许会偷一只羊回来凑数。这样的事情不是没出现过，结果都弄得很麻烦。如果巫利又这么干了，加之这次身处他乡，罗宾可能会被当成小偷，给人抓起来。

罗宾非常舍不得巫利，但他还是痛下决心，抛弃了巫利，独自带着羊群走了。巫利哪里知道自己被抛弃了，他在大街上跑了几英里路，徒劳地寻找那只根本没有丢失的羊。他如此奔波了整整一天。夜色悄悄降临，巫利累了，也饿了。

他满心愧疚，再次来到渡口。他是偷偷来的。当然，他没有看到主人，也没有看到羊群。他是那么的悲伤。他跑着，找着，找遍了所有的地方，依旧找不到老羊倌。他搭上渡船，到河对岸寻找，再回到南希尔兹来找。他寻找了整整一夜。第二天，他还在寻找，他在河上来来回回地不知道往返了多少次。他注意每一个经过河边的人，还不断去附近的酒吧寻找。第三天，他仍然没有放弃。他开始有意识地嗅所有从渡口经过的脚。

这里的渡船，每天要来回五十次，每次平均有一百个人。巫利站在跳板上，嗅这些来来往往的脚，一双都没有漏掉。巫利一天嗅过的脚就有一万只。多么惊人的工作量啊！他是多么的坚毅、忠诚、执着！

为了寻找主人，他已经忘记了吃饭和睡觉。一个礼拜过去了，他依然如此。无可避免地，他的健康因为过度忧伤和饥饿而糟糕起来。他的脾气也变得糟糕了。他瘦弱了，但是更令人害怕了，因为谁都能感受得到他愤怒的火焰。

在巫利的祈盼中，时间慢慢地划过。一天天，一周周。老羊倌还是没有回来。巫利的忠诚打动了渡船工人，他们对这只固执的狗充满了尊重。大家不时送给他一些食物，起初他不肯接受。他是依靠什么顽强地生存着，没有人知道。到了后来，他可能因为实在找不到食物了，才慢慢接受了渡船工人的赠予。

我和他相识的时候，已经是十四个月之后了。黄狗恢复了昔日可爱的外表，却仍然执拗地坚守着岗位。他把耳朵笔直地竖起，颈上的茸毛如雪般白，衬托着那聪明秀气的脸。他发现我的腿并非他主人的腿，立即就对我失去了兴趣，连抬头看我一眼都不肯了。

我用了十个月的时间向他示好，但他不为所动，只把我当作一个陌生人。他日复一日地守望着渡口，而我从来都不是他信任的对象。他在渡口处坚守了整整两年，没有回到原来山上的家中。他是嫌家远吗？或者怕迷路？当然不是，只因他相信罗宾。既然罗宾让他留在渡口，他就应该永远在那里等他。

他常常渡河去寻找。渡河可不是免费的，一只狗一次的摆渡费是一便士。我明知道，十二便士是一先令，二十先令是一镑。你想知道巫利已经拖欠了多少摆渡费吗？好几百镑！在摆渡公司的账簿上，巫利已经欠下了几百英镑的债务！

两年来，巫利鉴定了几百万只脚，不过始终是白费力气。长时间等待的煎熬，让它的脚气变得越来越怪。不过，他对主人的忠诚从未动摇过。

一天，一个陌生人从船台上走下来。巫利机械地嗅着他的脚，突然惊跳起来，耸起全身的毛，浑身打着哆嗦，嗓子发出低沉的吠叫。巫利何以如此？那是一位赶畜人，身体很强壮，不过似乎也没什么特别的。

一名渡船工人误会了，高喊："嗨，伙计，那条狗惹不得！"

"你个蠢货，我没惹他，是他在惹我！"赶畜人叫道。

巫利的态度突然变了样，开始对那个赶畜人示好，尾巴几年来从没摇动过，也破天荒地摇起来了。人们见此情形，无不啧啧称奇。

原来，那个赶畜人名叫多利，和罗宾很熟。他的手套、围巾，都是罗宾亲手编织的，而且罗宾自己还用过一段时期。于是，从这位名叫多利的赶畜人身上，巫利嗅到了主人的气息。再则，巫利知道没有希望再回到主人身边，就决定放弃在渡口的守候工作。他愿意永远跟随这位赶畜人。

多利非常高兴，就把巫利带回了家。多利的家位于德比郡，那里群山环绕。巫利再次成了一只牧羊犬，看管多利的羊群。

为爱而生

[美]伊莉莎白·马歇尔·汤玛士

　　我跟大多数人一样，都想进入一种非人类的生物意识中，渴望多了解一些各种动物的生活情况。

　　我家的玛莉美丽端庄，身体健康，精力充沛，亭亭玉立。总之，没的挑剔，称得上是一位美少女。邻居家那只邋遢的巴哥，每天都到我家门口对玛丽抛媚眼，抓住一切能亲近玛莉的机会。但是玛莉总当他是空气，每次都很洒脱地与他擦身而过。可怜那个傻瓜，只能眼巴巴地看着玛莉从他眼前消失。

　　那天，我在街头看到了米其。他正和几个小混混打架。在搏击中，米其那黑黝黝的身体散发着无限的能量，真是个很棒的家伙。但是对方人多势众，米其渐渐处于劣势。我再也忍不住了，跑上去把那些家伙赶走。但是米其却不以为然，好像我的帮助让他丢了面子。

　　他冲着那帮离去的家伙撒了一泡尿。为了表示他对他们的鄙视、轻蔻，他还故意踮起脚，让腹部向上倾斜，这样他的尿液就洒到了一根一米高的灯杆上。他看上去很得意！

我喜欢上了这个有个性的家伙，觉得不该让他跟那些平庸之辈一样在外流浪，这会埋没了他的才能。所以我决定，让他到我家，让他过好点的生活。于是我跟他说："哈喽，来我家吧！"

米其来我家的时候，巴哥还站在那里傻等着玛莉。看到米其，巴哥吓了一跳，因为他比自己足足大了两倍！

米其则权当看不到巴哥，三步并作两步，绅士般走到玛莉面前，然后立定停下。玛莉这丫头也忘了女孩子应有的矜持，居然立马摆出欢迎的姿态。

没过多久，他们便熟络起来了。他们在房子里转来移去：一会在沙发，一会又跳到阳台的矮桌上，接着又跳到卧室的地板上。他们有时还跳起舞来，步伐是如此的轻盈，犹如蜻蜓点水般。他们活力无限，还常常眉目传情，完全陶醉在了彼此的眼眸里。

不知道什么时候，巴哥进来了，为了引起他们的注意，他趾高气扬地在米其的长腿间徘徊，还摆出一副庄重的样子。但此时的米其与玛莉正玩得起劲，眼里只有彼此，哪里还看得见他啊……

正是这次彻底伤了巴哥的心，以后他很少来我家。

从认识的那天起，米其和玛莉就形影不离，他们在同一个钵吃饭，一起走相同的路，连睡觉都在一起。米其经常带着玛莉故地重游，有时候玩得太晚了他们甚至一块在外面过夜，次日早晨才拖着疲惫的身躯回来，脸上却浮现着意犹未尽的样子。他们好几次被我在前廊台阶上撞见。

他们到处游山玩水。去哪儿对米其来说根本不是什么难事，他在流浪那会儿已经对这个小城市熟透了，他闭上眼睛，靠嗅觉就可以找到曾经居住过的地方。米其一般都会先设计好路线，不过到了往往不是按计划进行。玛莉由于年轻，体力好，而且爱撒娇，总爱跑到米其前面，还不时地回头看看他，好像在说："我跑得比你快哦！"但是玛莉经常搞错方向，这时米其就不得不追上她。

玛莉做事喜欢随兴，米其却也任由她去，只要她高兴就好。玛莉方向感比较差，但是她聪明劲儿还是有的。有几次他们俩跑得太远了，在一户人家前面停下来。这户人家看到他们身上所挂的吊牌，都会打电话给我，我便急忙开车来接他们。这时候玛莉一点也不感觉怎样，反而好像一位上街购物逛累了的贵妇一样，优雅地上了车。

他们去外面玩的时候曾经过一次架，我是在阳台上看到的。就在前面那个拥挤的路口，这条街区上臭名昭著的恶霸——鲍曼看到他们就冲了出来，对着他们凶狠地咆哮，很明显是在挑衅。

他比米其还要大得多，就算米其与玛莉合起来也不是他的对手，但是米其仍旧一副目中无人的样子，连正眼都不看他一下，尾巴像旗杆一样坚挺着，趾高气扬地大步向前，完全当鲍曼不存在。我当时被他的勇敢佩服得五体投地，别提有多兴奋了。但是玛莉不同了，她毕竟是女孩子，被鲍曼的气势给吓得够呛，伏在墙角边不敢动。

米其愤怒了，"咻"的一声跑了来。强大的爆发力加上奔跑中的惯性，鲍曼一下就被他撞到一边。玛莉见状连忙爬起来，站到丈夫身边，盯着鲍曼，大声吠叫。

鲍曼好不容易才缓过神来，他慢慢地转身，看着对面这对夫妻，一脸惊讶的样子。鲍曼还很少栽跟头呢。他的示威声越来越微弱了，再不敢贸然发动进攻了。

玛莉终于松了一口气，她转过身，想要继续前行。鲍曼紧张已极，神经绷得紧紧的，这时就误以为玛莉是要发动袭击，于是本能地扑向了她，以变被动为主动。说时迟那时快，就在这电光火石间，米其也扑向了鲍曼，以便阻碍他的攻势。先是玛莉矫捷地躲开了鲍曼，然后鲍曼被米其咬住了脖子。鲍曼疼得跳了起来，拼命想挣脱开米其，但这时他沮丧地看到，玛莉冲过来了。她一口咬住了鲍曼的腿。鲍曼像疯了一样拼命挣扎，最后落荒而逃。就这样，他们夫妻俩合力把他击退了。

这以后，米其与玛莉每次经过这个街口，都做出怡然自得的样子，而鲍曼也不敢再叫嚣了。

玛莉不像大多数母狗那样，母狗大都有好几个性伴侣，但是玛莉这一辈子就只认定了米其！狗也有如此浪漫、忠贞的感情？有的人对此嗤之以鼻。他们真应该看看我的这两只宠物狗，那样就会自动改变想法了。

第一次交配，他们——米其和玛莉——刚认识不久。那天，玛莉满眼柔情，将自己的尾巴轻轻移开，紧紧贴住身体的一侧。米其上前去，抬起前脚放到她的肩上，之后就是性器官的交接。玛莉忍不住哭了一声，因为这是她的第一次。疼是疼了些，但她没有跑开。他们紧紧地结合在了一起。

不知几时，巴哥跑来了。他不计前嫌，跑来参加邻居的婚礼。巴哥的神情一如从前，还是充满着温柔，当时我也在那里，巴哥不时抬眼望望我，似乎想知道我是否和他一样，也有成人之美，是否也为这桩喜事感到欢喜。

这对亲密的爱人，时而亲昵地耳语，时而兴奋着欢呼。他们一起跑来跑去，脸上洋溢着幸福的光辉！他们爱情的结晶很快就出世了，分别是西蒙、菲戈、诺曼。这三个小伙子，长得和米其一样。

玛莉初当妈妈，把孩子的脐带、胎膜都吃下肚里，每只小狗都被清理得干净无瑕。大多数母亲都伸出双臂去保护宝贝孩子，而我的玛莉则常常把后腿合拢，靠紧腹部，身体蜷曲成了一个毛球。她用四肢把小狗们紧紧地裹起来，让别人几乎察觉不到小狗的存在。

她防备心十足，时刻保持着警惕，一副冷冰冰的样子。连我都没有办法碰玛莉的孩子。我有时想看看小狗，可这时玛莉的身体就蜷缩得更紧。不过我很有耐心，当我又一次小心探望时，她终于允许了，终于肯让我看看她的心肝宝贝了。我瞧见，小狗们都那么干净，粉扑扑的，十分可爱！

很快，米其也意识到自己应担负起父亲的责任了。他跳到椅子上、沙发上，欣慰地俯视着在地板上肆意玩耍的宝宝们，他时刻准备着。准备着什么？当宝宝打架时，米其就得赶上前，把他们分开。等到小狗长到四个月大，米其就带他们到外面漫游。

从前米其喜欢独自去玩，可是自从当了爸爸后，他就经常带上三个儿子一起出门。玛莉一个人待在家中，既幸福又焦急地守在门口，盼望着亲人的归来。一听见米其回来，她迫不及待地迎上前去。这时，米其会乖乖地站着，耐心接受老婆的盘查。

后来，在关于动物习性的书中，我了解到这是狗的本能行为。狗从别的地方回来时，身上带着某些气味，而这会发出一些信息，比如他曾去过哪些地方。他愿意让别的狗闻他，意味着他乐意与其分享信息。

米其教给了孩子们一身本领，使得这几个小家伙在附近街区所向披靡。不过他们也遗传了米其和玛莉的优良品行，并不称王称霸。老大西蒙长到五岁时，娶了妻子。妻子是野生土狼家族中最美丽的土狼小姐。他们留下了三只混血后代，所以如今郊外的土狼群体中，肯定有我家西蒙的血统呢。

十八年后，可能是因为思念那先逝的土狼妻子，年老的西蒙即使患上了老年痴呆症，还是经常出现在郊外的树林里。我挺担心他，搜寻了他许久，终于在呼啸的北风中看到一个虚弱的身影，正是西蒙。雪花纷飞，北风凛冽。他无知无觉，一步步艰难地走着。他因为痴呆而不认识我了。不过，他的方向感似乎没有受到影响，这应该归功于他父亲米其给他的良好训练。无论如何，他总能记得回家的路。

米其丧命于一场突如其来的车祸。那个我永远都忘不了的下午，他奔跑着追捕一只土狼。这时一辆汽车迎面而来，米其拼命停住脚步。但是刚下过大雨，草地很滑，他的身体不受控制，继续向前滑行，停不下来。就这样，不幸发生了。他的身躯被汽车撞飞了。

我从窗户翻身出去，一边叫喊妻子去车库开车，一边冲向受伤的米其。玛莉和西蒙也闻声赶来，他们只能眼睁睁地看着躺在地上的米其。米其的前腿流着血，他痛苦而虚弱地呻吟着。我心疼极了，轻轻地把他抱进车里。玛莉也跳上了车，帮他舔舐伤口，紧张地望着他。我愤怒地踹那位司机。我已经悲愤得无法说出话来。我把玛莉从车里抱出来，然后就用最快的速度驶向兽医院。

时至今日我还很后悔，后悔那些年住在远离市中心的郊外。这耽误了治疗时间。我之所以选择住在郊外，是为了给我的狗儿一个更大、更自由的生活空间。但是我现在感到后悔了。尽管兽医尽力了，但还是晚了。米其的血是止住了，但仍是命若游丝。那个悲伤的夜晚，我一次又一次抚摸着他的脑袋、背脊，希望能减轻他肉体上的痛苦，给他最后的温暖。但最后，他的身体还是一点点地凉了……我们在街口相遇，此后一起生活了三年。三年里，他与玛莉生下了三只狗宝宝，他们一家给了我们无数的快乐和慰藉。

透过后视镜，我看见玛莉追在车后，跑了好几英里。她在后面，在街角的尽头焦虑地踱步、打转，仿佛秋天里掉落的叶子，透着悲伤的意味。她慢慢地在我的视野里消失掉。后来妻子告诉我，玛莉那天迷路了，久久地蜷曲在路边，直到被发现。妻子说当她发现玛莉的时候，"玛莉一脸的泪水"。我听了，也不禁黯然神伤，泪水顿时盈满了眼眶，然后砰然坠落。

我安置好米其的后事，把他的项圈取下来拿回家。我远远就看到了玛莉，她头伸出窗外，急切地望着。我还没有走到家，玛莉就迫切地从窗户里跳了出来，朝这边跑来了。她以为自己能看到安然无恙的米其。但是车里只有我，没有米其。玛莉在我的裤腿上使劲嗅着，试图寻找与米其有关的一切信息。我看着她，不知该如何告知她米其死了，再也回不来了。但我清楚，她终究会知道的。我心如刀割般疼痛，止不住的泪水涟涟。

那是一段难熬的时期。玛莉常常把头探到窗外，俯视远处的公路，试图等回她深爱的米其。但这只能是徒劳的了。渐渐地，玛莉终于承认了米其已经死去的事实。但是她性情大变，再也没有了先前的活力和风采，变得闷闷不乐，行动迟钝。无论周围发生什么，都不能引起她的兴趣了。有时她又特别敏感，很容易被激怒。便是自己的狗宝贝们，她也不那么上心了。不过幸运的是，孩子们这时已经不小了。

玛莉后来也是在那家医院去世的。因为肾功能衰竭，她只好进了医院。医院的一切都令她焦躁不安，这是因为我的裤脚上曾出现过这里的气息呢，还是她觉得这里有米其留下的味道和信号呢？没人能知道。

玛莉死后，我同样带回了她的项圈。回到家里，其他狗正站在我那间工作室里。那是一间相当空旷的工作室，没有开暖气。我把项圈给他们闻。他们闻完项圈，纷纷退后，并用难解的眼神望着我，似乎在思索。我无法得知他们在想什么。

我们就这样默默地站着，互相注视着对方的眼睛。他们的身体开始发出一种湿漉漉的气味，那样强烈而熟悉。

这种气味仿佛发自身体的每个毛孔，逐渐变得浓重，在工作室里弥漫开来。我突然感到：这气味是死亡带来的，交织着对血亲的思念。如同人类一般，亲人离世，虽不能陪同亲人一起去天国，却懂得用眼泪，用吊唁，来传达一种哀思；狗狗们也是一样，他们无法跟随玛莉到另外一个世界，于是选择了一种带着思念的气味来传达对亲人的爱。

我尤感欣慰的是，玛莉和米其又可以在一起了。

哑巴与狗

［俄］屠格涅夫

黄昏即将来临，哑巴盖拉辛在河边送别了达吉亚娜后，沿着河边小路慢悠悠地走着。

这时，他突然发现了一条斑点狗。小斑点狗陷入了河岸这边的泥潭里，正拼命挣扎着。它那幼小的身子因害怕而不停地发抖。

盖拉辛将这只不幸的小斑点狗托起来，把它揣在怀里后，急急忙忙地往家里赶去。回到自己住的顶楼后，他将小狗轻轻地放在床上，拿出自己的厚大衣帮它盖好，接着又去厨房向仆人讨来一杯牛奶。他把牛奶紧挨着小狗嘴巴放在床上。

可怜的小狗还那么小，眼睛才刚能睁开，看样子只生下来几个星期，还不懂得从杯子里舔牛奶。面对着这杯牛奶，小狗只是不住地发抖和眨眼。如此娇弱的小动物，激起了盖拉辛心底最温柔的部分，他轻轻地、爱怜地顺着小狗的毛发抚摸着它的头，帮助它把嘴巴贴近牛奶。在盖拉辛的引导下，小狗这才灵活地伸缩起了舌头，贪婪地舐起了牛奶。它一边喝一边响着鼻子，还不住地抖动着小小的身体。因为舐得太快，不时呛一下。

一整个晚上，盖拉辛都悉心照顾着它，一次次地为它将稻草铺好，并不断地帮它擦身体。他实在累极了，终于挨着小狗沉沉睡去。他睡得既安静又香甜。

盖拉辛照顾这只小狗，甚至比世界上随便哪个母亲照顾自己的婴儿还要仔细，还要耐心，还要温柔。一开始，小狗的身体是那么软弱无力，模样也很难看，但在盖拉辛的悉心照料下，它渐渐地强壮起来，不再瑟瑟缩缩的了。就这么过了八个月后，小斑点狗蜕变成一只非常漂亮的、人见人爱的西班牙种的狗了。它拥有了一对长长的耳朵，一双晶莹的、会说话的大眼睛和一条毛茸茸的、像喇叭一样的尾巴。

这只小狗与盖拉辛之间已结下了不解之缘，他们深深依恋着对方，走到哪儿都是如影随形。盖拉辛为它取名叫木木。木木实在活泼可爱，其他仆人也都很喜欢它。

木木对谁都非常友好，但它最喜欢的人还是盖拉辛。盖拉辛也最喜欢木木，如果有人逗木木玩，他马上就会变得很不高兴，一来是替它担心，二来也是因为嫉妒。

每天太阳一升起，木木就会跑到盖拉辛身边，去扯盖拉辛的衣服，直到把他弄醒。木木和大院里的一匹老马关系也很好，它常常用嘴衔着老马的缰绳，把老马牵到盖拉辛身边。

每次跟盖拉辛一起去河边，木木总会昂首摆出一副非常神气的派头。它为盖拉辛看护各种各样的劳动工具，不允许其他人擅自闯入他们的顶楼。

为了能让木木自由出入，盖拉辛在顶楼的门上凿开了一个小洞。木木也似乎感到，顶楼才是它可以毫无拘谨、自由自在地活动的地方，那里才是它的家。它能在里面当家做主。它一进顶楼，就轻快地跳到它与盖拉辛共同的床上。木木是一只了不起的看家狗。它晚上几乎从不睡觉，也不会无缘无故地乱吠。只有当有陌生人走近围墙，或者听到什么可疑的动静，它才吠叫两声，证明自己绝对忠于职责，绝对值得信任。

木木一直陪伴在盖拉辛左右，但它从来不踏进女主人的房间一步。每当盖拉辛将木柴送往女主人的房间，它都在外面的台阶上等他。只要门稍微有点响动，它就马上竖起耳朵仔细聆听，还把头转来转去，希望第一时间就能见到盖拉辛出来。

夏季晴朗的一天，客厅。老太太正和客人说笑。她无意走到窗前时，正好看见木木在忙着啃一块小小的骨头。

"噢，快看啊，那是只什么狗！"老太太惊叫起来，"赶快把它弄进来，好让我瞧瞧。"

女仆立即跑出去，大声叫道："斯杰班，把木木弄进来！"

这时，盖拉辛正蹲在厨房里，像儿童玩弄小鼓一般敲打着水桶。他要把里面的污垢敲打出来，再把水桶洗干净。斯杰班进了厨房后，用手势把女主人的意思说了说。盖拉辛虽然有些吃惊，但碍于女主人的命令，还是把木木叫过来，然后交给了斯杰班。

斯杰班把木木抱到客厅，轻轻地放到地板上。老太太，这座房子的

女主人，用温柔的、讨好的声音叫唤着木木，想让它走到跟前来。

木木第一次见到这么豪华的房间，显然被吓到了，于是冲向门口试图逃离。但是斯杰班守在门口，木木逃不出去，只能颤抖着紧紧地缩成一团，等待命运的摆布。

"过来，木木！别担心！"老太太高兴地叫道。

虽然女主人表现得非常友好，但木木还是局促不安，它四处张望，期望盖拉辛或者谁来解救自己。为缓和气氛，斯杰班从厨房拿来一块点心，轻轻地放在木木面前。木木不为所动，仍然恐惧地四处张望。

"你怎么了？这么好吃的东西，咋不吃呢？"女主人伸过手去，想摸摸它的头。

木木猛然回过头来，龇牙咧嘴。女主人吓了一跳，慌忙把手缩回去。她非常生气，厉声喊道："这是一只蠢狗，太讨厌了！赶快把它给我轰出去！"

第二天早上，她又派遣仆人将管家叫来。"那只狗每天晚上都汪汪地乱叫，让我怎么睡觉？我们已经有一只狗看院子了，不需要那么多。是谁允许那个愚蠢的哑巴在院子里私自养狗的？那条肮脏的狗，昨天就在我栽玫瑰花的地方啃着一些不知道是什么的脏东西！今天一定要把那条狗撵走，不要再让我看到它，听见了吗？"

"是，太太。"管家点头哈腰，不敢有一丝怠慢。随后管家叫来斯杰班，对他吩咐了几句。斯杰班接到命令，脸上带着笑离去了。

过了一会儿，盖拉辛回来了，肩上扛着一大捆木柴。木木跟在他身旁。他走到门口，微微侧过身子，把木柴扛进了房子。木木像往常一样在外面等候着盖拉辛。斯杰班趁此机会突然扑向木木，像老鹰抓小鸡一样将木木按在地上，迅速将其制服。然后他抱起木木，一溜烟跑向附近的家禽市场。在市场里，他以半个卢布将木木卖了出去，并嘱咐买主好好看住木木，不要让它乱跑。他还说将它弄得越远越好，最好让它永远也不要再在这里出现。

可怜的盖拉辛放好木柴，从屋子里出来后，发现木木不见了踪影，心里着了慌。要知道，木木每次都安守在屋外等着他，这次跑到哪儿去了呢？盖拉辛找了半天，还是没有看见木木的身影，心里有了一种不好的预感。他六神无主，就像弄丢了自己的孩子一样。他冲到楼顶，又跑到放置干草的地方，再跑到街上去四处张望……

木木到底跑到哪里去了？

他沮丧极了，向每一位仆人弯腰作揖，四处打听木木的消息。那种悲痛无望的样子，简直无法用语言形容。他认识到在院子里是找不到木木的，就跑到外面去继续寻找。当他神情忧伤地回来时，天色已经完全黑了。人们从他那跟跟跄跄的脚步、极度疲乏的神态和沾满灰尘的衣服来看，估计他可能跑了半个莫斯科。

大家望着他那落寞的身影，心里也很难受。没有人要去嘲笑他，因为他失去了最亲的伙伴。他隔壁住着一位马车夫，第二天一大早，这位马车夫悄悄告诉大家说："哑巴一晚没睡，我夜里醒来几次，都能听到他唉声叹气的声音啊！"

盖拉辛就这么一直在顶楼里待着，谁也不想见。直到第三天早上，他才肯走出来。盖拉辛吃饭的时候，只是自吃自的，不跟任何人打招呼。他那原本就毫无生气的脸，受过这般折磨后，变得更加冷峻了。他就如在寒山上待了几十万年的石头一般。吃完早饭，他又匆匆忙忙地出去了一次，但很快就双手空空地回来了。

夜晚，周围一片静悄悄，皎洁的月光倾洒下来，把整栋房子都照亮了。盖拉辛无心欣赏如玉盘般洁白无瑕的月亮，只一味地唉声叹气，不时翻个身。

正在辗转反侧之际，他突然感觉到有个什么东西在扯动着他的衣服，难道闹鬼了吗？他吃了一惊，心里害怕，不敢爬起身来查看。他反而闭紧了眼睛，好像这样一来，那不知是什么的东西就能离开似的。但是那东西似乎不打算放过他，又扯了一下他的衣服，而且这次明显用了更大的力。

盖拉辛从草堆上跳了起来。什么？他不敢相信自己眼睛，迅速用手揉了揉。没错！他非常清楚地看到，是木木！它在他面前快乐地摇着尾巴，脖子上还残留着一段绳子。哪里来的绳子呢？一定是有人想困住木木，不让它逃出来。但是绳子还是被木木咬断了。面对失而复得的木木，盖拉辛激动得无法自已。他蹲下来，万分激动而又怜惜地将木木搂在怀里，生怕稍一松手，就会再次失去它。他还不断地亲吻着它，从鼻子到眼睛，反反复复地亲吻。他搂着木木，站在原地想了一会儿。该怎么把木木藏起来而不让人发现呢？当确信周围没有任何人发现他们后，他才疾步跑回到顶楼上，怀里紧抱着木木。

盖拉辛虽然不会说话，但并不愚蠢。其实，当木木不见那时起，盖拉辛就已经暗暗猜想到，一定是女主人下命令把木木赶走的。盖拉辛下定决心，一定不能再让木木离开自己。他悄悄去了厨房，拿了一块面包喂木木，又亲密地抚爱了它一阵。他把积蓄了多天的情感充分宣泄出来后，才轻轻地把它放在床上。他们一起睡着了。

盖拉辛该如何瞒过所有的人，将木木很好地隐藏起来呢？反反复复地想了一个晚上后，他认为，白天大家都在房子里进进出出，只能让木木一直待在顶楼上。他可以利用空闲时间悄悄给它带去食物，不让它饿肚子。到了晚上，大家都去睡觉了，再把木木带出顶楼去外面嬉戏。打定了主意，天还没亮，到处黑乎乎的，他就已经起来准备干活了。出门前，他先把门上的洞用旧大衣塞紧。这个洞是他先前为方便木木出入而打的。然后，盖拉辛装作什么事也没有发生，到院子卖力干活去了。

自从木木奇迹般地回来后，盖拉辛因心里有了寄托，干起活来更轻快也更卖力了，他把院子每一个角落都打扫得一干二净，还特意将杂草一根根地拔掉，连挑剔的女主人也夸奖他如何能干，还让其他仆人都要以他为榜样。

盖拉辛白天一有空，就偷偷地带着食物回到顶楼上，照顾木木，喂它吃饭。到晚上，到了夜深人静、四处无人的时候，盖拉辛才敢带着木木出去溜达。他们在新鲜宁静的空气里悠然自得地散步，别提多开心了。

那天夜里，盖拉辛领着木木回顶楼的时候，意外发生了。木木被一阵来历不明的响声惊动了，便吠叫了起来。盖拉辛很着急，叫它赶紧闭嘴，可木木就是不听，自顾自地叫着。盖拉辛感觉到木木这么叫下去，离大祸就不远了。他赶紧抱起木木，咚咚咚地跑到楼顶上，将自己和木

木严严实实地反锁在屋里。

吠叫声已经把女主人给惊醒了。她欠起身来，愤怒地嚷道："又是那只疯狗！你们听听，那只疯狗还在院子里，它还在叫呢！是谁那么大胆放它回来的？"

管家听到狗叫声大吃一惊，这狗竟然回来了！这意味着什么？意味着他这管家没把事情处理好！他恼羞成怒，立即跑到院子中央，并吩咐人把院里所有的仆人都叫起来。他准备好好处理这件事情。

管家带领着几个人，循声赶到了盖拉辛住的顶楼。他们手里都拿着粗长的棍子。他们狠狠地砸着门，大声叫嚷道："开门开门，快点出来！"

过了一阵子，门敞开了，盖拉辛如石膏像般站在那里，定定地望着他们。见此阵势，管家反而有点不好意思，向盖拉辛解释，说他们是奉了女主人的命令才来的，是女主人讨厌盖拉辛养的那条狗，坚持要把它弄走。盖拉辛朝木木指了指，然后用手向管家和另外三人比画起来。他张开两只手掌，把自己的脖子握住，好像是用一根绳索将脖子紧紧勒住一样。那样子好像是向他们声明，既然是女主人下达的命令，他愿意由自己来承担这项处死小狗的任务。管家看着盖拉辛认真的样子，只得点点头，表示他同意由盖拉辛来处死木木。

盖拉辛轻蔑地朝他们笑了笑，又挺直身子拍了拍胸膛，再次做出保证完成任务的决心，然后"砰"地一声，用尽力气把门关上了。天真的木木一直都站在他身边看着他们，不明就里的它殷勤地向盖拉辛摇着尾巴，并露出一种想了解发生了什么的表情。

　　大约过了一个钟头，盖拉辛拉开顶楼的门，走了出来。他穿上了最好的衣服，手里牵着一根绳子，绳子拴着木木。所有的人都站在院子里，同情地看着他牵着木木走出院子。

　　盖拉辛牵着木木，一声不响地走进了附近的一家小饭馆。他点了一份放了牛肉的菜汤，然后坐在桌子跟前，胳膊无力地支在桌子上。木木顺从地站在盖拉辛的椅子旁，用它那双黑溜溜的大眼睛，默默地望着他。木木身上的毛发光溜溜的，任谁都能一眼看出，盖拉辛在出门前的那一个钟头里，一定仔仔细细地将它的毛从头到尾梳过一遍。菜汤来了，盖拉辛将盘子挨着木木放在地上。

　　可爱的木木，仍用它那惯常的姿势低头去吃东西，头低得不太高也不太低，刚好使它的嘴能挨到食物，而不会弄脏下巴或者鼻子。盖拉辛凝视着它，望了很久很久，两颗眼泪突然从他脸上滑落下来，其中一颗滴到了木木的额头上，另外一颗掉进了汤里。为了不让人看到，他用手挡住了脸。

　　等木木吃饱后，盖拉辛仍旧牵着木木，在街上不慌不忙地走着。路上，他看到有两块砖头，便捡起来挟在腋下。走到那条河边——他当初就是在这儿救起木木的——有条船停靠在那儿，他带着木木跳上去，然后就朝河对岸划去。

　　他用尽了力气，划出几百米远，来到河中央。他丢下船桨，低下头去，将脸贴近木木的脑袋，木木也通人情地坐在横板上，亲热地面对着他。

　　最后，盖拉辛极力忍住内心的挣扎，猛然站了起来。他的脸上露出了一种悲痛欲绝的神色。他拿出绳子将两块砖头拴上，又在绳子的另一端打了一个活结，把活结套在木木温暖的脖子上。然后，他抱起身上拴着两块砖头的木木，将它举到静静的河面上。

木木对盖拉辛充满信任，此时依然如此。望着自己最信任、最亲近的主人，木木不但没有一丝畏惧，还朝他轻轻地摇摆着毛茸茸、像喇叭似的尾巴。

盖拉辛掉过头去，痛苦万分地皱着眉头，将举着木木的手放开了……

木木惨叫着落入水里，溅起了一大片水花，河面激起一层层涟漪。良久，当他再次睁开眼睛时，只见一排排小小的浪花从河面上荡漾开来，碰在船舷上。他抬头瞭望，只见在离船稍远些的地方，飘荡着一个大圆圈，正快速地朝着河的另一边移动……

在岸上监视盖拉辛一举一动的园丁，匆匆忙忙地跑回家，将所看到的一切一五一十地向管家做了汇报。听了园丁的报告，管家高兴地说："他果然没有食言，亲自把它淹死了！他能这样做真是太好了，我们现在终于可以放心了。"

到了深夜，路上出现了一个高大的人影，他扛着一个包袱，手里提着一根木棍子，匆匆忙忙地朝城外走去，仿佛有什么十万火急的事情正等着他去处理。他就是哑巴盖拉辛。

黑暗中，他挺着厚实的胸膛，一刻不停地阔步向前，一双充满忧伤和哀怨的眼睛幽幽地注视着前方……

一只狗狗的自白

[加] 玛格丽特·桑德斯

可爱的比利

当比利5个月大的时候，它第一次上街了。劳拉小姐知道，他已经受过很好的训练了，所以她没犹豫，就带它进城了。她不是那种带着条管不住自己的狗就上街的女孩，她也从不愿意对她的宠物发号施令，以此来让自己引人注意。

我们一下前门的台阶，她就轻轻地对比利说，"跟紧了。"对顽皮的小比利来说，当它看到周围有这么多新奇的东西时，再让它紧紧地跟上她可真是很困难。它已经熟悉了屋里和花园里的每一件东西，但在这个外面的世界里，到处都是它想看、想闻的东西，它太想去和它看见的那些可爱的小狗狗一起玩耍了。但它很听话，让它做什么，它才做什么。

不久，我们便走到了一家商店，劳拉小姐要进去买一些丝带。她对我（"美丽的乔"）说，"在外面等着，"可她却让比利和她一起进去了。我透过玻璃门看着他们，看见她走到一个柜台前，坐了下来。比利站在她身后，直到她说"趴下"，它才让自己蜷缩在她脚边。

它安静地趴着，就连她离它而去，走向另一个柜台时，它也没动。它很急切地看着她，直到她回来，并且对它说"起来"，它才一跃而起，跟着她走到了街上。

她站在商店门口，亲切地看着我们对她献殷勤。"乖狗狗，"她温柔地说，"该给你们买个礼物。"我们继续跟着她走，她带我们进了一个商店。我们俩都趴在了柜台旁边。当我们听到她跟店员买实心橡皮球时，我们都有点蠢蠢欲动了。我们都知道"球"是什么。

她手里拎着包装盒，走到了街上。她不再买东西了，而是把脸转向了大海的方向。虽然今天是一个阴云密布、令人讨厌的坏天气，大多数的女孩子都会因此待在家里，但她要带我们去海滩上好好遛遛。莫里斯家的孩子从不介意天气好坏。即便是下着大雨，男孩子们也会穿上雨鞋和雨衣到外面去玩。劳拉小姐走在路上，大风把她的斗篷和裙子都吹起来了，当我们从那些房子前面走过时，她还跟我们赛跑呢。

我们蹦着，跳着，叫着，直到我们都没劲儿了；然后，我们就默默地散步。

在我们前面不远的地方，有几个男孩在给两条纽芬兰犬往水里扔木棍。突然，那两条狗吵了起来。它们俩都是很强壮的狗，旗鼓相当。听着它们凶猛的咆哮，看着它们互相撕咬着对方的喉咙，真是太恐怖了。

我看着劳拉小姐。要是她说句话的话，我就会跑过去帮助那条处于劣势的狗。可她让我别动，自己却跑过去了。

那些男孩正往那两条狗的身上泼水，还去拽它们的尾巴，向它们扔石头，但他们没办法让它们分开。它们的头就像是被锁在了一起，而它们就来来回回在石头上进退，男孩们围在它们周围，叫喊着，打它们，踢它们。

"你们往后站，"劳拉小姐说，"我能把它们分开。"她从她的小包里拿出一小包东西，弯下腰，在两条狗的鼻子上撒了些粉末，那两条狗随即便分开了好几码远，不住地打喷嚏。

"我说，小姐，你撒什么了？那是什么玩意？哇，是胡椒！"那些男孩惊叫着。

劳拉小姐在一块平整的岩石上坐下，看着他们，脸色惨白。"唉，"她说，"你们为什么要让那两条狗打架呀？这太残忍了。在你们招它们之前，它们玩得好好的。看看它们把它们漂亮的毛皮撕成什么样了，看它们的血流的。"

"都是我不好，"其中一个男孩阴沉着脸说。"吉姆·琼斯说，他的狗能打过我的狗，我说它打不过——它就是打不过，没得说。"

"不对，它打得过，"另一个男孩叫嚷着，"你要是说它打不过，我就打烂你的脑袋。"

这两个男孩开始攥紧拳头，互相接近，第三个男孩——他长着一张很顽皮的脸——攥着那张包着胡椒面的纸，向他们跑过去，把胡椒面撒到了他们的脸上。

这下他们再也无心恋战了。他们开始咳嗽，感到窒息，结结巴巴地说不出话来，最后，他们发现自己就在那两条狗的边上，就在他们刚才玩的地方。

别的孩子都兴高采烈地大喊大叫，用手指着他们说，"打喷嚏音乐会。谢谢，先生们。再来一个，再来一个！"

劳拉小姐也笑了，她没法不笑，就连比利和我都在撇嘴。过了一会儿，他们变得严肃起来，并且发现他们都没带手绢，劳拉小姐拿出她自己的那条软手绢，到附近的一条清泉边蘸湿了，给那几个打喷嚏的家伙擦他们的红眼睛。

他们的怒气都消了，临走的时候，她好心地说，"你们不会再让那两条狗打架了，对吧？"他们说，"不会了，长官，放心吧。"

劳拉小姐慢慢往家走，从那以后，每当她遇见那几个男孩时，他们都管她叫"胡椒小姐"。

我们到家的时候，发现威利正蜷在走廊的窗户前看一本书。他特别喜欢看书，他妈妈经常对他说，把书放下，去和其他的男孩一起玩玩。这天下午，劳拉小姐把手搭在他的肩膀上说，"我想跟狗狗们用皮球玩一个小游戏，可我累极了。"

"胡说八道，"他拨开她的手，答道，"你总是说累。"

她坐在一把椅子上，看着他。然后，她开始给他讲狗打架的事。他特别感兴趣，任由书滑到了地板上。等她讲完了，他说，"你每天都当大英雄。去吧，休息去吧。"随后，他便想从她那儿把球抢过来，招呼我们往地下室跑。但他的动作还是不够快。她抓住了他，连着亲了他好几下。他是最小的孩子，是家里的宝贝，虽然他有时和她说话时会不耐烦，但他非常非常爱她。

我们和威利玩得可高兴了。劳拉小姐教过我们用球玩各种各样的游戏——跳跃，藏猫猫，抢球。

比利比我会的还多。它做的一件事我就觉得很聪明。它自己玩球。它对玩球特别着迷，永远也玩不够。劳拉小姐和它玩她会的所有游戏，但她还得帮她妈妈做针线活和家务事，跟着她爸爸做功课，因为她只有17岁，还没上完学呢。所以，比利就拿着它的球，自己去玩。有的时候，它在地板上滚球，有时又把球抛起来，还把它从楼梯扶手的空当里推到楼下的走廊去。它就在那儿听着球落到下面，然后，它便跑下去把球捡回来，再把它推下去。它就一直这么玩，直到玩累了为止，随后，它便拿着球，把它放到劳拉小姐的脚边。

我们两个还学会了好多小把戏。我们会打喷嚏，咳嗽，装死，念我们的祝祷词，拿大顶，爬梯子，背字母表——这是最难的一项，费了劳拉小姐好长时间来教我们。只有在她把书摆在我们面前的时候，我们才会开始。我们看着书，劳拉小姐说，"开始，乔和比利——说A。"

说A的时候，我们发出的是稍低一些的长而尖的声音，说B时就用高音，说C时还是高音。有些字母是我们高声叫出来的，有些是低吼出来的。说S时，我们总是翻个筋斗。当我们说到Z的时候，就把书一推，在屋子里打闹。

只要是有人进来，劳拉小姐就会让我们展示我们的本领，得到的评语向来都是"多聪明的狗狗啊，它们真是与众不同"。

这话是不对的。比利和我不比那些躲在费尔伯特的大街小巷里的可怜的狗狗更聪明。是爱心和耐心使我们变成了这样。当我和詹金斯在一起的时候，他认为我是一条特别蠢的狗。谁要是想教我点儿什么，他便会笑话谁。我显得迟钝、倔强，因为我老是挨踢。如果他对我好一点儿，我会为他做任何事的。

我喜欢围着劳拉小姐和莫里斯夫人转，她们教比利和我做对家里有益的事。莫里斯夫人不喜欢爬那三段高楼梯，有时我们就跑上跑下地帮助她。 我经常听她在走廊里说，"请把掸子给我拿下来，劳拉。乔，你去拿。"我就会高兴地跑上楼去，然后，就该轮到比利了。"比利，我忘了拿钥匙了。去帮我拿来。"

不久，我们就开始了解不同物品的名称了，还知道它们都放在哪儿，而且能自己把它们找到。大扫除的时候，我们工作得可辛苦了，而且乐在其中。如果莫里斯夫人想叫玛丽给她找东西，但又离得太远，她就会把那东西的名称写在一张纸上，让我去交给她。

比利总是从邮递员那里取信，还会把早上的报纸送到莫里斯先生的书房里，而我总是去分发洗干净的衣服。当衣服补好后，莫里斯夫人把每件都叠好，交给我，告诉我衣服是谁的，这样我就能把它放在他的床上。她不用告诉我衣服的主人是谁。我能闻出来。对狗来讲，所有的人都有一种浓烈的气味，即便是他们自己也没注意到。莫里斯夫人会把劳拉小姐的衣服送给穷人，但她一直都不知道这给我带来了多大的麻烦。有一次，我一直循着她的气味在城里转，到后来才发现，那不过是贫民窟里一个穿着她的靴子的穷孩子。

在我结束这一章之前，我必须得说说比利的尾巴。按照习俗，猎狐犬的尾巴末节是应该割掉的，但它们的耳朵不用动。比利来莫里斯家的时候还那么小，所以它的尾巴没有被割掉，而且劳拉小姐也不让割。

有一天，鲁滨逊先生过来看它，他说，"你们让它长成了一条很漂亮的狗，但它的外形被它的长尾巴搞糟了。"

"鲁滨逊先生，"莫里斯夫人轻轻地拍着坐在她腿上的小比利说，"你不觉得这条小狗狗有一个黄金比例的身段吗？"

"对，我同意，"鲁滨逊先生说，"他的身段比例都没问题，除了那尾巴。"

"可是，"她说，"要是我们的造物主创造了这个美丽的小身体，你觉得他会不知道要多长的尾巴来配它吗？"

鲁滨逊先生答不出来了。他只得笑笑说，他觉得她和劳拉小姐都是"怪人"。

抓贼

这个卑鄙的人到我亲爱的劳拉小姐待的房子里来干什么？我觉得我都快要发疯了。我抓挠着门，叫着，吼着。我使劲往门上扑，虽说我当时分量挺重的，可我觉得自己就像一片羽毛一样轻。

我觉得，要是我不能把那扇门打开的话，我就会疯掉的。每隔几秒钟，我就会停下来，把我的头抵在门槛那儿听听。里面有横冲直撞的声音，一把椅子倒了，好像有人要从窗户跳出去。

这下我更着急了。我禁不住想，我不过是条半大的狗，要是詹金斯对我下毒手，说不定会把我杀死的。我愤怒至极，只想着要怎么把他抓住。

就在我抓狂地又叫又喊时，从楼上传来了尖叫声，还有匆忙的脚步声。我在走廊里来回跑着，上了一半楼梯，又折回来了。我不想让劳拉小姐下来，可我怎么才能让她明白呢？她来了，穿着白色的睡袍，靠在楼梯扶手上，往后拢了拢她的长头发，她的表情是又惊又怕。

"这狗疯了，"贝茜小姐尖叫着，"奶妈，给它泼一盆凉水。"

那个奶妈就明智多了。她跑下楼来，睡帽在脑后飘着，从她床上抓来的一条毯子也拖在地上了。"家里进贼了，"她扯着嗓子喊道，"被这条狗发现了。"

她没有跑向餐厅，而是把前门打开了，喊着，"警察！警察！救命啊，救命，抓贼啊，抓强盗！"

这哪儿像是一个老太太的叫声啊！她比我还着急。我从她身边冲出去，出了前门，向大门跑过去，我听见那边有人在逃跑。我大叫了几声，召唤吉姆，同时跟着我前面的那个人跃出了大门。

那天夜里，我充满了野性。我想，那肯定是因为詹金斯的气味。我觉得我好像能把他撕碎似的。我从来都没觉得我这么狠过。我在他身后紧追不舍，就像他曾经追着我和我妈妈那样，这种念头让我感到兴奋。老吉姆很快赶上了我，我用鼻子拱了它一下，让它知道我很高兴它赶来了。我们飞快地往前追，在拐角处追上了那个正在逃跑的卑鄙的家伙。

我愤怒地咆哮了一声，扑了上去，咬住了他的腿。他转过身来，虽然光线不好，但那点儿光亮足以让我看清我过去主人的那副丑恶的嘴脸。他好像很生气，觉得吉姆和我竟敢咬他。他抓起一把石子，骂骂咧咧地朝我们扔过来。就在这时，从我们的前方传来了一种怪异的汽笛声，紧接着，我们的后面也响起了类似的汽笛声。詹金斯的喉咙里发出了一种奇怪的声音，他开始朝旁边一条街上跑，避开了那两个汽笛声的方向。我担心他会跑掉，虽然我没办法抓住他，但我还是不停地扑向他，有一次，我把他绊倒了。噢，他真是气疯了。他把我踢到了墙上，还抄起一根棍子狠狠地打了我几下，并且不停地用石头砸我。

虽说血淌在我的眼睛上，让我几乎看不清他，但我是不会善罢甘休的。老吉姆一见詹金斯打我，就特别气愤，它从后面冲上来，咬他的小腿，把他引到它那边去。

很快，詹金斯跑到了一堵高墙前面，他停了下来，匆匆往后瞥了一眼，开始翻墙。墙太高了，我跳不上去。他就要逃脱了。我该怎么办呢？我使劲地叫着，希望能有人过来，然后，我跳起来，就在他正要翻过去的时候，我咬住了他的一条腿。

这一下的劲可真大，我和他一起从墙上翻了过去，把吉姆留在了墙的另一侧。詹金斯摔了个嘴啃泥。他站起来，恶狠狠地冲向我。要不是救兵来了，我想他会把我摔到墙上去，把我的脑浆子摔出来，就像他摔我那些可怜的小兄弟那样。但就在这时，传来了脚步声。有两个人也从墙上翻过来了，就是从吉姆上蹿下跳、伤心地大叫的那个地方翻过来的。

我立刻从他们的制服和他们手里拿的警棍认出他们是警察。一眨眼的工夫，他们就把詹金斯拿下了。他投降了，但他站在那儿，像一条恶狗似的对着我咆哮。"要不是你这条破狗，我是不会被抓住的。啊——"他往后退了几步，吐出了一句脏话，"这是我自己的狗。"

"真丢人，"一个警察严厉地说，"深更半夜的你干什么去了，还让你自己的狗和一位仁慈的牧师家的狗一起追得你满街跑？"

詹金斯开始诅咒发誓，就是不告诉他们实情。花园里有一栋房子，此时，有人打开窗户喊道："喂，我说，你们干吗呢？"

"我们抓到了一个贼，先生，"其中一个警察说，"起码我认为是这样。你能给我们扔下来一段绳子吗？我们没带手铐，我们有一个人得把他带回去，另一个人得去华盛顿街，那儿有一个妇女呼救说发生了可怕的谋杀。快点，先生，谢谢。"

那个人扔下来一条绳子，两分钟后，詹金斯的双手就被捆起来了，他走出大门，冲着带他走的那个警察不停地说着脏话。"真是两条好棒的狗啊，"另一个警察对吉姆和我说。随后，他往街上跑去，我们也跟着他跑。

当我们沿着华盛顿街匆匆地往我们的家跑的时候，我们看见黑暗中有隐约的灯火，还听见有人跑来跑去。奶妈的呼喊声把邻居都惊动了。莫里斯家的男孩子们都跑到了街上，他们还没来得及穿好衣服，被冻得瑟瑟发抖，特鲁利家的车夫拿着一盏灯到处跑，他没戴帽子，头发全都竖起来了。

街坊四邻的家里都亮起了灯，好多人都从窗口探出头来，或是打开他们的门，相互打听着出了什么事。

当警察还有吉姆和我出现的时候，一大群人聚在他周围听他说他所了解的情况。吉姆和我趴在地上大口大口地喘着气，一小串口水顺着我们的舌头流了出来。我们俩真是累坏了。吉姆的背上有几处被詹金斯扔的石头砍流血了，我也是遍体鳞伤的。

很快，人们注意到了我们，我们一下子引起了轰动。"这两条狗真勇敢！真棒！"每个人都这么说，还轻轻地拍拍我们，称赞我们。我们特别自豪，特别高兴，还站起来摇摇我们的尾巴，起码吉姆是这么做的，而我就摇摇我能摇的地方。随后，他们发现了我们的状况。莫里斯夫人哭了，她把我抱起来，跑回了家，杰克抱着吉姆也跟着回来了。

我们都进了客厅。那儿有暖和的炉火，劳拉小姐和贝茜小姐正坐在那儿。她们一看见我们，就跳了起来，他们就在客厅里给我们洗了伤口，还让我们躺在壁炉前。

"你保住了我们家的银器，勇敢的乔，"贝茜小姐说，"等我爸爸和妈妈回来，看他们会怎么说吧。哎，杰克，现在怎么样了？"这时，莫里斯家的男孩都走了进来。

"警察询问了你们家的奶妈，检查了餐厅，已经回警局汇报去了，你知道他发现了什么吗？"杰克兴奋地说。

"不知道——发现什么了？"贝茜小姐问。

"为什么那个坏蛋要烧你家的房子。"

贝茜小姐惊叫一声。"啊，你说什么？"

"是这样，"杰克说，"他们从发现的证据看，他计划是把银器装到他的包里带走；但在他临走之前，他要在房间里泼上煤油，放一把火，

这样就没人能发现是他来打劫你们家了。"

"那我们可能就全都被烧死了呀,"贝茜小姐说,"他不可能只烧掉餐厅,而不烧着其他房间呀。"

"当然了,"杰克说,"这说明他真是个大坏蛋。"

"他们确信是这样吗,杰克?"劳拉小姐问。

"呃,他们是这么认为的。他们找到了几瓶煤油,还有他要装银器的包。"

"太可怕了!亲爱的乔,多亏你救了我们的命,"美丽的贝茜小姐亲着我难看的、肿胀的脑袋。我有点不知所措,只能舔舔她的小手,在那之后,我还老是想她呢。

这事已经过去好几年了,我也最好是简短些说吧。第二天,特鲁利夫妇回来了,关于詹金斯的事也全都搞清楚了。他们离开费尔伯特的那天晚上,他正在车站附近转悠。他知道他们家里还剩什么人,因为他曾经给他们送过牛奶,对他们家的情况一清二楚。他当时已经没有生意做了,因为,在哈里先生解救了我之后,再加上报纸上注销了他的糗事,他发现没人再从他那儿买牛奶了。他的妻子死了,一些好心人把他的孩子送进了救济院,他不得不把托比和奶牛都卖掉了。他没有从这些事中吸取教训,好好过生活,相反,他更堕落了。

因此,他无时无刻不想做坏事,当他看见特鲁利夫妇坐火车走了以后,他想,他可以从他们家的餐具柜里偷一大包银器出来,然后放火把房子烧了,再跑到别处把银器藏起来。过一段时间,他就可以把它们带到某个城市去卖掉。

他把这些都坦白了。根据他的罪行，他被判入狱10年，我希望他在那儿能改造成一个好人，等他出狱后也一样做一个好人。

我又疼又木地过了好长时间，一天，特鲁利夫人来看我了。她不像莫里斯家的人那样喜欢狗。她努力了，但她做不到。

狗跟人一样会找乐，我把我的口鼻藏在炉前的小毯子下面，这样她就看不见我是如何撇着我的嘴冲她笑了。

"你——是———一条——好——狗——狗，"她一字一顿地说，"你是——"她停下了，想不起来还有什么要对我说的了。我站起来，站到她面前，因为，一条有教养的狗是不应该在一位女士跟它说话的时候还躺在那儿的。我轻轻晃了晃身体，我很乐意说点什么来替她解围，可我做不到。如果她抚摸我的话，那就行了；可她不想碰我，而且我知道，她也不想让我碰她，所以，我就站在那儿看着她。

"莫里斯夫人，"她困惑地掉过脸去，说道，"我不喜欢动物，而且我也不能假装喜欢，因为它们总是能看出来。你能让这条狗明白吗，我会永远感激它的，不仅是因为它保护了我家的财产——那点儿东西算什么呀——还因为它救了我的宝贝女儿。"

"我想它都懂，"莫里斯夫人说。"它特别聪明。"她笑着把我叫过去，把我的爪子放在她的大腿上，"看看那位夫人，乔。她很高兴你能把詹金斯从她家赶走。你记得詹金斯吗？"我气愤地大叫起来，一瘸一拐地走到窗前。"它真是太聪明了，"特鲁利夫人说，"我丈夫已经派人去纽约了，要买一条看门狗，他说，从今以后，我们家不能不养狗了。我该走了。莫里斯夫人，你的狗真幸福，除了对它说我永远都不会忘记它，我什么都做不了，我希望它偶尔能过来看我们。也许等我们的狗来了以后，它会来的。我要跟我的厨娘说，只要她见到它，就给它东西吃。这是给劳拉压惊的礼物。我觉得很过意不去，所以，我确信你会让她收下的。"她递给莫里斯夫人一个小盒子，然后就走了。

劳拉小姐回来后打开了那个盒子，发现里面是一枚漂亮的钻戒。戒指的内圈上刻着："劳拉，纪念18××年12月20日。来自对她感激不尽的朋友，贝茜。"

那颗钻石值好几百块钱呢，莫里斯夫人对劳拉说，她希望她暂时不要戴它，因为她还小。那不适合她，而且她知道特鲁利夫人也没想真的让她戴。她是想给她一个有价值的礼物，而这颗钻石会永远值钱的。

流浪狗丹迪

大约在比利离开我们一个星期之后，莫里斯家的人又意外地成了一条新狗狗的主人。

在冬天里一个寒冷的下午，它走进屋里，静静地趴在了火炉前。它是一条带斑点的斗牛猎犬，镀银的项圈上刻着"丹迪"的名字。它一晚上都趴在火炉那儿，无论家里谁和它说话，它都会摇着尾巴，显得很高兴。我开始还对它抱怨了几句，可它一点儿都不在意，只管在那儿打瞌睡，所以我很快也就不叫唤了。

它是一条调教得很好的狗，这让莫里斯家的人担心它可能是走失了。第二天，他们做了些调查，发现它是在夏天的时候和纽约的一个绅士一起坐着游艇到费尔伯特来的。它不喜欢游艇。一有机会它就会坐着一条小船到岸上来，如果它坐不上船，它就游泳。它的主人说，它是一条流浪狗，在哪儿都待不长。莫里斯家的人知道它是这个样子，觉得很有趣，他们没赶它走，但每天都会念叨，"明天它就该走了。"

然而，丹迪先生走进了这个安乐窝以后，它就没有走的意思了，最起码在一段时间之内是这样。它长得特别帅，又那么讨人喜欢，让这个家里的人不由自主地喜欢上了它。我向来对它不感冒。它拍莫里斯一家的马屁，假装有多爱他们，然后就扭过头去讥笑他们，那样子特让我来气。我时不时地会教训它几句，还为它的事和吉姆发牢骚，可吉姆总是说，"甭理它。你改变不了它。它天生就是坏蛋。它妈妈就不怎么样。它告诉我，它妈妈在它们那片的狗狗里声名狼藉。它是个贼，还是个逃犯。"虽说它经常让我气不过，但有时候它讲的事还是让我忍俊不禁，那些故事太好笑了。

有一天，我们都趴在屋子后面的平台上晒太阳，它比平常还要来劲，所以我就站起来走了。可它挡住了我的去路，花言巧语地哄我说，"别生气呀，老兄。我来给你讲几个故事吧，让你高兴高兴。你想听什么样的故事呀？"

"我觉得你的生平会比你瞎编的故事还要有意思。"我冷淡地说。

"好吧，是真是假，随你怎么想。这是个真事，原汁原味的。生于纽约，长于纽约。斯威尔马厩。斯威尔马车夫。斯威尔主人。我记住的头一件事就是戴着珠宝首饰的阔小姐的手在轻轻拨弄我。第一次痛苦的经历——被送到兽医那儿，把耳朵割掉了。"

"什么叫兽医？"我说。

"就是给动物看病的大夫。兽医没把耳朵割干净。主人又把我送回去。又割了一遍耳朵。大夏天的，有好多苍蝇。耳朵特疼，还化脓了，特别招苍蝇。马车夫让小儿子给我轰苍蝇，可他跑到院子里去了，丢下我不管。苍蝇太可怕了。我以为它们会把我吃了或怎么样，就使劲摇着脑袋要把它们赶走。妈妈本来应该待在家里，舔舔我的耳朵，可它却到街上逛荡去了。最后，马车夫把我放到了一个黑乎乎的地方，给我的耳朵上了药，这才好了。"

"他们怎么没把你的尾巴也割了呀？"我看着它那条又长又细的尾巴，说道。

"那已经不时兴了，老古董先生。给斗猎犬割耳朵是为了避免它们在打斗的时候耳朵被撕掉。"

"你又不是斗猎犬。"我说。

"对，我不是。那太劳神了。我觉得还是自由自在的好。"

"我就知道你是这样，"我很不屑地说，"我注意到了，你干什么事都没常性。但是，说到割耳朵，你是怎么看的？"

"这个嘛，"它狡猾地瞥了一眼我的脑袋，说道，"那可不是什么美事，但是，你要是落伍了，可能就脱离社会了。我不在乎，现在我的耳朵已经长好了。"

"可是，"我说，"想想看，还有好多可怜的狗狗要步你的后尘呢。"

"那关我屁事。"它说，"我会死掉，又不会去碍谁的事。人类可以割掉它们的耳朵，尾巴，要是他们愿意，也可以割掉它们的腿。"

"丹迪，"我气愤地说，"你是我见过的最自私的狗。"

"别让自己这么激动，"它冷淡地说，"让我来把我的故事说完。在我长到几个月大的时候，我发现马厩的地方太小了，我想知道外面是个什么样子。我发现花园的墙上有个洞，就经常在夜里溜出去。噢，那真是太过瘾了。我认识了好多流浪狗，我们玩得可爽了，在人家的窗户底下大嚷大叫，让他们抓狂，还到人家的后院里去逮猫。我们几乎每天晚上都要杀死一只猫。警察来抓我们，我们就跑，直跑到口水都顺着舌头流出来了，而且连气都喘不过来了。然后我就回家去睡上一整天，到了晚上再接着出去。后来，我离家出走了3个月。我在第五大道上遇到了一个老太太，她特别喜欢狗。她有四条狮子狗，她的仆人会给它们洗澡，在它们的头发上系上蓝丝带，她会带着它们坐着她的马车逛公园，它们都戴着金的、银的项圈。最大的那只狮子狗项圈上有一颗红宝石，值500块钱呢。我也坐过马车，有时候我们还能碰见我的主人。他总是笑笑，冲我摇摇头。有一天，我听他跟那个马车夫说，我是一个小流氓，他对我放任自流了。"

"如果他们用鞭子好好打你一顿，"我说，"也许你早就学好了。"

"我现在也挺好啊，"丹迪得意地说，"和我的主人一起坐车的那些年轻小姐常说，太好了就该自负了，招人烦。还是接着说我的故事吧。我一直待在蒂贝特夫人身边，到后来，我烦她了，她太做作了，老是在她的小狗身上冒傻气。每条狗都在餐桌边有一把高椅子，还有一个盘子，它们总是坐在这些椅子上和她一起吃饭，那些仆人都管它们叫'宝石先生''娃娃先生''纤秀小姐''柔柔小姐'。有一天，他们也想让我坐在椅子上，我生气了，还咬了蒂贝特夫人，她打我打得可狠了，她的仆人还拿石头砍我，把我轰出来了。"

"说到傻，丹迪，"我说，"如果可以对一位女士用这个词的话，我要说，那位女士还真配得上。狗狗不应该坐在那些位子上。她干吗不让几个苦孩子坐在她的餐桌边呢？干吗不让他们坐在她的马车里，让狗狗跟在后面跑呢？"

"一看就知道你不了解纽约，"丹迪讥笑我说，"苦孩子是不会寄宿在有钱的老妇人家的。总之，蒂贝特夫人讨厌孩子。而像狮子狗之类的狗狗要是跟在马车后面跑，就该在泥地里跑丢了，还会在人群里被踩死。只有像我这样聪明的狗才能随便溜达。"我不太相信它这番话，但我没说什么，而它又眉飞色舞地说上了，"不过，蒂贝特夫人让她的狗活动得太少了。它们爪子上的指甲可长了，毛长得都能盖住它们的脚了，它们的眼睛都是红的，老是病恹恹的，所以她老得给它们吃药，还叫它们可怜的'红眼小病狗狗'。呸！真叫我恶心。离开她家之后，我就去她侄女鲍尔小姐家了。她是个有头脑的年轻小姐，老是批评她姑妈的那种养狗的方式。但她也聪明得有点过头了，因为她的哈巴狗和我都快被她蹂躏死了。我们老是得走好长好长的路，走得我都烦死了。有一个女人，仆人们都叫她特罗西，每天早上她都要来给哈巴狗和我拴上链子，有时还有另外一两条狗，然后她就带我们去到那些安静的街道上进行长跑。这是特罗西的工作：遛狗。鲍尔小姐认识的好多时髦小姐都不能带她们的狗去锻炼，她就让她们把狗交给特罗西，她们都说，她们的狗变化可大了，又健康，又精神。特罗西遛一只狗，一小时挣1毛5分钱。老天，这么锻炼下来，我们的胃口得有多好啊，我们能不把那些狗粮吃个精光吗？但在鲍尔小姐家也没什么意思。我们每天只能见到她一小会儿。她一直要睡到中午。吃完午饭后，她陪我们在温室里玩一会儿，然后她就出去逛街或是串门了，晚上她总是有客人，要么就是去跳舞，或是去看戏。没过多久，我就决定不在那儿待了。在一个晴朗的早晨，我从窗户跳了出去，跑回家去了。我在家待了好长一段时间。我妈妈被一辆大车轧死了，我也没觉得有多难过。我的主人都懒得搭理我，所以我可以为所欲为。有一天，我正在散步，遇见了我以前认识的好多狗，一个小男孩走到我后面，还没等我反应过来他要干什么，他已经把我抓住了，抱着我就跑。我没法咬他，因为他把一些碎布头塞到了我的嘴里。他把我带到了一个廉租公寓里，我以前从来没去过城里的那片地方。他是个穷人家的孩子。好嘛，他们家可真够穷的——六个孩子，一对父母，都挤在两间小屋里。我在那儿连肉味都很少闻到。我不喜欢他们的面包和糖蜜，他们家里的味太难闻了，让我觉得我都要憋死了。"

"他们把我关在他们的脏屋子里待了几天，把我抓来的那个乳臭未干的小男孩晚上睡觉的时候就搂着我。天很热，有时候我们睡不着，他们只好上屋顶上去。后来，他们就用链子把我拴在了屋子后面一个脏兮兮的小院里，那时候，我觉得我快要疯了。我真想把他们都咬死，要是我有胆的话。被拴起来的滋味太难受了，尤其是对于像我这样热爱自由的狗来说。苍蝇也来找我麻烦，吵得我心烦意乱的，没有锻炼，我的肉也慢慢长起来了。我在那儿待了将近一个月，而他们一直在等人悬赏，但他们什么都没等到。一天，那个男孩的爸爸——一个街头小贩——用链子牵着我满街转悠，到最后把我卖给了一个绅士。他是为他的小儿子买的，但我不喜欢他的长相，所以我扑上去咬了他的手，他松开了链子，而我逃开男孩和警察的追捕，终于跑回了家，那样子就像一具活死尸似的。我过了几个星期的好日子，然后我又开始不安分了，又出去跑。啊，我累了，我想睡觉。"

"你真不怎么样，"我说，"说是要讲故事，可还没讲完，你就要去睡觉。"

"事事必先为己，傻小子，"丹迪打了个呵欠，说道，"如果不这样，谁也不会为你着想。"它闭上眼睛，没几分钟就睡着了。

我坐在那儿看着它。它真是一条漂亮、乖巧又缺德的狗啊。过了几天，它给我讲了那段没讲完的故事。在经过了好多次的流浪之后，有一天，它回家时，碰巧赶上它的主人的游艇要出航，他们用链子拴上它，带到了船上，为他们的航行增添乐趣。

丹迪来找我们的时候是 11 月份，它在这儿待了整整一个冬天。它总是取笑莫里斯家的人，说他们家的房子又暗、又小、又旧，还说它留在这儿只是因为劳拉小姐老是照顾它。它的背上有点儿疼，不久，她发现它长了疥癣。她爸爸说，这种病对狗狗很要命，最好是用枪把丹迪打死。可她一个劲儿地央求要留它一命，还说，要是让她来看护它，她能在几个星期之内就把它治好。丹迪没敢太发脾气，但它很窝火会染上这个病。它说，这是从一条小癞狗身上传染的，好几个星期之前，它曾经跟它一起玩过。它只跟它玩了一会儿，还以为它不会被传染呢，但它好像知道这病很容易传染。

在它的病没好之前，我们都和它隔离了。劳拉小姐让它和兔子一起待在阁楼上，而我们是不能去那儿的。男孩子们则会带着它在花园里锻炼。她对它动用了各种治疗方法，我听她说，虽说那只是皮肤病，但它的血液也得得到净化。她给它吃了些她用硫黄和黄油做成的小药丸，那本来是她给吉姆、比利和我吃的，为的是让我们的毛皮保持柔亮、顺滑。见药丸没见效，她又每天给它吃几滴砒霜，还用烟草水或石炭酸皂给它洗那些疼的地方，说白了，就是它的全身。最后是烟草水把它的病治好了。

劳拉小姐和它接触的时候总是戴着手套，而且是用刷子给它擦洗，因为如果人感染了狗疥癣，他们可能会掉头发和眼睫毛。但如果他们略加小心，就不会在照顾患病的狗的时候被传染，我就没听说过有人染上过这种病。

过了一阵，丹迪的病全好了，它自由了。它说，它可高兴了，因为它已经烦死那些兔子了。它经常吼它们，惹它们生气，它们就在阁楼里到处乱跑，还用它们的后腿蹬它，那样子可滑稽了。我觉得，它们也不喜欢它，就像它不喜欢它们一样。吉姆和我没染上疥癣。丹迪并不是一条很健壮的狗，我觉得它那种没有规律的生活方式是很容易让它染上病的。它饿的时候就胡吃海塞，还总要吃好吃的。如果它在莫里斯家没吃到它想吃的东西，它就会到外面去偷，或者是去后城的垃圾场里找。

等它真的得上病了，它又不知道怎么自己照顾自己，我真没见过比它还笨的狗了。它好像根本不知道得病的时候该吃点儿草或者药草，或是土，好让自己保持良好的状况。狗狗绝对不能没有草。丹迪生了病就扛着，让它自己好，它从来都不想办法治疗它的那些小毛病。有的狗连怎么给自己截肢都知道。吉姆跟我说起过莫里斯家以前养过的一条狗的故事，可有意思了，它叫"骗子"，它的一条腿被一匹马踢了一下，不听使唤了。它知道那条腿完了，就把它齐根咬了下来，虽说有一阵它特别难受，但到最后，它还是复原了。

再接着说丹迪。我知道，它就等着春天一到就离开我们，而我也没什么好难过的。它在头一个好天里就走了，在接下来的日子里，一直到夏天的时候。我们偶尔能看见它和一群野狗在城里到处乱跑。有一天，我拦住它，问它怎么会屈尊在费尔伯特这样一个宁静的小地方，它说，它做梦都想回纽约，就盼着它的主人开着游艇来接它呢。

可怜的丹迪再也没能离开费尔伯特。毕竟，它还不算太坏。它骨子里没什么恶意，而我真不想提到它的结局。它的主人没有开着游艇来接它，不久，夏天过去了，冬天又要来了，没人想要丹迪，因为它的名声太不好了，它又冷又饿，有一天，它扑上去抢一个小女孩正在吃的面包片加黄油。它没看见一条大看家狗正站在门槛上，还没等它逃走，那条狗就抓住了它，又咬又撕的，把它弄个半死。等那条狗丢下它之后，它就爬到了莫里斯家，劳拉小姐给它包扎了伤口，在厩棚里给它安了张床。

一个星期天的早上，她很体贴地给它洗澡、喂食，因为她知道，它活不了多久了。它虚弱得都吃不动她放在它嘴里的东西了，她就让它舔她蘸在手指上的牛奶。她要去教堂了，可我不能和她一起去，我跑到巷子口，看着她走远了。等我回到家以后，丹迪不见了。我找啊找，终于找到了它。它已经爬到厩棚最黑暗的角落里等死去了，虽然它很痛苦，但它哼都没哼一声。我坐在它旁边，想到了它在纽约的主人。如果他好好地把丹迪养大，也许它现在就不会在这儿忍受死亡的煎熬了。对待一条小狗狗就应该像对待一个孩子一样，它犯了错，就要惩罚它。丹迪开始学坏时，没有得到纠正，所以落到了这一步。可怜的丹迪！可怜的、英俊的、富人家浪荡的公子哥！它睁开它那双无神的眼睛，最后看了我一眼，然后痉挛性地抽搐了一下，就不动了。它再也不会痛苦了。

劳拉小姐回家后，听说它死了，哭得很伤心。男孩子们把它从她那儿抱走，埋在了花园的一角。

（胡剑虹　译）

你是我的妈妈

[美] 马克·吐温

妈妈告诉我，爸爸是个"圣伯尔纳种"，她自己是个"柯利种"；我呢，则是个"长老会教友"。我不懂得这些微妙的区别。以我之见，这些名称好像派头十足，其实不过是毫无意义的字眼。

听我这样说，妈妈不高兴了，因为她很爱这一套。她喜欢说这些。每当听到她说这些时，别的狗就会显出惊讶和忌妒的神气。妈妈看在眼里，喜在心里。大家还以为她受过很深的教育呢。

其实妈妈故意卖弄而已，这哪里是什么真正的教育呢？那她是怎么知道这些名词的呢？原来，会客厅里有人谈话时，她常常躲在一旁偷听。还有，她经常和孩子们到主日学校去，在那儿听。这么着，她就把这些名词学会了。

她还真是爱学习呢。每当听到一些比较深奥的字眼，她就翻来覆去地背，直到能把它们记住为止。时间长了，她就长了些学问。她常常在集会上抖出学问来吓唬人。别的狗一听，往往真的让她唬住了。

当然，她也有被质疑的时候。假如一只初次参加集会的陌生狗对自己从未听说过的单词感到疑惑时，他先是震惊，等努力调整好呼吸后，就会向妈妈询问某个单词的意思。妈妈呢，是非常乐于回答此类问题，因为这样会让人家见识到她的能耐。

那只询问问题的狗呢，原本以为她只是卖弄单词而已，没想到还真难不倒她。这样一来，他就不能不感到意外了，此外还有尴尬。他的确显得很难为情，虽然他原来还以为难为情的会是她。事态每每都是这样进展的。其他狗很高兴，很替她得意。他们都有过经验，早料到结局会是怎样。

她回答人家问题，就说解释那些深奥字眼的意思吧，每当这时候，大家都羡慕极了。因为都只顾着羡慕，所以没人怀疑这个解释是对是错。这是自然的，因为她回答得很快，丝毫不带犹豫，而且因为她的回答随时随地都不带丝毫犹豫，听起来完全就像一本字典在说话；另外他们对妈妈的解释确信不疑的原因就是，他们也无法求证这些解释的正确性。因为他们没有妈妈那么幸运，她是那里唯一一只深受上帝垂帘，能接受教育的幸运狗。

日子一天天地过去，我也慢慢长大了。有一次，她从主日学校带回"笨蛋"这个新单词。接下来的整个星期，她都四处寻找机会，在不同的聚会上反反复复地使用这个词。这不是一个好听的单词，因此惹得大家都很郁闷，甚至可以说是沮丧。

我发现，在那一个星期之内，她在八个不同的集会上被人问到这几个字的意思，而每次她都有一个新解释冲口而出。令人难以置信的是，只是因为她的不假思索，这些解释竟然都没有引起任何狗的质疑。直到那时，我才突然领悟过来，原来她并不像其他狗羡慕的那样有文化，而是她善于处理各种被质疑的危机。不过，我只将了解到的这一玄机暗藏心里，不曾向外透露半分。

妈妈常常精心做准备，把一些词反复念叨，以便随时拿出来使用。这些词就像救命圈一般，是备以急用的。有时候，在毫无预备的情况下，突然就有了被冲下船落入水中的危险，妈妈就把这些准备好的救命圈一个个套在身上。尽管落水了，但性命无忧。

偶尔，她会抛出某个长单词（在几个星期前的集会上曾大肆流行过，可它的确切意思已被她遗忘了），如果这时她旁边恰好有个生客，只尚未领略过这个词的意思，那么最初的几分钟内就会呆住，及至他明白过来，她已经调转了方向，及时找到了合适的应对策略。

因此，当你向她请教某个词的意思或者其他问题时，我（只有我清楚她的底细）就能毫无困难地发现，她看似丰富的学识其实贫乏得很。然而，她确实善于应变在顷刻之间，她能奇迹般地抛出另外一大堆她备好的词语，变得深奥和富有哲理起来。每当即将露馅的时候，她会装得极其淡定，并及时将主动权掌握在自己手中，聪明地回避开自己不熟悉的话题。于是，不动声色之间，她已经巧妙地转到下一个自己更有把握的话题上了。

她对成语的学习和运用也是如此。一旦发现特别好听、有趣的成语，她就把含有那个成语的一整句话都带回来，等念叨熟练之后，就卖弄至少六个晚上再加两个白天，而且每次都要运用一种崭新的方式去解释那个成语——她也不得不如此，因为她所注意的只是那句成语；至于那是什么意思，她可不大在乎。而且她也十分清楚，那些狗都没头没脑的，永远也别想挑出她的错。咳，她可真是个了不起的妈妈哩！她玩这一套简直出神入化，那些糊涂虫又无知无识，所以她从来都毫无顾虑。

　　主人在跟客人吃饭时，席间有时会出现一些小笑话、小故事，供活跃气氛用。对于这些小笑话、小故事，她也要用心记住。可是她卖弄这些小故事时，照样搬弄不齐全，经常不得不嫁接、拼凑。她凑得并不合适，甚至牛头不对马嘴，让人觉得莫名其妙。而每当这时，她就在地板上打起滚来，还像疯子似的大笑大叫，似乎这些小故事真的很好笑。可是我看得出，就连她自己也搞不清楚，为什么当初从人家嘴里说出来的故事那么有趣，而由她说出来就变得乏味了。

　　不过这没多大关系，反正别的狗也都跟着一起打起滚来，并且学着她狂笑不止。你以为是她讲的故事很好笑吗？不是！其实大家都因为听不懂她的故事而害臊，却不去仔细想想过错并不在他们身上。谁也看不出这里面的毛病。

　　通过这些事情，你可以看出她的一些缺点。她相当爱面子，爱卖弄，又不老实。当然了，除了这些，她还是拥有许多长处的，那些长处足以弥补她的这些缺点。

　　比如，她心眼儿非常好，对人也很有礼貌。对于那些曾经伤害过她的人，她一转眼就忘记了，从不怀恨在心。

　　她还经常教育她的孩子们要处处与人为善，就像她一样。从她那儿，我们还学会了勇敢。就是在危急时刻，也要沉着勇敢，决不能当逃兵。认识的也好，不认识的也罢，一旦他们遇到了危险，只要我们看到了，都要大胆地承担下来，尽力帮助人家。而且她教我们还不是光凭嘴说，而是自己做出榜样来。

啊，她干了那么多勇敢的事，那么多漂亮的事！实事求是地说，她真算得上个勇士。尤为可贵的是，她还非常谦虚，常常对人们给他的赞誉一笑而过——总而言之，你会打心眼里佩服她，以她为最好的榜样。她如此优秀，即使是拥有着贵族血统的、高傲的长耳狗，只要了解到她的这些长处后，也会对她肃然起敬。

后来我长大了，有一天被这家人卖掉了，被买家带走了，从此就再也没有机会看见她。我要走时，她伤心欲绝，我也一样。我们俩都哭了。尽管如此，她还是强忍悲伤，极力安慰我。她的意思是，我们狗生来只有一个目的，一个聪明和高尚的目的；我们必须保持忠诚，竭尽全力履行我们的职责。她还告诫我，绝不要发任何牢骚，不要躁动不安，要懂得安于现状，务须恪尽职守，尽量保全他人的利益。她说，这就是我们狗需要做的一切。至于结果怎样，那是别人的事，不是我们管得了的。

她说，人喜欢这么办，将来在另外一个世界里定会得到光荣和漂亮的报酬；我们禽兽呢，虽然不到那儿去，可是规规矩矩过日子，多做些好事情，并且不求回报，也可以使我们短短的生命活得体面、有价值。我们的心灵将会得到慰藉，这本身何尝不算是一种报酬呢？

这些道理，是她和孩子们随主人去主日学校祈祷时偶尔听别人说起的，她很用心地通通记在心里，比她记那些字和成语都更加认真。她还下了很深的功夫研究过这些道理。单从这一点，你就可以看出，她还是很睿智的，尽管她脑子里有些轻浮和虚荣的成分。话说回来，谁能做到十全十美呢？谁不存在一些毛病呢？

我们相互告别，泪流满面。她最后嘱咐我的一句话——她之所以留到最后才说，想必是要我永远记在心里——是这样的："孩子，为了纪念我——你亲爱的妈妈——当你遇到别人正处于不幸之中时，你就不要想到自己，而要毫不犹豫地施以援手。你要想到你的妈妈，照她的办法行事。"

你想我会忘记这句话吗？永远不会的。

狗妈妈的羊女儿

[波] 扬·格拉鲍夫斯基

马路对面，几乎就在我们的正门前有一座花园，其中有一间小屋。这是平平常常的小屋——既不丑也不美。为什么它老是空关着，真叫人捉摸不透。但不知何故，无论谁搬进这间小屋，最多住上半年，就会离开我们这座小城。

邮递员波漂莱克先生是这间永久空关的房屋唯一的长期住户。他占用了厢房里的两个极小的房间。他是个鳏夫，抚养着一对孪生女儿——佐西娅和维西娅。两个女孩极其相似，以至于我只能根据她们小辫子上扎着的颜色不同的丝带，才能把她们区别开来。她们有点像两只浅灰色的小猫。两人都显得老成持重，很少说话，要说总是一起说。她俩在散步的时候往往带着一头黑色的小绵羊，用一根红绳子牵着，那羊名叫小珍珠。

小珍珠简直不像一头羊，因为它聪明过人而且非常忠诚。至少小姐妹俩是这样说的。我得承认，黑绵羊确实与姐妹俩形影不离：一叫它的名字，就会咩咩地叫。然而这毕竟还是一头绵羊。羊就是羊。它用那双无精打采、多愁善感的眼睛审视世界。但是，在我看来，正是小绵羊的这一点，才是波漂莱克家两姐妹最喜欢的。

"它是那么温顺！"佐西娅称赞道。

"又是那样亲切！"维西娅重复说。

怎么样，太妙了！小姐妹俩与她们温顺的小绵羊相亲相爱——这就足够了！

不知何故，两个小女孩及她们的绵羊有好几天没有在街上出现。听说小珍珠病了。一天午后，姐妹俩突然向我的花园飞奔而来。俊俏的脸庞带着泪痕，眼中噙着泪水，下巴不停地颤抖，以致两个可怜的姑娘一句话也说不出来。

"发生了什么事？"我问。

"哎呀，扬叔叔！"佐西娅哽咽着。

"太不幸了！"维西娅跟着说。

接着两人就泪流满面：哭成了泪人。

我竭力安慰她们，给她们每人一块糖。不起任何作用。我又给她们第二块——无济于事。只有当我用樱桃酱招待她们时，这才弄明白是怎么回事。小珍珠死了……

"亲爱的，我无能为力，"我说，"一点忙也帮不上。"

"那标记怎么办？"维西娅问我，接着又哭起来。

"是啊，标记怎么办？"佐西娅边哭边说。

"还有什么标记？"我感到惊讶，"一生中从未听说过会留有某种标记！"

原来是这么回事：小珍珠已经有了个女儿，和它妈妈一样，也是黑色的。两个女孩给它起了个名字，叫标记。标记出生总共只有三天，再也不能吸到乳汁了。一般说来，只能这么办：与标记告别……

我坐下来考虑：该用什么方法来帮助这两个痛哭流涕的小姑娘。我突然想到了我们的狗——忠诚，于是对姑娘说：

"把你们的小孤儿拿到这里来。忠诚是一条善良、大度的狗。它现在正在给自己的狗崽喂奶。也许它会把你们的标记接纳为自己的家庭成员。让我们试试看！"

姐妹俩感到惊讶，瞪圆眼睛望着我，直发愣。

"把我们的标记交给狗？"佐西娅感到委屈。

"放到狗窝里去？"维西娅耸耸肩膀，也有同感。

"要么放到狗窝里去，否则我什么忙也帮不上，"我简单地回答，"你们的标记算什么了不起的人物？怎么就不能成为我们忠诚的养女？如果所有的人都像这条狗，有一颗金子般的心就好啦！"

两个小姑娘相互交换了眼色，想了想——二话没说，就往家里跑。

她俩突然又回来了。

"给，"维西娅一面说，一面打开一张老羊皮。

那里面是一只小羊羔。

"羊皮是标记的襁褓。"佐西娅向我解释。

"为了能让它在狗窝里感到温暖。"维西娅补充说。

我们带着标记及其襁褓向狗窝走去。我呼唤忠诚。它走出窝来，以忠实的目光望着我，但尾巴却摇摆得很急促。

"主人，有什么重要的事快说吧，"它仿佛在说，"你是知道的，我窝里还有个婴儿呐。一分钟也不能撇下它不管。"

我把老羊皮里的标记放在忠诚面前的地上。小羊羔非常虚弱，无法站立。

"这是自己人，"我对忠诚说，"是自己人，亲爱的！"

"是啊，怎么能不怜悯这软弱无力的小生命？"狗用诚实的目光回答我。我的忠诚小心翼翼地咬着小羊羔的后脑勺，把它带回自己的窝中。

波漂莱克家的两个小姑娘惊得目瞪口呆。当她们回过神来之后，这才拿起羊皮，一下子爬进狗窝。

"你们就别添乱了，"我对姑娘们说，"看来，忠诚用不着你们的羊皮。它自己懂得如何教养自己的养女。"

两个女孩拿着羊皮在狗舍前伫立了好久，这才离去。

但是，从那以后，她们每天都要数次光临我们的院落。时常给忠诚带来好吃的，一声不响地把它们放进狗食钵，然后就在狗舍前蹲下，但总不见标记：狗窝里很暗，标记又是黑色的，何况它又不会把鼻子伸向亮处。只是偶尔从狗舍里显露出一个深棕色的笨头笨脑的小家伙——忠诚的小崽子，毛茸茸、圆滚滚的，像只长毛绒制成的小熊崽。姐妹俩为它取了个名字，叫米什卡。仅此而已。况且米什卡也不想爬出窝来。在这样的季节，世界上的一切都很乏味：雨下个不停，寒气透体。早春时节往往如此。

太阳终于露面。两个小姑娘恰巧在狗窝附近转悠。突然，我听到她们大声叫喊：

"就是它！就是它！我们的标记！我们的标记！"

只见一个毛茸茸的小球艰难地滚过狗舍高高的门槛。这是米什卡，它一出来就坐下，打了个哈欠，随后又爽爽快快地打了个喷嚏。标记跟在它的后面跳出来。它在狗舍前站定，抖动一下身子——我简直惊呆了！——它突然朝地上一坐，活脱脱像条狗。是啊，您瞧瞧！

米什卡开始漫游院落，标记紧随其后。米什卡坐下，它就站定，米什卡向前冲，它就奔驰而去。米什卡爬进水洼，标记就啪嗒啪嗒地在水中行走。全身湿透的米什卡哭了，标记也跟着哭，尽管它身上一点也不湿。真是怪事！

两个小姑娘对这一切都极不喜欢。为什么？首先是因为我不允许她们把米什卡和标记抱在手上。我舍不得吗？当然舍不得。因为它们还很虚弱。稍有不慎，就会给这样的小不点造成终身残废。要知道，这是动物，而不是玩具，对吗？

我向姐妹俩作了解释。但是，我的话显然未能使她们信服。

两个小姑娘生气了，于是就不再踏进我们的院子。没过多久，她们就到乡下的婶婶那儿去了。

我却为此而高兴。为什么？可以告诉你们……我越来越自信，标记一点也不像自己的妈妈黑珍珠：既不温顺，也不亲切。

总而言之，它的举动丝毫不像绵羊，不像两个小姑娘所希望的甜蜜的小羊羔。标记"被狗同化了"，彻底地、不可逆转地"被狗所同化"！

你们也许会问，"被狗同化"是什么意思？是这样的：它的行为表现与狗一模一样，活像它的养母忠诚以及它的同乳兄弟米什卡。米什卡做什么，标记也做什么。米什卡追赶母鸡，标记也去追。米什卡经常遭到白公鸡的申斥，标记也跟着遭殃。米什卡跟鸭打架，标记就把鸭赶出洗衣槽。米什卡跳起来捉麻雀，标记就捉蝴蝶。它们同睡一个狗窝，同去池边游玩。它们一起在院子里奔跑，围着圆柱做8字形游戏。还有：它们同样都可以飞快地逃避我们家的卡捷琳娜"法网"中扫帚的追击。

只有一件事才能把它们区别开来，这就是饮食。固然，标记也会把鼻子伸向狗食钵，但它不会喝粥。然而，当标记啃吃青草或咀嚼干草时，米什卡就吃惊地把眼睛瞪得大大的。它惊讶不已：它亲爱的标记竟会吃这种讨厌的东西。

有一次，我给标记买来羊喜爱吃的美食——一块岩盐，把它放在筛子里，再搁到庭院中。标记的舌头立刻忙碌起来，不停地舔着盐巴，简直像一台转动着翼片的风磨！你们大概从未见过类似的情况。米什卡发现后就怒吼起来，汪汪乱叫，然后推开标记，一下子叼起盐巴！突然，鼻子里发出呼哧呼哧的声音，接着就开始打喷嚏，吐唾沫，在青草上揩舌头。从此以后，每当标记舔盐块，米什卡就恶狠狠地看着筛子和标记。

"真倒胃口！"嘴一撇，就远离那祸害。

但是，别以为标记和米什卡的口味总是各不相同。我们的院子里有一块被啃得干干净净的骨头，上面没一丝肉的气味——这不过是狗的玩具而已。如果院子里没有任何有趣的东西，为了消遣，所有的小崽子都会去啃啃它。有一次，米什卡和标记正是为了这个玩具打了一架。是真正的搏斗，结果是米什卡哀号着爬入狗窝，标记则叼着骨头在院子里奔跑了好一阵子……

从那时起，每当标记和米什卡一起奔出大门朝着路人狂吠时，我也就不见怪了。也许有人会问：怎样"狂吠"？是这样的：就像大喇叭发出的低音。

我的侄女克里西娅教会米什卡用后腿站立。不久，标记也开始用后面两只脚走路，简直像个芭蕾演员。标记还会抬起前腿"要东西"，甚至动作比米什卡更灵活，干起来更卖力，而米什卡则很懒惰，什么事都不想好好干。

暑假已结束。两个小姑娘从农村回到了家。当天她们过来看望标记，了解它的生活情况。

便门一开，她们就收住了脚步。首先见到她们的是米什卡。它一面叫，一面扑向她们。标记紧跟其后，两个动物围着两个可怜的女孩上蹿下跳。她们站着不敢动弹，面部带着尴尬的微笑。

我应声而出，递给两个小姑娘每人一块盐巴。

"向标记问个好。"我说。

标记闻了闻盐块，立即用后脚站立起来，摆动着前腿"要东西"。

姐妹俩哈哈大笑！

"像狗！像狗！"两人大声说。

然而，佐西娅突然严肃起来：

"只是我们的标记不再像它妈妈了。"

维西娅也认为：

"不会像真正的羊羔那样温顺，亲切。"

"那又怎么样？"我问，"难道你们就会因此而不太喜欢它啦？"

佐西娅沉思片刻。

"就听其自然吧。"她喃喃地说。

"这样我们也会喜欢的。"维西娅附和道。

这两个小姑娘既可爱，又聪明，对吗？

就是在这一天，标记搬进了自己的新居。它在那宽敞无人的院子里多么好啊！

波漂莱克家有一只会"抬起前腿要东西"的羊，这则消息在城里传开之后，人们就络绎不绝地来到这座院落。要知道，大家都想见见这个稀奇的动物。因此两个小主人感到非常自豪：她们有头完全像狗的羊！

（傅俊荣、吴文智　译）

狗兄狗弟

［波］扬·格拉鲍夫斯基

一、狗客栈

让我们从头说起，好吗?

世界上有许多爱狗的人。他们养一条狗，甚至养两条。很少有人养得更多了，对吗?

这种人是些普通的爱犬者。

说实话，我家里有一个真正的狗类收容所。是狗客栈，是像样的狗城。

只要我在围墙附近的某处发现一条小狗崽，只要我一看到它那模糊不清的小眼睛，只要它尾巴摇一下……我立刻就会感到，没有这条小狗，我就无法生活。我的生命里似乎正缺少这条小狗!

那么，你会立即怎么做呢?

我会把这个捡来的弃婴抱在手上，像上帝赐予的宝贝一样带回家，放在院子里。这样它就成了我的狗！

人们往往描写人，而我却决定写狗。我非常喜欢狗。而且从某种程度而言，我了解它们胜于对人的了解。

那就请听一听两条狗崽的故事吧！如果你们感兴趣，那我就有一个请求：请热爱你们将要在文中读到的那些狗。我和我所收养的所有四条腿的孩子将会以感激的心情记住你们。

现在我就开始讲述。

二、随心所欲的雷克斯

你们看，它对你侧目而视，显得多么狡猾？

它这是在讥笑我。

为什么？

事情是这样的。有次我家来了一个大婶，我发现她的披肩下藏着一样东西。

"买下这条达克斯狗吧！"她建议我。

"达克斯狗？正宗的？"我问。

"货真价实的金刚钻！"她一面眉飞色舞地向我介绍，一面从披肩里取出一条小狗——带有斑点的！

这使我感到有些奇怪：有生以来，从未见过带斑点的达克斯狗。但是，另一方面，狗崽的腿是"八"字形，耳朵像牛蒡叶，而它的躯干

却很长，长得简直使人吃惊。不知它身体的中间部位为何不长出另两条腿——以便托住它的肚子？所以它那玫瑰色的小肚皮才拖到地上。

狗崽向前迈出一步，又一步，然后又倒退一步，向地上一坐，用自己纽扣似的蓝色小眼睛看着我。随后就打了个哈欠——既甜蜜，又尽情！它站起身来，走到我跟前，一下子就爬上了我的膝盖，目不转睛地看着我。

我伸给它一只手，它舔了舔。

"它将是一条忠诚的狗，很温顺。"大婶说。

但是，显然它的牙床在发痒——它一口咬住我手指，显得相当有力。我甚至痛得叫起来。

大婶在这种情况下也没有惊慌失措："这条狗很凶，将是一个很好的卫士！总之，是一条名副其实的达克斯狗！既温顺又凶狠，而且聪明得像人一样！买吗？"

"噢哟，亲爱的，"我说，"我这里已经够多啦！我再买下……"

"达克斯！真正的达克斯狗，不想买？！"大婶气愤地问。

我皱了皱眉头。而大婶猛地一下把小狗拎起来，把它拿在手上摆弄来摆弄去！一会儿把它的爪子凑到我的眼前让我看，一会儿让我看尾巴，一会儿又要我看它的脸，一会儿又把它的两只耳朵凑到我的面前晃来晃去……大夸特夸，赞不绝口！听她这么一说——连国王也没有比这更好的狗。

最后，她问我："您有过真正的达克斯狗吗？"

"没有。"我不好意思地承认。

"那么，您就应当买下。买下——不就结啦。我把狗给您留下，以后再来拿钱。"

她说完就走了。

毫无办法！我提起这条达克斯狗崽，放到院子里去。

我找了个放过狗崽的篮子，在里面放了一些麦秸，铺上较软的破布，把新买的宝贝往里面一放，就打算走开。

那怎么能行？想都不要想！

我的狗崽拼命叫喊。但是只要我一回来——马上安静下来。

"瞧你，"我想，"这就是纯种狗！很顽皮！这都是正常的。"

我拿起篮子，把它放到厨房里去。在路上我作出了决定，应当给这种不平常的小狗取一个不平常的名字。

"可别把这样的亲王叫作'小朋友'或'小球'。我就叫它雷克斯——拉丁语意为'国王'。"我自语道。

我的雷克斯来到厨房还不想安静。其实，它什么都要闻——闻遍了所有的角落，甚至爬到餐橱下（我费了很大的劲才把它拖出来），似乎它已经习惯了这里的环境，但是，我刚想把它单独留下来，"音乐会"又重新开始！

我决定不向它屈服。你向东，我偏向西！我离开厨房，关上门。

狗崽又是哀号，又是尖叫，又是哭泣……最后终于睡着了，一直到傍晚它才醒来。

但是，夜里该怎么办！它不停地叫喊，我只得把它放进房间。

我想，它现在总该让我入睡了吧。但事实绝非如此！睡足了的雷克

斯只是想玩，于是它在半夜里还在东奔西跑，扯破了我的鞋子，撕坏了沙发，只有当它跑了几步，一头撞上桌腿时，它才安静下来。也许它认为在黑暗的房间里作长途旅行并不安全。

从此以后，这个淘气鬼就完全控制了我。我从未有过这样顽皮的狗！该怎么就怎么吧！是我自己不好，把它宠坏了。常言说得好，它就像爷爷的鞭子那样，随心所欲。我原谅它，容忍它所做的一切！

我的雷克斯情绪一向很好，胃口也大。

它看不起我养的其他狗。它总是第一个爬向食钵，从它们口中夺取最好吃的食物，不允许任何狗靠近它的篮子。总之，就其表现而言，它就像是整个狗家族中最主要的成员。

它似乎在说："我雷克斯一来，就万事大吉！而你们都是一群败类！"

当然它多次因此而受到同伴的惩罚。每一次它都叫喊着跑到我这里来诉苦。但是，难道我也参与狗的争吵？那还了得！自高自大的家伙挨揍，这是自作自受！

因此，雷克斯的见解显然是：最好不与任何狗打交道。它通常躺在门槛上，眼睛看着街道。

三、雷克斯找来一个朋友

有一次，我的雷克斯飞快地跑进房间，情绪非常激动。它在我的身边转来转去，不停地叫唤，简直在满地飞奔。

"你怎么啦，雷克斯？"我问。

它还是不停地围着我转：一会儿跑出房间，一会儿又回来，一会儿又出去。

"跟你一起走，是吧？"我问它，并向门口迈了几步。

雷克斯把自己的身体完全平贴在地板上，然后一跃而起，一下子跳到街上，又返回来，在门槛上站定，急得全身发抖，目不转睛地看着我。

"快，快！"它叫道。

我走出门去。雷克斯一头钻进树丛。我听见似乎有狗在尖叫、哀号。仔细一听，好像有两条狗的叫声。我等着。过了一会儿，雷克斯从丁香树丛中爬出来，随后好像有一个彩色小球滚了出来。雷克斯一面催促，一面开导说：

"走，走，别怕。这里的人很好，谁都不会欺侮你！"它看看我，再看看惊慌失措的小花狗。

然后，它停在门口，摇摇尾巴，以我从未见过的温情脉脉的眼神凝视着我。

"这是我的新朋友，"它说，"我邀请它来做客。我们会好好招待它的，对吗？"

我没表示反对，于是雷克斯很快就说服自己那胆怯的朋友走进外屋。它在那里狠狠地咬了一下小花狗的耳朵，这是因为小花狗见到我伸出的手就向后退。

"应当有礼貌！别给我丢脸！"它气愤地叫了一声。"应当尊敬主

人！要像一条有教养的狗！"雷克斯嘟嘟哝哝地说。它舔了一下我的手，高兴得跳了起来。

我只好殷勤待客，因为无论怎么说，我朋友的朋友也就是我的朋友！我请雷克斯的朋友喝小碟牛奶。雷克斯也馋涎欲滴，但是为了礼貌待客，它并没有碰一下牛奶。然而它的朋友把碟子舔得干干净净——就像被洗涮过的一样。

两个朋友走进院子。雷克斯陪着客人参观最有趣的地方，让它看泔水盆，又看垃圾坑。甚至爬上家畜栏的小台阶，说服它去拜访一下猪，因为猪的食槽里经常剩下一些好吃的东西。

一般说来，客人将永远留在我们这里。

有人无意中把这条狗叫作普采克，于是我们就开始这样称呼它。

我从未见到过类似于普采克和雷克斯之间的那种友谊：它们形影不离。

普采克住在院子里，不久它那难舍难分的朋友雷克斯也搬过去住。它不再躺在门口，也不再向街上张望。

必须承认：雷克斯是个忠实的朋友，因此我甚至还原谅它本不是一条纯种的达克斯狗。这并不重要——只要它有一颗真诚的心。

四、鸡狗人战

普采克出现后又过了几天，我们的院子里运来一只笼子。那不是普通的笼子：没有盖子，只有用木条制成的栅栏。而且笼子里装的东西非同一般。

里面的东西放声大叫。栅栏的缝隙里伸出一个个浅黄色的小脑袋，并束手无策地折腾来折腾去。里面的东西张着红色大喙，诉说自己被囚禁的生活。

不巧的是，家里没有一个人，当然狗除外。老狗在远处，对这些拼命想冲出来的鸭子侧目而视，不予理睬。都不想与这群爱唠叨的家伙纠缠在一起。

但是雷克斯和普采克则对鸭子的不幸遭遇深表同情。它俩蹲在笼子前面放声大哭。尤其是普采克，它天生就非常爱哭：平白无故地就会哭诉！

雷克斯噙着眼泪对它说："兄弟！难道我们能允许别人折磨如此可爱的小鸭子？"

"不允许！"普采克哼了一声。

"那么，我们该做些什么？"雷克斯问。

"不……知……道！"普采克因无计可施而哭得泣不成声，甚至仰头大哭。

"如果我们能折断木条，会怎么样？"雷克斯建议道。

"折……断！那怎么能把它们折……断？"普采克总是哭诉。

"用牙齿！"雷克斯大声说。

"好，你折吧！"

"你自己折！"

普采克开始咬木条。噼啪，噼啪！折断了一根！使劲一拉！你看，第二根也没了。小鸭子们纷纷冲出笼子。普采克没看清这一幕，而雷克斯都看清了。它不再哭泣，而且它的一只眼睛甚至还带着笑意。这还用说！这些黄色的毛茸茸的小家伙运动起来实在可笑！它们有趣地迈着小爪子急急忙忙地奔跑，像一个个小球在滚动。嗯，有一只已经张开小翅膀，准备逃走。

"拦住，捉住它，"雷克斯叫道，它不能无动于衷地看着它们逃跑，"普采克，从旁边绕过去！"

普采克像一枚炸弹似的闯入鸭群。

"嘎，嘎，嘎！强盗来啦，救命啊！谁来救救我们！"鸭子们哭叫起来。

由于它们的翅膀已相当硬实，所以已能飞离地面，并且蹦蹦跳跳地，就像金黄色的小球纷纷投向四面八方。

自然，大多数小鸭都奔向受人尊敬的老母鸭发出叫声的地方，这只老鸭正承担着教育这些外来小鸭子的重任。

两条小狗跟着它们。它们兴致勃勃地追赶着，不知不觉就来到家禽院落领域，进入了鸡舍。

鸡舍！对狗来说，这就意味着灾难，对胆敢闯入母鸡王国的小狗尤其如此！

聪明的老狗从来不向那里张望。为什么？难道体面的狗会吃麦或黍？

只有年幼无知的狗崽会到处伸鼻子，为了解闷，有时还会闯入禁区。

　　雷克斯进去过一两次。它找不到任何值得放进嘴里的东西，就不管三七二十一把鸡喝的水一饮而尽——好像院子里没水一样。其实要多少有多少！

　　但是狗崽的本性如此：别人禁止的东西总是更甜美！雷克斯因此而受到惹不起的抱窝老母鸡雷苏哈重重的惩罚。现在又来到鸡舍，雷克斯再次遇上令它咬牙切齿的雷苏哈。两条小狗已经把躲藏到角落里去的小鸭忘得一干二净。

　　"哎，普采克，"雷克斯说，"你看见那脱毛的掸子了吗？"

　　"看见了，怎么样？"

　　"喜欢吗，啊？"

　　"真讨厌！"

　　"你知道它说你什么？"

　　"很想知道！"

　　"好像说你怕它。"

　　"可别碰上我！"

　　"它当着全院的人辱骂你。不信，你去问恰帕！"

　　"我要给它颜色看看！"普采克一声不吭地扑向雷苏哈。

　　抱窝的母鸡赶紧逃跑。

　　"什么，什么，什么？怎么，怎么，怎么？基采克，基采克！"

　　基采克是一只白色的公鸡，此时它正像公爵一样，傲慢地在鸡舍里自由自在地散步。咯吱一声，啄一下，咯吱一声，啄两下……

　　这里有一粒谷物，那里有一条蠕虫！

基采克容不得吵闹与喧哗。它向雷苏哈叫喊的方向瞥了一眼，问道："谁在那里咕嗒咕嗒叫？那是什么？那是什么？"

它一下子就发现了狗崽，一切都明白了。

"啊，又是这条狗崽？它竟敢如此？我要让它瞧瞧厉害！"公鸡气得高声大叫。由于愤怒，它的鸡冠甚至完全充血。

"哎，切尔努哈！"它叫了一声正在不声不响地挖沙子的大黑母鸡，"切尔努哈，过来！"

老奸巨猾的基采克喜欢暗地里行动，进行伏击。它和切尔努哈一起隐藏在凸起的墙头后面，开始守候。

首先跑进埋伏点的是雷克斯。

"进攻吗？"切尔努哈问。

"这个已经受过教育。再等一等！"

跟在雷克斯后面飞奔而来的是普采克。它刚落入视线，公鸡就拼命叫起来："打！加把劲，让它记住我们！"它像老鹰一样直扑普采克的头部，把它压倒在地，打得它晕头转向。而切尔努哈跳到小狗的背上。

"啄，啄！"基采克叫道，"别良卡，过来！对它夹击！"

可怜的普采克直挺挺地趴在地上。鸡喙像雨点一样纷纷落在它的身上。它全身的毛都耸立起来，一只尚可睁开的眼直愣愣地看着。

"哎哟，哎哟！"它痛苦地哀号着，"下次不敢啦！再也不敢了！"

雷克斯冲上去营救。它很想救下朋友！它甚至咬住了基采克的尾巴，拔掉切尔努哈几根羽毛。可叹的是，对手的力量较强！勇敢的雷克斯鼻子上遭到重击。过了一会儿，它的耳朵又开始滴血……

迫于敌人的优势，雷克斯只好离开战场。其实它总共只退了几步，并在那里对着鸡骂了最后几句："下流坏基采克，基采克下流坏！切尔努哈邋遢鬼！别良卡流氓！"

然而，这些鸡对它不屑一顾，也不应战。它们啄呀，啄呀，残酷无情，连续进攻。

基采克终于累了，叫了一声："够了！滚开，呆头呆脑的家伙！"

普采克一面叫，一面向外爬。

"挨揍了？"雷克斯问。

"是……啊，我本来是可以收拾它们的，如果一条腿不被压在下面！"普采克回答。它的一条腿有点瘸，不过它的这条腿无论如何也比不上脑袋和腰部那样疼痛。

"你们等着瞧，我还要收拾你们！"它对鸡群叫了起来，并用后爪抓了几下地面。"下流坏！"最后它骂了一句，就走了。

五、捉弄卡捷琳娜大婶

朋友们确实认为，它们在院子里再也无事可做。何况，卡捷琳娜已出现在鸭笼旁。她发现落在雷克斯脸上的黄色绒毛，当然这一发现纯属偶然，于是她就迈着坚定的步伐走向雷克斯。她手中拿着一根被普采克折断的木条。

"到花园去！"雷克斯及时对朋友叫了一声，随即从花园篱笆的木桩之间挤了进去。

"啊哟！啊哟！"普采克尖叫起来。木条抽在它的背上，他感到非常痛，接着也从篱笆下面爬进花园。

"怎么样，痛吗？"雷克斯问。

"噢哟，好痛啊！"普采克啜泣起来。

"你总是哭！"雷克斯责怪道，"我甚至不知道该不该带着你！"

"到哪儿去？"普采克问道，转眼间就停止了哭泣。"你认为我不能制服她？嗯！还能怎么地？！她会记住我的！"它神气十足地说。

雷克斯对它这种自吹自擂没作任何回答，踏着碎步沿着花园中的小路向前走，穿行于黑豆与刺李丛之间。普采克跟在它的后面奔跑。

院子里传来卡捷琳娜的叫骂声："不是狗，而是上帝的惩罚！小鸭被惊散了！鸭鸭！鸭呖呖，鸭呖呖！你们等着瞧，没良心的畜生，我还要和你们算账！"

"没良心的畜生。"听见了这些威胁性的话，并未感到十分不安——它们就在篱笆后面！"我们去教训她一顿，让她明白，我们并不怕她，"雷克斯提议，"走吧，去逗逗她！让她去生气吧！"

两条小狗拐弯来到篱笆边的小路上。它们相信自己所处的位置绝对安全，于是这两个不知羞耻的家伙就肆无忌惮地当着怒气冲冲的卡捷琳娜大婶的面嘲笑她。

但是，卡捷琳娜手中拎着一桶水，于是她就随手把水泼向两条狗。"哎哟！哎哟！"这一次雷克斯也叫了，因为它身上被泼到的水比较多。它急忙不好意思地躲进了树丛。

"怎么，害怕了？"普采克挑逗它。

"你说我？怕她？瞧你说的！"雷克斯自豪地回答，"老妖婆！"

它对着卡捷琳娜叫起来，同时用后脚扬起一大片沙尘。然而，虽然它恼恨极了，但是，不瞒大家说，它还是与篱笆保持相当长的一段距离，而且扬起沙尘后立即逃离，速度快得出乎意料。忠诚的普采克紧跟其后。

两个朋友跑遍了整个花园，看过所有的角落，查遍每一个树丛，闻过小路上和草丛中能找到的每一个脚印。普采克发现一个废旧的鼹鼠洞。

"谁住在这里？"它问雷克斯。

当然，雷克斯自己也不知道这里住的是谁。它有生以来从未见过活的鼹鼠。但是，难道它能在普采克面前甘拜下风？难道它会承认地下的这个洞里藏着它雷克斯不知道的秘密？

"从未想过，你竟会这样傻，"它一本正经地回答，"你怎么啦，真的不知道谁住在这里？"

"不知道，"普采克老老实实地承认，"你知道吗？"

"知道。"

"那就说出来。"

"我还用说？"雷克斯扑哧一笑，"挖一下，你自己就知道了！"

普采克满怀热情地干了起来。它用爪子翻开大块的土团，扬起大片沙尘。不久它就被灰沙眯住了眼睛，鼻子里全是灰。它不时地打喷嚏，累得气喘吁吁，总算挖出一个能把整个脑袋伸进去的洞口。

"怎么样？有吗？"雷克斯问。

普采克把鼻子伸进洞内，吸了一口气，又一口，打了一个喷嚏，再闻闻……"老鼠不像老鼠，"它说，"闻上去好像有东西，但这是什么东西，我说不清楚……"

"让我看看嘛！"雷克斯埋怨了一句，就把普采克推离洞口。它把脑袋向洞内伸了伸，然后围着坑走了一圈，再闻闻，喘息了一阵说："你不会挖！"

"请你自己挖吧！"普采克嘟哝了一句。它已经累得筋疲力尽。

"当然我来挖！"雷克斯埋怨一声，就像机器似的两只前爪迅速地工作起来。普采克坐在一旁等候。

"马上就好，马上就好，"雷克斯用嘶哑的嗓音说。它的喉咙里已充满灰尘。"马上，马上！我已经听到它的声音！你听见了吗？"

普采起耳朵，把头侧向一边，再侧向另一边，然后说："什么都没听见！"

"这么说，你是聋子？"雷克斯气愤地叫了一声，挖得更加起劲。

"怎么样，有吗？"没过多久普采克又问。

"笨蛋！"雷克斯说，"当然有！不过，你知道我在想什么？"

"什么？"

"我看，它不在家。"

"那么就没有必要挖了！"

"我也这样认为。我们来迟了。"

"那到底是谁？"普采克指指洞口又问。

"你又问啦——我要狠狠地揍你一顿！"雷克斯斥责道，接着拔腿就跑，跑到哪儿算哪儿。

路上见到卡捷琳娜大婶忘在那里的双耳木桶。木桶的底部还剩些汤——剩下的猪饲料。普采克很想喝，本想爬进桶内，但雷克斯一下子推开它。

"瞧你什么样子！总该你先吃？你以为别人都不想喝？"

"这些水味道不好闻。"普采克提醒它，因为它已经闻过桶内的气味。

"不要吹毛求疵！"雷克斯以教训的口气说，"即使起初感觉味道不好，还是要喝！一旦习惯了，你就会喜欢。"于是它就把头伸进桶内。尽管它感到非常恶心，但还是坚持了很久，喝着发酸变质的汤。普采克看着木桶，不停地舔着嘴唇。

"现在你喝吧。"雷克斯终于同意了。

"是好水吗？"普采克问。

也许雷克斯也想回答，但是它突然感到一阵恶心，于是慌忙跑开。显然是为了不让朋友倒胃口。

六、狗兄弟挤牛奶

花园后面有一小块草坪，上面放牧着两头牛。因为家畜栏与宅院的其余部分被高高的围墙隔开，所以普采克至今尚未见过奶牛，因而它惊讶不已，踌躇不前。

"这是什么？"它低声问雷克斯。

"兄弟，这是会走路的牛奶。"雷克斯回答，听上去它似乎是一条通晓世上万物的狗。

"牛……奶？"普采克越发感到惊奇。

"是啊，牛奶，"雷克斯以不耐烦的口气回答，"你闻闻就会相信了！总之，你别再让我讨厌！你把所有的话都对它去讲，给它讲讲！"因为喝下去的稀汤正在发挥作用，可怜的雷克斯感觉很不好。普采克伸长脖子，仔细地闻。

"对，有牛奶味。"它确认。

"就是嘛！"雷克斯叫起来，"我没对你说过？"

"它们的奶在哪里？"普采克胆怯地问。

"尾巴附近。"

"尾巴附近？"

"你认为在哪里？"

"如果拽一下尾巴会出来什么？"

"什么，什么！"雷克斯重复它的话。说实话，它自己也不知道，拽一下尾巴会出来什么东西。但是想不到它自己竟脱口而出："牛奶就会流出来！"

"牛奶会流出来？"普采克大吃一惊。

"你认为会怎么样？唉，普采克，你还是这么笨！"雷克斯冷冷一笑。谢天谢地，恶心似乎已经结束了。

"啊，我现在就想喝到牛奶！"普采克感叹道。

"我也是。"雷克斯表示同意。

"那怎么办？"

"你去抓那头花牛，我抓褐色的牛！"雷克斯下令道。它通常不喜欢多动脑筋。

两个朋友冲上前去。但是要想抓住牛尾巴那可是看起来容易，做起来难！天色暗沉下来，像往常一样，下雨之前苍蝇总是疯狂地叮咬。牛尾巴不停地摆动，尾尖上的一绺毛在小狗的眼前不住地闪来闪去。

"抓！"普采克叫了一声，终于抓住花牛的尾巴。

"是！"雷克斯应了一声，就向褐牛尾巴上咬去。

当然，这些叫声比较含糊，因为狗崽们的嘴巴都忙得不可开交，但是两个朋友都能心领神会。母牛感到尾巴上有样沉甸甸的东西，但起初并未多加注意：青草鲜美多汁，实在好吃。它们若无其事地继续摆动尾巴。

"啊哟！"普采克大叫起来，因为它的前额猛地一下碰到牛肋上。

"别松，别松！哎哟！"这时雷克斯也叫了一声，它自己被甩到褐牛的腰部。

不幸的是，母牛很快就对尾巴上的这些重负感到厌烦。它们开始加快速度，使劲地甩动尾巴，两条小狗不得不用尽所有力气，避免像投石器上的石块那样飞出去。

"噢哟，噢约！"普采克尖叫道。

"抓住，抓住！"雷克斯一面鼓励它，一面咬住牛尾巴晕头转向地在空中画弧线。

"遇上这个旋转木马，我可倒霉了！"普采克埋怨说。

"我也感到恶心！但要忍耐！"雷克斯回答。

这时尾巴从普采克的口中滑了出来。

"我要没命了！"普采克急忙叫了一声。它在空中划了一道美丽的弧线，"扑通"一声重重地跌落下来，像青蛙一样俯卧在草地上。

花牛感到一身轻松，随即向前迈了几步。褐牛发现花牛的尾巴已获解放，就妒忌起来。"啊，天哪！"它"哞哞"一叫，回头看看自己的尾巴，突然两只后腿向后一蹬！幸亏牛蹄没踢到雷克斯的脑袋。尽管如此，它的眼睛还是直冒金星。

它向后飞出去几步，接连翻了几个跟头，然后落到地上。它环顾四周，发现普采克正一瘸一拐地向它走来。

"看来我们今天喝不成牛奶了。"普采克感到忧伤。

"你在哪儿见过天空没有太阳的时候，能喝到牛奶？"雷克斯对它嘟哝道，接着就认真地梳理起来，开始按摩摔痛的骨头。

啪嗒，啪嗒，啪嗒！雨点一滴接着一滴地从天而降，越下越大、越下越大……极不喜欢下雨的普采克拔腿就跑。

"回家，回家！"它叫道。

"跑，跑！卡捷琳娜大婶在那里等你呢！"雷克斯尾随其后，叫喊起来。普采克停下脚步。它不太想见到卡捷琳娜。它对挨揍的情景还记忆犹新，而且它猜想，这不过是前奏而已。

"喂，怎么不走啦？"雷克斯挑逗说。

"还来得及！"普采克回答。

它似乎也不打算回家，于是就开始追赶母牛。它围着母牛跑来跑去，不停地叫唤，当然为了安全起见，它并没有忘记与牛角和牛蹄保持一定的距离。但是，很快它就玩腻了。

雨尽情地下。普采克像海绵一样，全身吸足了雨水。它像发疟疾似的，冷得牙齿磕碰作响。

"怎么啦，冻坏了？"雷克斯问。

"冻……坏了！"普采克承认。

"傻瓜！谁会这样冒雨奔跑？水从天上流下来的时候，应当躲起来！"

"你说起来容易！躲，躲到哪里去？"

"随我来！"雷克斯命令道。

它夹着尾巴，快步跑向棚子下有一小垛干草的地方。雷克斯爬上草垛。随后，普采克也跑了几步向草垛上一跳，但是可怜的小狗由于全身的毛被水浸透而显得身体很重，而且又是疲惫不堪，所以它无论如何也爬不上去。

"爬！"雷克斯命令。

"我不……能！"普采克哭着说。

"爬呀，人家对你说，爬上去！"

"我不……能！我……想回家！"

"饭桶！"雷克斯以鄙视的口气嘟哝一句，"我被你这个笨头笨脑、马虎大意的家伙害苦了！普采克！我再讲最后一遍：爬还是不爬？"

"我不能，我发狗誓，不……能！"普采克失声痛哭。

"你看，人家是怎么爬的！"

"我知道人家是怎么爬的，但是我怎么也爬……不上去！呜，呜！帮帮我！"

真没办法！雷克斯只好爬下来。它咬住普采克的后脖颈，费了很大的力气——呼哧，呼哧，气喘吁吁，终于把朋友拉上草垛。

"你要牢记：如果你再经常哭鼻子，我就要你好看，让你想想基采克的事！明白吗？"雷克斯气呼呼地对普采克喝道，好让它明白，它的牙齿咬起人来也相当厉害。

普采克向旁边一让，像小球似的滚了下去。可怜的小狗跌进卡捷琳娜取干草时形成的一个坑。

"救救我！"它急忙发出绝望的号叫。

"你就等着吧！活该！"雷克斯望着深坑，嘲笑道。普采克躺在谷底下面，吓得半死不活。但是，也许是坑边上的干草太松，也许是雷克斯一只脚没站好——总之，说时迟那时快，它一下子就掉到自己朋友的身上。

"你看，你也跌下来了！还吹牛呢！"普采克说。

"我根本就不是跌下来的，是我自己跳下来的！"雷克斯自吹自擂。"下雨天，我经常睡在这里，在最底下！又暖和又舒服！任何地方都没有这里睡得香！"它补充说，接着就一面打哈欠，一面蜷缩成一团。

除了睡觉外，普采克再也没有什么事好做了。它躺在干草上，用尾巴遮住鼻子，打起鼾来。

七、被判家庭囚禁

绳子无论搓多长，总会有尽头。

狗崽们睡了一小时、两小时，最后终于醒来。

"我想吃东西！"普采克在哭。

"你总是想！"雷克斯叫起来。

"你难道不想吃？"

"吃嘛，我也不反对……"雷克斯承认，"家里现在可能在吃饭……"

"那我们就回家吧！"普采克建议。

"走吧！"雷克斯表示同意，"爬出去！"

"你先爬！"普采克说，它自己不太清楚如何才能爬出去。

"好，你看着！学学怎么个爬法！"雷克斯自豪地说，并开始向草垛上爬去。可惜，它刚爬上去一小截，立刻又滑到坑底。

"你好像有些不妙嘛！"普采克尖刻地讽刺道。

"你站到这里来，我踩着你的背向上爬！"雷克斯命令。

"然后你就这样把我扔在这里？"

雷克斯以鄙夷的目光看着朋友，"难道不是我把你拉上草垛的？"

普采克顺从地站到雷克斯指定的地点。可叹的是，雷克斯一踩上草垛，就向下滑。它白白地踮起脚，弓起腰。

"怎么办？"普采克终于哽咽起来。这一次雷克斯也无法说出任何振奋人心的话了。

说到这里我也感到难为情。天黑下来的时候，草垛里传出了哭泣声，听起来像是在花园的最深处。

"这是谁在叫喊？"我问卡捷琳娜。

"谁知道？可能是'鬼'？"她小声说，同时虔诚地画着十字。

"雷克斯和普采克在家吗？"

"就在不久前，我还在花园里见过它们。难道我能看得住它们？可能在什么地方聊天！"

"是啊，"我想，"准是它们！爬到某处，又无法爬出来！"

我把两个"小朋友"从草垛里拉出来。它们面色不好看。面部表情是那样悲伤和惊惶，以致我见到它们，感到啼笑皆非。

它们的所作所为，卡捷琳娜已向我诉说。我本想饶恕它们。但是她坚持说，有一只小鸭，一只从远方运来的良种鸭的一只爪子被折断了，于是她判普采克有罪。

至于说饶恕，她听都不想听。

"一旦您饶恕这些胡作非为的家伙所干的一切，家里就没有秩序了！要么有公道，要么没有！人家在这里拼命干活，有什么用？你干一套，它们干另一套！它们这些惹是生非的淘气鬼什么事都干得出来！"她大动肝火，"要么您收拾它们，要么我永远不进这个家门！这里对狗比对人尊重！"她提高嗓门说完最后一句话，就扔掉围裙，一下子把木桶摔到地上。

　　算啦，公道就公道吧！由于我相信，即使普采克干了什么坏事，那准是受到雷克斯的唆使，所以我就把两个"小朋友"一起判为家庭囚禁。两条狗崽在贮藏室里被囚禁了一整天。

　　只有用两条后腿站立，这些囚徒才能透过一条缝隙见到外面发生的事。你们看，它们的样子多么忧愁、多么沮丧啊！你们看看，真是……

　　如果你们还想听，我还可以给你们讲一些关于这些小狗的故事。因为——坦白地说——我喜欢这些胡作非为的小家伙。也许正是因为它们虽然笨头笨脑、马虎大意，但它们却很有想象力和创造精神！

（傅俊荣、吴文智　译）

好狗阿尔玛

〔俄〕格·斯克列比茨基

　　我曾经在高加索旅游，了解高加索的大自然，了解那里资源丰富的动植物。

　　从一个小火车站——柯查赫站，我顺着白河的河谷向上游走去，进入了高加索山脉支脉的深处，抵达小村庄——古杰利普里村。

　　山脚下水流湍急的河边，立着几所漂亮的小房子，那里便是高加索北部自然保护区的管理所。我决定在那儿住一两个星期，在自然保护区的森林里游览一番。那些森林里有许多有趣的珍贵动物。它们在自然保护区内找到了安全的住所，受到人类的保护。

　　但是，在难以通行的茂密丛林里，特别是在树木还没有落叶的时候，怎样才能看见它们呢？谁能帮助我找到一只万分小心的貂，或者从走不进去的密林里吓出一只罕见的山地松鸡？我到附近山上的森林里去了好几次，观察了那里的奇异植物，但可惜几乎一只动物也没能看见，只听见到处有松鸦哇哇乱叫的声音，再就是偶尔可以听到森林里有忙碌的啄木鸟在大声咚咚地敲。

"莫非这次到自然保护区来，我竟观察不到这里的动物？"从林里回住处时，我不由得懊丧地想，"我要写高加索的飞禽走兽，竟不能亲眼瞧瞧，而只能凭目睹者的叙述来写吗？"这样间接地写太没劲了，因此我一次又一次想方设法寻找它们，但全是白费力。

有一次，在自然保护区里艰难地跋涉了一天之后，第二天早晨我醒得很早。太阳还没有从山后面升起，山峰下飘浮着一片片瓦灰色的雾，攀着森林的树梢。但天空晴朗无云，预示着这天天气会非常好。

门廊前的小花园里，百花争艳。附近草地上，摆着几只蜂箱。我观察着，头几只蜜蜂从蜂箱里爬出来，伸展开小翅膀很快地向远处飞去，有些就飞落在离得最近的花朵上，钻进被夜露浸湿后还没有干的花萼。

我觉得周围的一切都是热气腾腾的，屋旁的树木刚有一点儿发黄，就像被七月的烈日烘烤过一样。但是，我只要抬眼朝远山望去，就立刻意识到这已经不是夏天，而是秋天了。山脚的森林还是碧绿的，可是越往上，黄色和红色的斑点越多，到了山顶，树木就完全是鲜黄色和橙色的了。只有松树和冷杉还像墨绿的刷子，颜色比其他树木深得多。那一片片雾，正是攀着它们向上升腾。

我凝望着山景出了神。当有谁轻轻推了一下我的腰时，我吓得一哆嗦。我回过头去，看见门廊里有一条狗，就坐在我的身旁。看上去那是看家狗和猎狗的杂交种。它微微地弯着前爪，用抱歉的目光直视着我的眼睛，砍短了的尾巴不断在门廊地板上敲打着。我摸了摸，它欢喜得浑

身发抖，依偎着我，伸出湿漉漉的粉红色舌头舔舔我的手。

"瞧，主人不在家它寂寞了。"一位老工友走过门廊时站住了，说道。

"它的主人在哪儿？"

"不干了，回家去了，他的家在哈梅希基。看来，他把这条狗落在这儿了，瞧它现在不知在哪儿安身好了。"

"它叫什么名字？"

"叫阿尔玛。"老人向板棚走去，边走边回答。

我拿出一块面包喂阿尔玛。它大概饿极了，但还是斯斯文文地把面包接过去，衔着跑到附近一棵丁香树下，吃完又回来了，盯着我的眼睛，好像想说："再给我一点儿吃吧！我太饿了。"后来，它吃饱了，欢欢喜喜地躺在我的脚旁晒太阳。从那一天起，我和阿尔玛之间就建立起了牢不可破的友谊。可怜的小家伙准是把我当作它的新主人了，跟在我后面寸步不离。

"那只狗很聪明，受过训练。"村里的人这样夸阿尔玛，"能够帮人找飞禽，也能够帮人找走兽。它的主人是个猎人，全教会它了。"

有一回，我和自然保护区的观察员阿尔贝特决定到山上去。阿尔玛察觉我们准备出发到什么地方去，便兴奋地在我们脚下乱转起来。

"带它去吗？"我问道。

"当然带去，"阿尔贝特回答，"它找飞禽走兽，可比我们快多了。"

我们很快收拾好东西，拿了望远镜和一点儿食物，就动身了。

阿尔玛快快活活地跑在前面，但是并不跑远，也不跑进森林里去。

一出村庄就是山坡，阿尔贝特知道我完全不会爬山，所以走得非常慢，但我还是觉得他在跑。后来，大概我的伙伴感到，像我这样慢慢吞吞地走，他实在受不了啦，便在一块石头上坐了下来。

"您往前走吧，"他说，"我抽会儿烟，就去追您。"

我们就用这种独特的方式上山。我举步艰难地慢慢往上攀登，阿尔贝特坐在石头或树墩上抽烟，等我走到离他有一百米或二百米远的时候，他才站起来，几分钟就追上我了。追上我后，他又坐下来抽烟。我们爬到第一个山口时，阿尔贝特给我看看空了的香烟盒子。

"您瞧，"他笑道，"我为了您抽了一盒烟。"

后来，我们走进一片冷杉林。林里安静而晦暗，不时地有几只山雀在树顶上吱吱叫几声。

忽然，一阵很响的犬吠声使我站住了。

"这是阿尔玛在叫，它不知找到什么动物了，"阿尔贝特说，"咱们去瞧瞧。"

我们走了二十来米，便看见阿尔玛了。它坐在一棵高大的冷杉下，眼睛盯着上面，一个劲儿叫。

"灰鼠，喏，树枝上趴着一只灰鼠。"阿尔贝特指给我看。

可不是嘛，在离地五米高的一根靠下的树枝上，趴着一只毛茸茸的灰色小兽。它不安地抖动着尾巴，气哼哼地对狗发出"咔嚓、咔嚓、咔嚓"的声音。

阿尔贝特走到那棵树前，用手轻轻地敲着。瞬间，那只灰鼠就像支箭似的顺着树干向上爬去，躲进繁茂的树冠看不见了。但我已经用望远镜把它看清楚了。它的毛皮完全是灰色的，不像我们莫斯科郊区的松鼠那样是棕黄色的。我极感兴趣地端详了一下那只灰鼠。以前高加索只有个儿比我们那儿小一些的松鼠，高加索灰鼠的毛皮是棕灰色的，质量非常次。当地的猎人不猎取高加索灰鼠。但是，最近几年来有关方面运来了一批阿尔泰灰鼠，在高加索和提别尔德放养。这种灰鼠的毛皮非常漂亮，是银灰色的。这种小动物在新地方以惊人的速度繁殖起来。它们一直迁移到了提别尔德境界外很远的高加索森林里。现在，不仅在高加索北部有的是灰鼠，在南部也有很多了。当地的猎人已可以靠打灰鼠为生了。

我们叫了阿尔玛，又离开那棵树向前走去。过了不到半个钟头，它又看见第二只灰鼠，叫了起来。后来，它又看见第三只、第四只灰鼠。不过，我们倒也不需要绕过去叫阿尔玛，只要吹几声口哨，它就回来了。

但是，过了一会儿，阿尔玛又在林里大声叫起来。

这次，我们怎么吹口哨也叫不回来它。

阿尔贝特仔细地听着，说："这一次，它叫得太厉害了……不像是灰鼠，也许它找到一只貂。"

没有办法，我们只好又从小路上拐出去，从繁茂的杜鹃花灌木丛间钻过去，走到林边草地上。草地中央有一棵百年老冷杉树。阿尔玛就在这棵树下来回乱转，浑身的毛都竖了起来，气喘吁吁地一个劲儿发狠。

我们走到老冷杉树下，仔细察看它的树枝。我发现在两根粗树枝分叉的顶上，有个棕灰色的玩意儿，又像是鸟窝又像是树上的木瘤。树枝朝下耷拉着，挡住了视线。我从背囊里掏出望远镜，朝上面看了一下，又急忙把望远镜交给阿尔贝特。

他也把望远镜瞄准树顶上的黑玩意儿，瞧了一眼，马上把望远镜还给我了。他四面张望了一下，从肩上摘下卡宾枪。用望远镜很容易看出有一只小熊躲在树枝间。它用两只前爪抱着树干，正聚精会神地盯着树下的狗。

"咱们趁早走吧！"阿尔贝特捉住阿尔玛，用皮带系上它说道，"不然，等会儿你可别抱怨。"

"这不能帮助我们吗？"我指了指卡宾枪，问道。

"在不得已的情况下，当然能帮助我们。"阿尔贝特回答，"不过，要知道自然保护区里是不允许打野兽的。再说，要是把母熊打死了，这个小家伙怎么办？它还是个小娃娃，你瞧它趴在树上那个模样儿。"

我们急忙离开林边草地。等走远了，我们听见从冷杉树顶上传来了刺耳的尖叫声，响极了，很像小孩子的哭声，是小熊在叫它的母亲。

"别嚷了，忍耐一会儿，马上就来。"阿尔贝特笑着说。

真的，隔得老远，已可以听到身子很沉的野兽踩在枯树枝上发出的噼啪声和惊慌失措的咆哮声。

我们赶紧走开，以免妨碍这个虽动人但对外人来说不会太愉快的场面。

我们往山坡上爬得越高，在林边草地和洼地上就越常看到冷杉之间有高山槭树。林边草地上长满了杜鹃花，从小路上简直走不出去。忽然，阿尔玛蹙起鼻子来闻了闻，但并没有像找到灰鼠时那样拼命跑过去。相反地，它伸长了全身，小心翼翼地从蔓延在地面上的柔软的植物茎之间悄悄走过去。我们艰难地钻过杜鹃花丛，跟在阿尔玛后面。我们非常想知道它闻到了什么动物的气味，为什么不跑过去而是这样小心地悄悄走过去。

阿尔贝特从肩上摘下了卡宾枪，以防万一。"是不是熊？它很乐意躲在杜鹃花的灌木丛间。"但是，狗未必用这样一种奇怪的方式，像一只猫似的跟踪寻找熊。

阿尔玛忽然在无法通行的茂密丛林中停住了，像只泥塑狗似的一动也不动。毫无疑问，这只猎狗是发现了猎物，在踞地作势。

我命令道："前进！"阿尔玛立刻往前一冲，于是从灌木丛下噼里啪啦飞出一只山地松鸡。飞的时候，它很像我们那里的普通雄松鸡，只是个儿稍小一点儿。那只山地松鸡低低地从丛林上面飞了过去，消失在白桦树林里。阿尔玛又站着不动了，后来转过头看看我们，好像在问："你们为什么不放枪？"

"不能放枪，"我摸了摸阿尔玛，"你要知道，我们这是在自然保护区。"

阿尔玛当然听不懂我的话。那天，它一会儿给我们找到一只灰鼠，一会儿给我们找到一只小熊，每次我们都把它叫了回来，显然这不是我们要找的动物。终于，它找到一种不应该叫着追踪的动物，而是必须悄悄地向那只动物走过去，阿尔玛便那样做了。它听到"前进"的命令后，冲向前去，撵出那只野禽后，自己又停住不动了，完全按老主人教它的那样做了，但不知为什么新主人没有开枪。阿尔玛显然感到莫名其妙了，不知道下一步该怎么办。

我们也无法向它解释清楚，我们也不需要打死什么，只需要看一看——在这个森林自然保护区里，居住着哪些种类的飞禽走兽。在这方面，阿尔玛给我们帮了大忙。我和阿尔贝特都很满意，不过我们这位四条腿助手的打猎热情却完全没有得到满足。因此，在回去的路上，阿尔玛几乎连一只飞禽走兽也不再找了，反正我们也不开枪打。阿尔玛无精打采地跟在我们后面慢慢走回家。

这一次游山，对我来说是一件大难事，我累得筋疲力尽地坐在门廊上。阿尔玛在我身旁坐下，用忧郁而专注的目光望着我，仿佛想猜出我究竟想叫它干什么。后来，它犹犹豫豫地站了起来，看了看房门。我把门给它打开了。

阿尔玛跑进屋里去，转眼之间又回来了，嘴里衔着我的软底便鞋，好像在问："你是不是需要这个？"

"真聪明！"我喜出望外，便脱下一只沉重的登山皮靴，换上轻便的软底鞋。

阿尔玛匆匆地跑进屋，又衔来另一只鞋。我摸摸阿尔玛，爱抚了它一番。

"原来他需要这种野味儿。"大概它这样想了，因此把一样一样的东西都从屋里给我衔了过来——袜子、手巾、衬衫什么的。

打那时起，它简直使我哭笑不得。我只要一忘记锁上房门，阿尔玛就跑进去，给我衔一件衣服出来。它就这样整天想讨好我。夜里，它睡在门廊里，守着我的房门，不许任何人进屋里去。

但是，不久我们的友谊就不得不结束了。我必须离开杰利普里到买柯普，从买柯普再到高加索南部的自然保护区去。我决定把阿尔玛带走，在路过哈梅希基的时候，交给它的老主人。

我们终于出发了。路非常难走，我把行李放在大车上，自己在前面步行。阿尔玛兴高采烈地在旁边跑着。

已经可以看见盆地上的哈梅希基了。

"阿尔玛见到它的老主人时，会怎样表现呢？"我不由得怀着一点儿忌妒的心情想道。

村旁有一所小白房子，他就住在那里。我们走到房前时，主人正在那里拾掇一辆马车。他听见车轮声，便转过身来，看见了阿尔玛。

"阿尔玛，你从哪儿跑来了？"他欢喜地叫道。

阿尔玛愣了一秒钟，忽然飞也似的向主人跑去。它尖声叫着朝老主人的怀里蹦高儿，显然是不知道怎样表现自己的快乐才好了。后来，阿尔玛好像想起了什么似的，转身跑回我们的大车前，跳了上去，我还没来得及搞清是怎么回事，它已经衔起放在干草上的我的帽子，给主人送去了。

"哎呀，你这个坏家伙！"我笑道，"现在把我的东西拿跑了，快还给我！"

我走过去，向阿尔玛弯下腰，想从阿尔玛嘴里夺回自己的东西。哪知阿尔玛把我的帽子放在地上，用爪子紧紧地按住，龇着牙恶狠狠地对我怒吼起来。这真使我大吃一惊。

"阿尔玛，你怎么啦？不认识我啦？阿尔玛！"

阿尔玛当然认出我来了。它伏下去，一边摇它的半截短尾巴，一边抱歉地望着我的眼睛，好像在求我原谅。不过，它还是不肯把帽子还给我。

"可以给，给他吧，给他吧！"主人许可它了。

这时，阿尔玛才快活地尖叫一声，让我取回了自己的帽子。

我摸了摸阿尔玛，它还是那样温顺而友好地望着我。但是，我觉得现在它已经找到了真正的主人，对真正的主人它是绝对服从的。

"这只狗真聪明！"我已不再觉得难过了，虽然阿尔玛这么轻而易举地就用"别人"来替代了我，但是那个"别人"喂大了它，训练了它，教会了它许多事情，因此它把自己忠诚的爱永远地献给了他一个人。

（王汶　译）

坏男孩也有爱

［英］吉米·哈利

我想，那是在我看见一名伦敦警察用手指着一个愁眉苦脸的顽皮小孩时，我想起了卫理，还有他把鞭炮从信箱放进我诊所的那段日子。

那种爆竹，他们好像叫做"水鸳鸯"。每当我穿过漆黑的走道来应门铃时，那玩意儿就会在我脚边爆炸，把我吓得跳到半空中。

一个十岁大的小男孩为什么跟我过不去？我从来也没伤害过他，可他经常会变换一些恶作剧的花样，或是把垃圾从信箱塞进来，或是把我们在大石板之间开垦出的一小片花园上种的花拔掉，或是用粉笔在我的汽车上写一些粗话。

不过，我知道我并不是他唯一的受害人，因为我也听过别人的抱怨。

卫理的最大成就，无疑是他把诊所外面那个煤坑上的铁栅搬走那件事。那个铁栅在前门台阶左边，铁栅下面有条很陡的坡道，送煤的人都是利用这条坡道把煤袋倒到坑洞里面。

我不晓得这是不是出于一时的灵感，不过他在德禄镇庆那天把铁栅偷走了。庆祝活动是要由郝登银线乐队带头的全镇游行首先登场。隔着卧房的窗户往下看，我看见他们全都聚到了下面的马路。我和海伦快步迈出了大门。原先站在人行道上耐心等待游行开始的镇民们，现在可有了另一样可供观赏的东西。男女幼童军们在行列中热情地跟我挥着手，而街上和四面八方的大人们也都亲切地对着我点头、微笑。

我猜，他们这时的想法一定是："看，那个年轻兽医出来了。他才刚结婚呢！旁边那位就是他太太。"

一股幸福的感觉涌到我心头。放眼四周，我频频露出几缕庄严的微笑，并不时像个皇族似的举起手来，慈祥地向台下的群众答礼。然后，我注意到海伦快被我挤得没位置站了，所以，我向左边原来该有铁栅的地方跨了一步，谁知道就这么一跨，我竟动作优美地滑进了煤坑内。

假如说，我整个人完全从地面上消失了，那实在也有点夸张。其实，我还真希望我整个不见了，因为那样我就可以躲在洞里面，免得更加丢人现眼。可是，谁知道我只滑了一半却被卡住了，剩下个脑袋和肩膀露在地面上。

我这小小的表演在观众中造成了相当大的轰动，因为庆祝活动中绝对没有一项可以跟我这个媲美。我旁边的一两个人露出了惊慌表情，不过绝大部分人的反应都是捧腹大笑。成人们几乎乐得全都抱在了一块。不过最欣赏我的表演的还是那些男女幼童军，他们冲乱了自己的队伍，

一个个在马路中央挤得东倒西歪，而他们的队长却还拼命想恢复秩序。我太太在这场危机中一点也没帮上忙，而我也只能抬着头，用责备的眼光看她靠在门柱上猛揩她的眼睛，以防笑出泪来。

爬到马路上后，我终于恍然大悟事出何因。我正拍着裤子上的煤渣，并尽力想装出一副满不在乎的样子时，忽然看见卫理兴奋地弯着腿，得意扬扬地用手指指我，又指指那个煤坑。

后来，我向海伦问起过他。她告诉我，卫理的父亲在他六岁时离家了，他的母亲已经再婚，而这个孩子现在就跟她和他的继父住在一起。

说也奇怪，我竟很快又有了一次机会去观察他。那是在铁栅事件之后大约一个礼拜，我心里还有一点生气时，居然看见他孤零零地一个人坐在候诊室里面，腿上卧着一只瘦成皮包骨的黑狗。

我简直不肯相信我竟会逮到这样子的机会。过去一个礼拜，我一直预习着要在这种时机使用的严词厉语，可是由于有那只狗在场，我就又忍了下来。假如他是为了向我请教我职业上的事情而来，那我可不该开口就骂人。

我穿上一件白袍，走进了候诊室。

"有何指教？"我冷冷地问。

从那孩子脸上的表情，看得出他是下了很大的决心才走进这间诊所的。

"我的狗不知道有什么毛病。"他咕哝着说。

"好吧，麻烦把它放到桌上。"我说。

它长得比一只幼犬大不了多少，而且，它是一只地地道道的杂种狗。看它那身发亮的黑毛，它大概是系出拉布拉多猎犬；而它那尖鼻和竖耳，也还有点短脚狗的味道；可是它那细长的尾巴和内八字的前脚，却把我给搞糊涂了。虽然如此，它还算是个很漂亮的小东西，尤其是有一张甜蜜而且富于表情的脸孔。

不过，吸引了我全部注意的却是它眼角的几滴黄脓，从它鼻孔流出的黏脓，以及使它痛苦地猛眨眼睛的畏光症。

"你养它多久了？"

"一个月。是个朋友从哈丁顿的猫犬之家弄来再卖给我的。"

"它多大？"

"九个月。"

我点了点头，正是最会出问题的岁数。

我继续做了别的检查，又问了他一大堆例常的问题，虽然我心里早知道每个答案了。

卫理脸色阴沉地看着我，采取守势地回答我的问题，就好像我会随时去拧他的耳朵似的。不过，在我观察过他后，我刚才即使怀有什么敌意，这下也都全消失了。仔细一看，这个该死的顽皮鬼却成了一个缺乏照顾的可怜孩子。他的手肘从一件脏卫生衣的破洞中冒出来，他那条短裤也是同样破破烂烂的。不过最使我吃惊的是，他那个小身子发出了像是一辈子没洗过澡的酸臭味。

在回答完我的问题后，他费了半天劲儿才脱口说了一个他自己的问题："它到底有什么毛病？"

我犹豫了半晌："它得了犬瘟热。"

"它会好吗？"

"希望会。"我实在狠不下心告诉一个他这样年纪的小孩子，他的宠物或许会死的。

我用注射器吸满了"混合梅特灵"，在我打着针时，那只狗哀吟了几声，而那小男孩伸出了一只手，一直轻轻地拍着它。

"不要紧的，公爵。"他连声说。

"你叫它这个名字——公爵？"

"是啊。"他抚摸着它的耳朵，而那小狗翻过了身子，一直摇摆着它那奇怪的长尾巴，并拼命舔着他的手。卫理露出笑容，抬头看了我一眼，而就在这片刻之间，原先那张倔强的面具从他的脏脸上掉了下来，我在他乌黑、狂放的眼睛内看到了纯粹的喜悦。

我倒了一些晶体硼酸到一个盒子里，再把盒子递给他。"用这个溶到它喝的水里面，使它的眼睛和鼻子保持干净。"

他一句话没说就拿起盒子，而且几乎是在同时丢了九便士到桌上。这差不多正好是我通常的医疗费用。

"我什么时候再带它过来？"他问。

我犹豫地看了他一会儿。我所能做的就只是一再给它打针，可是这又能改变得了什么呢？！

那小男孩误会了我犹豫的原因。"我会给你钱！"他大声叫道，"我会赚到钱的！"

"我不是这个意思，卫理，我刚才是在想什么时候最合适。你礼拜四再带它过来怎么样？"

他急急点了个头，随后就带他的狗走了。

我在用消毒剂擦洗桌面时，心里不禁涌出了一股绝望无助的感觉。这种病是那么容易预防，可是却几乎没有办法治好。

接着三个礼拜，卫理的个性竟发生了不可思议的变化。原先，这孩子是个出名的懒鬼，而今，他居然变得出奇的勤快，不但每天早上送报，为人整理花园，而且还在拍卖场帮忙赶牲畜。或许，只有我才知道他这么做是为了公爵。

他每隔两三天就会把那狗带来一次，而且每次都当场付钱。我尽量少算他的费用，因为他赚的钱还要用来向肉贩买新鲜的肉，以及向杂货店买最好的饼干和牛奶。

"公爵今天看起来好漂亮，"我有次在他来的时候说，"我发现你给它买了个新项圈和一条新皮带。"

这孩子害臊地点了点头，然后用他那对乌黑的眼睛直直看着我，"它好些了吗？"

我想了一会儿。说不定让他知道真实情况，反而可以使他不这么担心。"事情是这样子的：假如能避免神经上的并发症，那公爵才会变好。"

"什么并发症？"

"癫痫、麻痹，还有一种会使肌肉抽动，叫做舞蹈病的并发症。"

"假如它得了怎么办？"

"这样的话，前途就不妙。不过并不是每只狗都会得的。"我想让他恢复信心。

那孩子三天后又回来了。从他脸上的表情，我知道他有了重大的消息。

"公爵好多了！它的眼睛和鼻子都干了，而且，它现在像个饿狼似的能吃！"他兴奋得直喘着气。

我把那狗抱到桌上。无疑的，它的健康已大有改善，使得我也为之雀跃不已。

"这太好啦，卫理。"虽然我口头上这么说，我脑中却响起了一阵警铃声。假如神经并发症要接着而来的话，这正是大好时机——就在那狗表面上康复的时候。

我强迫使自己乐观一点："照现在这个情形，你可以不必再来了，只要多加小心照顾它就可以。假如看到有什么不平常的事，那再带它过来。"

这个一身邋遢的小男孩高兴地带着他的宝贝跑了，而我打心底里希望以后不会再在这个地方见到他。

上面说的是星期五晚上的事。到了星期一，我已经把这整件事给扔到回忆里去了，但就在这天，那小男孩又牵着公爵来到了诊所。

"怎么回事，卫理？"

"它在摇摆。"

听了他的话，我急忙从桌后面走出来，蹲在地上专心地研究起那狗。我把手放在它脑袋上，憋着气等了一会儿。糟糕，我担心的事果然发生了——颅肌微弱但规则地抽动。

"恐怕它得了舞蹈症，卫理。就是我以前告诉你的一种并发症，有些人管它叫'圣维塔之舞'。我原来希望它不会发生的。"

那小男孩忽然显得又脆弱又孤零零的，只见他不言不语地站在那儿，一直不停地搓弄着手上那条新皮带。

"它会死掉吗？"他费了好大的劲才说出这句话来。

"有些狗也会变好的，卫理。"不过我并没告诉他我只见过这种事一次，"我有种药可能对它有帮助。"

我给了他一些我唯一治好那次病所用的砒剂。其实，我根本不知道那次是不是靠这个药治好的，可是我也没有别的好给他了。

接着两个礼拜，公爵的舞蹈症完全照着教科书的情形而来。我所害怕的每一样事全都残忍地发生了，痉挛这个毛病从它头部蔓延到了四肢，然后，它后半身在走路时也摇摇晃晃起来。

它那位年轻主人不断地把它带到我这儿来，而我虽然想尽了办法，同时却也想让他明白怎么样都没有用了。这孩子固执地不肯听劝，一会儿还是忙着赶去送报，一会儿又去做别的工作，并且坚持要付医疗费用。然后，有天下午，他又来了。

"我没办法把公爵带来，"他喃喃地说，"它现在不能走了。你愿意跟我去看看它吗？"

我们一起上了我的汽车。他带我走上一座铺满圆石的庭院，打开了其中一间屋子的大门。

我一走进去后，屋中的臭味立刻向我扑来。平常，乡下兽医很不容易对环境感到恶心的。可是现在我觉得我的胃酸像波涛似的翻腾、汹涌。卫理他妈长得非常胖，一套脏衣服没形没样地在她身上挤成了一

团。她斜靠着餐桌，嘴巴里叼了根香烟，在抬头来看了我们一眼时，她脑袋上的发卷稀里哗啦乱响了一阵。

窗户下面的一张沙发上，她丈夫像头死猪似的横身躺着，咧了个大嘴巴打着呼噜，呼噜声中带着浓厚的啤酒味。堆满了更多油腻碗盘的水槽，上面覆盖着一层让人反胃的绿色浮渣。旧报纸、破衣服，还有各种说不出名字的垃圾撒满了一地。除此之外，一架收音机正全力地哇哇响着。

屋里唯一一样又新又干净的东西是角落上的狗篮。我走过去，俯身看着公爵，只见它气息奄奄、孤苦无依地趴在篮子里，瘦弱的小身子不能自已地抽动着。它那对凹陷的眼睛再次流满了黄脓，无神地向前凝视着。

"卫理，"我说，"你必须让我解决它的痛苦。"

他没有回答我的话，而当我想解释时，那架哇哇作响的收音机掩盖了我的声音。我抬头看了看他母亲。

"你介意把收音机关掉吗？"

她朝她孩子扭了下头，他才敢过去关上了旋钮。利用接下来的安静，我又开了口："相信我，只有这样办了。你不能让它受尽折磨才死。"

他没有看我，两眼只是一眨也不眨地盯着他的狗。过了好久，他才举起一只手，微微吐出了一句话："好吧。"

"我保证不会有一点痛苦的。"我一边用针筒吸满药水，一边说。的确，那小狗只是叹了一口气，然后就一动不动地直直躺着，要命的痉挛也终于停止了。

我把针筒摆进了口袋："你要我把它带走吗？"

他两眼茫然地看着我，这时，他母亲插了嘴："把它弄走！我打一开始就没想要那个该死的东西。"

我迅即抱起那个小身子，向外走了出去。卫理紧紧跟在我后头，张大了两眼看着我打开车后盖，轻轻地把公爵放到我的黑色工作外套上面。

我关上车盖后，他用指节使劲揉着眼睛，浑身不禁打起了哆嗦。我伸手搂住他的肩膀，好让他靠在我身上，狠狠哭个够。这时候，我不禁怀疑，他这辈子是不是有机会像这样有人来安慰他哭过。

可是，他很快又缩回了身子，伸手擦干了脏脸上的泪水。

"你要进屋子去吗，卫理？"我问他说。

他眨了眨眼，又以他以前那种凶狠的表情看了看我。

"不！"说完，他掉头就走，而且始终没有回头。我一直看着他穿过马路，翻过围墙，慢慢越过田野，向小溪走去。

从那以后，我似乎总是觉得卫理又回到了他往日的生活，从此再也不打零工或做有用的活动了。他再也不跟我搞恶作剧，可是，他却做起了更严重的坏事，不但放火烧谷仓，而且还因偷窃上过法庭。到了13岁时，他更偷起了汽车。

最后，他被送到一间感化院，从此就在这个地方上消失了。没有人知道他去了哪里，而大多数人也随之都忘了他。有一位没忘记他的是本地的警官。

　　"那个小卫理，"他有一次沉思着对我说，"他是我一生中见过的最坏的孩子。你晓得，我觉得他这辈子从来也没在乎过别人或是任何有生命的东西。"

　　"我了解你的感受，警官。"我回答说，"不过，你说的并不全对。曾经有个有生命的东西……"

（戴国光、种衍伦　译）

我的逝水年华

[英] 彼得·梅尔

人都说生活是不公平的，但也有好的一面。作为一条狗，我从来都没怨天尤人过，也没什么可后悔的。我只觉得一切主自有安排。假如按照上帝的安排，我应该是一条被绑在农舍外面的狗，忍受着狂风暴雨，没有主人的关心与疼爱，每天只有那点少得可怜的食物，生活只能用悲惨与凄凉来形容。不过，我们当中也有摆脱了卑微的出身，在竞争的世界中出人头地的。

我的一生充满了坎坷，如今回想起来仍是唏嘘不已。在很长的一段时日里，我终日在荒野中流浪，风餐露宿，还不时被人追赶。后来巧遇贵人，生命出现了转折……一切仿佛就是昨天发生的一样。

总的说来，我虽出身卑微，生命却非平淡无奇，而是丰富多彩的。我出生那天乱哄哄的。母亲在没有任何心理准备的情况下产下了我，她没有一点经验，老是抱怨睡眠不足、长疹子，很快就得了产后忧郁症。

再后来，她便永远地离开这个世界了，那时我才刚刚学会站立。那是我第一次体验生离死别，第一次觉得生活有着十分残酷的一面。

我的首位主人是个可耻的骗子，不过我每次看到他，还是要摇头摆尾地巴结他。我得说，当年的溜须技巧远没有今天娴熟与高超，但为了生活，我只好拼命地摇尾巴，还假装高兴地发出尖叫声。

我总是忍不住地想，在他那讨厌的相貌下，是否有一个慈爱的灵魂？他也许终究会对我伸出欢迎的双臂。然而，我错了！我不过是一厢情愿。你应该有听过阴险、残忍这些词吧，它们用来形容他简直再合适不过了。最令人愤恨的是他的靴子，那双无法无天的靴子。我对人类的脚有恐惧感，全由于此。

那天早晨，我从废弃轮胎中走出来，伸了个懒腰，吸了一口清新的空气，准备开始无聊的一天。那家伙突然又出现在我的视野里，他依旧穿着那双可恨的靴子，此外还穿了一身好看的迷彩装：外面是行军夹克，插着一排子弹，肩膀两边分别挂着一个袋子和一支枪，头上戴着棕绿色的帽子。他这副模样，俨然圣经中那个英勇的猎人。更让我惊讶的是，他好像良心发现了，竟然给我松绑，让我上了一辆破旧的货车。

车子驶到一个林子里。我看了看，发现那里已经停有三四辆车，而每辆车上都载有一条狗。那家伙和另外那些狗的主人称兄道弟，他们走起路来都昂首阔步，还相互炫耀随身携带的枪械弹药。

就在这时候，有人抓住了我的颈背，把我从车上拉了下来，还命令我跑到林子里去。我快步跑向那边，发现前面灌木丛下居然有一只兔子，吓得两腿发软，全没了主意，不知要在地上打滚、装死，还是要逃之夭夭。后面整队人马却很兴奋，下达了许多命令，但我浑然听不进去。我从未上过战场，那么多子弹在头顶上嗖嗖而过，心里不害怕才怪。我撒腿就跑，跑得比兔子还快。不跑快不行啊，那些子弹可是不长眼睛的！

回家的路上，气氛凝重。我深知自己没用，猎狗应该具备的技术和灵巧我都没有。但这毕竟是我第一次出征啊！没人教我，我又怎懂得那些所谓的狩猎规则？但是为了不让这件事影响我们日后的和平共处，我还是主动表示了歉意，然而换来的却是主人的一顿打骂。

过了几天，主人想看看我是否真是"朽木不可雕也"，于是准备给我一点野外追猎的基本训练。他拿来一团东西让我嗅，嘀咕着说了几句，接着就把那团东西扔到20公尺外的杂草丛里。

他双手下垂，做出阻挡我冲出去的手势。我才不想动呢，就干脆躺下来了。主人彻底被激怒了，他把我扔到货车后面，然后发疯似的开车出去。到了树林边，他把一块小香肠扔到灌木丛里。

哈，这就是我的猎物了！我一头钻进小树丛，把整个树林搞得天翻地覆，却仍一无所获。过了约莫10分钟，我向后一看：天啊，什么都不见了！

于是，我成了一只流浪狗。我已是自由身，没有了任何束缚，想去哪里就去哪里，想做什么就做什么。只是，我不得不考虑食宿问题。

不消说，流浪的生活注定是艰难的。不过，这有什么关系呢？不是说"天将降大任于斯人，必先苦其心志，劳其筋骨"吗？我把这看作是对我的磨炼。我对未来充满了希望和憧憬。

后来，我沿着一条通往乡村的小径走着，忽然生出一种预感：一种全新的生活即将开始。遇见一位妇女，她从车上下来，热情地跟我打招呼，让我挺无所适从。谁能想到，她居然还邀请我上车！我多么感激她呀！

在女士的房舍前，我认识了未来的两个伙伴：一只是老母狗，邋里邋遢的，看上去应该是一只猎犬；另一只是拉布拉多犬，跛足，毛发呈黑色。女主人为了让我留下，召开了"家庭管理会议"，经过一番讨论，我终于被允许加入这个大家庭。

就这样，我留下来了。我舒服地躺在新家里，阳光照在我的肚子上。生活是如此美妙，那些到处流浪、三餐不定的日子已经成为过去。

在我正式成为这个家庭的一员后，主人对我进行了重新包装。这是应该的，是符合时代精神的。但是当我被"请"进澡缸时，还是觉得很迷茫，不知如何是好。接下来发生了什么呢？全身淋湿、涂抹肥皂、冲洗干净、再涂肥皂、再冲水。然后他们拿出类似"除草机"的小玩意，对我的胡子、耳朵、尾巴，还有其他敏感部位进行修理。

我感到有点不是滋味，甚至品出了一丝羞辱的味道，但是接下来的礼遇却又让我十分受用。你瞧，有好多小甜饼可吃，有人不断地轻抚我，还能听到许多兴奋和赞许的呼声，好像我是个胜利归来的英雄。

该给我取个什么名字呢？人们绞尽了脑汁，最后还是觉得越简洁越好，于是一致通过叫我"仔仔"。其实不管叫我什么，我都觉得不重要，只要每天都有好吃的东西，还有舒服的腹部按摩，我就满足了。

有道是"英雄莫问出处"，这话我赞同。虽然我出身卑微，但我自认为是一块璞玉。我天资聪颖，潜力无限，只是缺乏基本的社交礼仪罢了。从现在开始，我要学的东西还真多啊。

我以前不用碗吃东西，用碗吃饭有点窍门——你越着急，一头扑上去，碗就滑得越远。所以我把碗推到墙角，这样它就不会逃跑了。后来，我的技巧更加娴熟了，我把一只爪子固定就在碗中间，这样碗就动不了了。

我还了解到，吠叫要看对象、时机——如误闯进来的邻家狗，每月来访的杂志推销员，或是站在门口的陌生人。但不可以每次听到电话响就叫个不停，或是对来进行维修工作的水电工吠叫。还有，不可以在花园里肆无忌惮地挖掘。

我非常聪明，很快就学会了受人宠爱的秘诀。作为狗来说，我的确算是机灵的了，日常生活中的一些技巧那都是小菜一碟，我很快就全部掌握了。当然，如果我要走向外面的世界，还是要依靠我的主人。

跟一般的夫妇不一样，我的主人好像从来不去上班，总是热衷于在厨房忙碌。他们有很多身份不明的朋友，大都喜欢扯着嗓门说话，喜欢喝酒。他们为此还编出许多理由，比如生日啦、结婚啦、新年啦，或者岳母辞世，都会让他们聚在一起喝酒。最夸张的是，我见过有人以看到第一只杜鹃作为理由，喝酒玩乐。

老实说，人类太虚伪了，一方面说拒绝一切的享受，另一方面却无酒不欢。或许只有在酒桌上才能看到他们最真实的一面。那些看起来斯斯文文的谦谦君子，在酒桌上完全没了往日的风度。一开始也许还好，后来便一发不可收拾，客厅简直成了动物园。他们大杯大杯地喝酒，逮到谁就骂谁。他们骂公司的领导，骂不友好的邻居，骂正在竞选的议员们。有的人借着酒胆，对在场的朋友说了难听的话，以至于第二天清醒后不得不负荆请罪。

他们喜欢在背后曝出别人的秘密，而且总对那些成功的人嫉妒得咬牙切齿，双眼发红。只要躺在桌子底下，你就可以了解到很多社会新闻，了解到人类丑恶的一面。你一定会大开眼界。

我在成名之前，总觉得生活就像一杯白开水，时不时就想寻找一些刺激，比如搞些恶作剧、闯点小祸什么的。嘿，我还差点拍拖了，好在我悬崖勒马。我觉得将这些经历与大家分享一下也未尝不可。

人无完人，谁都会出错，何况我还是一条狗呢！以前我就闯过很多祸，不过每次我都能逢凶化吉，全身而退。

那天我跑到楼上，纯粹是为了寻找刺激。那个地方我从来没有去过，因此有种神秘感。那里的浴室和我们的倒差别不大，关键在于卧室的床，高低软硬刚刚好。真是一张好床啊，连枕头都有好几个，上面还铺着高级床单。我想了很久，也挣扎了很久，最后还是决定冒险到上面感受一下。这也符合我一贯的冒险作风，不是吗？我跳了上去，一边手舞足蹈，一边大声欢叫。我还把头靠在那柔软的枕头上，享受难得的温存。我以为自己做得神不知鬼不觉，然而一到晚上事情就败露了。

我以为自己的脚印很小，更糟糕的是忘记了脚底下还沾有泥巴，那是晨间散步时留下的。事实摆在眼前，我没有什么好解释的；当然，我不能就这样被"判刑"，我得充分发挥自己的聪明才智。本来呢，我打算让那两个同伴做替罪羊，后来我改变主意了，就坦诚地承认了自己的错误。我还摆出一副可怜相，表示愿意接受任何处罚。我甚至还流下了悔恨的泪水。结果怎样呢？你是想不到的，让我来告诉你吧。我最后得到了一顿丰盛的美餐。

观察了这么久，我发现人类最经不起情感的诱惑。不管是露骨的表白、深深的鞠躬、深情的凝视，还是一大早拼命摇尾示意，他们都经受不起。我做过一件很没有道德的事：把一只死老鼠拿到女主人面前，假装是我刚刚抓住的。她居然相信了！她感动得眼泪都差点流下来。

后来我总结出谄媚的七个绝招：①全身发抖；②四脚朝天；③抬起爪子；④轻触手；⑤靠着膝盖；⑥耍耍宝；⑦抱抱腿。因为篇幅有限，只能简单概括，如果你有兴趣，可以来找我，我们可以切磋切磋。

我那场轰轰烈烈的恋爱，年青一代可以参考一下。当我发现自己居然注意起异性并对异性越来越感兴趣时，我觉得很难为情，但还是情不自禁。青春期嘛，内心总是容易骚动，特别是看到邻家那娇羞可人的小宝贝后，我更加魂不守舍。

我一有机会就偷偷跑去看她，而且从不觉得厌烦。真爱的道路坎坷难行，对两只狗而言怕是更加如此。我不知花了多长时间，藏身在农舍上方的草丛中静静地观察着，只为等待一个最佳的时机。

每天早上，农舍的女主人总带着我心仪的"芬芬"（如果我没有听错的话），到田野中去散步。之后，再把她拴在后门。这时我就会从草丛中发出缠绵的呼唤，芬芬一定是知道我的心意的。当我准备再向前一步时，农舍男主人就出现了。情况每每如此。男主人如同一个老怪物，挥舞菜刀，凶神恶煞地对我咆哮。但我并不害怕。

有件事让我心情跌落到低谷。一天，米文教授到邻家做客，带来了一只肥肥胖胖、四脚短小的狗。这只狗一看就令人生厌，反正我不喜欢。我想你该在狂犬病的防治海报上看过这种狗。芬芬看起来和这只小肥狗交情不错。两个狗主人喝起酒来，谈天说地，芬芬和小肥狗则在草丛中相互追赶，玩得不亦乐乎。我的脑袋简直就要炸了。

后面发生的事更让我无法直视。芬芬像个荡妇一样迫不及待，把小肥狗拉到房子一边，然后猛地扑向他，在他身上跳上跳下，四脚朝天地滚来滚去……我恨得咬牙切齿。回家的路上，每一步都走得那么艰辛。我的心死了，冷了。

从此以后，我那张梦中情人的名单中，永远没有了"芬芬"。所谓"天涯何处无芳草"，也许周日早上遇见的那两只哈巴狗姊妹，才是我理想的伴侣。

我得说，我的发迹纯粹是巧合。

有一天，家里来了位摄影师。他是个过路人，是为了讨一杯水喝才来的。他顺便欣赏了一会儿房子前面盛开着的美丽的薰衣草。我下意识地嗅了嗅他，并不是很想搭理他，但他却突然把镜头拉下，即兴地为我拍了几张照片。

谁能想到，过了几个星期，天啊，我居然登上杂志了！我鬃毛林立，尾巴上翘，一副大无畏的模样。

之后，其他杂志和星探接踵而来；新闻记者、电视工作人员、四面八方的仰慕者前仆后继……对于这些没完没了的俗务，我只好尽量应付。最搞笑的是，居然有一对夫妻想要出售过期狗粮，偷偷摸摸的。但被我搞定了。

我的生活开始变得多姿多彩。我做模特，参加体育比赛，欺侮邻居的母鸡，和讨厌的猫打架……不过总算没出什么大事。我待人接物的水平也日渐提高，频频出入高级社交场合，颇有绅士风度。"时间会改变一切"，这话真的没错，现在我已经能用平和的心态面对一切了。

虽然我观察人观察了很久，但好像还是捉摸不清。我想，大概要用一生的时间才能弄明白人性这个东西吧。此外，如果一天到晚沉思生存的意义，对健康不会有什么好处。你可以看看那些哲学家们，他们就是最好的例子：到后来，不是像疯子一样胡言乱语，就是嗜酒成性，再不然就是在某个不起眼的大学里大谈存在主义。

我打算把我的经历写成一本书，并且已经有了初步构思，现在是搜集资料阶段。自成名后，各种纷扰令人心烦意乱。所以我常常到郊外的青草地上散步。每当看到那些单纯可爱、涉世未深的小狗们，我不禁想起自己的过去。

那时的我青春年少，血气方刚，怀揣着无数美丽的梦想。在面对屈辱、坎坷与挫折时，也曾不屈不挠地奋斗过。现在回想起来，依然心潮澎湃。年纪越大，越喜欢在夜深人静时回忆过往，这你知道的。

如果让我选，下辈子我还要做一只狗。我相信上帝的安排。

小狗达西卡的幸福生活

[捷克] 卡雷尔·恰佩克

第一章

我们的小主人公刚刚降生时，还只是个浑身雪白豆粒般大的小不点儿，你用一只手就可把它托起来。要不是它脑袋上挂着的两只黑黑的耳朵，屁股后面露出的小尾巴，你还真看不出这小家伙的真面目来。我们一直都希望能有一只漂亮的"公主"狗，所以给它起名达西卡——捷克人的女性名字，也可亲昵地叫它"达莎"。

小家伙刚出生的时候，眼睛还没睁开，活脱脱一个"小瞎子"。再看看它的四肢，软绵绵地往下一耷拉，勉强能称之为腿吧。靠它们，达西卡连站都站不稳，更别提走路了。虽然暂时还派不上什么用场，但至少它还算是个健康完整的小家伙，这便足够了，不是吗？每当达西卡想努力练习走路时，它就会做好充分的准备：首先，穿上鞋子——不对不对，不是穿鞋子，准确地说应该是精神抖擞做跃跃欲试状——也不对，不是做跃跃欲试状，再精确点来说，是捋胳膊挽袖子往手心里吐唾沫做摩拳擦掌状——希望大家能理解我所想表达的内容，达西卡当然是不能"往手心里吐唾沫"的，第一，它根本不会吐唾沫，第二嘛，它的爪子实在太小了，就是吐，估计也吐不准……

出生不久的达西卡可以拿在手上。总之，达西卡开始蹒跚学步啦。它迈出了第一步，花了大半天的时间终于从妈妈的前脚边"蹭"到了后脚边——在这漫长的过程中，小家伙不仅大吃了三顿还酣睡了两场。由此可见，睡觉和吃饭这两件事，它可天生就会，根本用不着学。所以达西卡整天都"勤奋"地实践着这两件事，我想哪怕是在无人可见的深夜，即便没人监督，它也丝毫不懈怠——勤奋如白天的安睡。

除此之外，我们的小主人公还学会了像小鸟一样喳喳叫，但是至于它是如何学鸟叫的，我既无法描绘出来，也无法形象模仿出来，原因就是我可发不出达西卡那样"优美动听"的声音。还有，达西卡会一边吃奶一边用嘴巴发出吧嗒吧嗒的声响，这也是天生就会的。但也仅此而已，其他高水平的本领它就不会了。正如大家所见，达西卡一开始确实没有什么惊天动地的表现，可它的妈妈（一只名为"爱丽丝"的刚毛猎狐犬）对达西卡却是十二分的满意。它可以一整天都跟自己的宝宝达西卡说悄悄话，闻它的味道，亲吻它，舔舐它，用舌头清洗它的身体，梳理它的毛发打扮它，爱抚它，哄逗它，喂养它，疼爱它，守护它，把自己毛茸茸的身体给它当枕头让它睡得更舒服……由此看来，在母爱面前，所有动物对孩子的疼爱与人类并无二致。正像我们每个人都熟知并且亲身经历过的那样，我们也是在母亲无微不至的关怀与呵护下茁壮成长的，大概每一个母亲都清楚她们为什么要这样照顾她们的孩子。可这位同样伟大的母亲却不知道为什么，它只能感受到，这是它的天命与职责。"喂，狗妈妈，"一个来自天国的声音命令它，"在你的宝宝还没睁开眼睛的时候，在它笨手笨脚的时候，在它还不能保护自己的时候，在它还没有学会躲避危险或求救的时候，你要时刻守护在它的身边，用自己的身体庇护它。一旦有可疑的东西迫近，你就要冲过去咬住对方的腿使它不得动弹，然后干掉它！"

爱丽丝对这一命令如"圣旨"般言听计从。有一次，一个可疑的律师刚接近达西卡，爱丽丝立马勇猛地冲了过去，想要一口咬断对方的脖子，不过最后只是把他的裤子给撕碎了。还有一次，我的一位作家朋友约瑟夫·克普达来访时，爱丽丝也没想放过他，咬住了约瑟夫的腿，半天没松开。另外有一位女士，在损失了一套衣服的情况下，估计她不会再希望看到爱丽丝了。到后来，爱丽丝变得越来越富有攻击性，无论是邮递员、清洁工，还是电器修理工、查煤气表的人都曾惨遭毒爪。它甚至连政府官员和公众人士都不放过，它曾攻击过一名过路的议员，到后来甚至跟警察发生冲突。不过也多亏了爱丽丝的高度警惕性与好斗性，使它的宝贝孩子从未受过任何外来的袭击和任何不怀好意的阴谋。因此，朋友们，这位狗妈妈的生活可以说不得有丝毫放松，这个世界上这么多人，而它是绝不可能把每个人都咬上一口的。

就在达西卡诞生十天的纪念日那天，它经历了出生以来的第一件大事：早晨醒来以后，它惊讶地发现自己能看见东西了。当然还只有一只眼睛能看到——即使只能用一只眼，我们也必须承认这是迈向新生活的一大步。眼前的景象更是令小小的达西卡惊讶不已，它不禁大叫起来，这值得纪念的尖叫声就是狗的语言——被我们称为"吠"的起源。今天的达西卡不仅会说话还学会了骂人，甚至恐吓、威胁都不在话下。可在当时，它只会尖叫，并且是类似于餐刀刮在盘子上的声音。

不管怎么说，对达西卡而言最重要的莫过于自己的眼睛能看见了。因为在那之前，达西卡要想找到妈妈的奶头美美地饱餐一顿的话，只能用鼻尖摸索着前进。当它想爬上几步的时候，也只能伸着自己乌黑发亮的小鼻子去辨别自己前方是否有障碍物。小家伙目前能看见的眼睛虽然只有一只，但也不失为一个大发现。只需随便瞄一眼，就能一清二楚：哎呀，原来这儿有一堵墙啊，那边有个小洞洞吧，那个白白的一定就是妈妈！想睡觉的时候就把眼睛一闭，我们就会道声晚安不再去打扰了。要是想看得更清楚点儿呢？没问题，先睁开那只眼，咦，另一只也能睁开了？那更好办了，先眯着眼睛看看，再转动几下，不一会儿眼睛就能睁得又圆又大了。达西卡现在可以双眼看世界了，也可以闭上双眼睡觉了，这也就意味着它不再需要把那么长的时间浪费在睡眠上，也就拥有了更多可以用来自由支配的时间，比如可以用来学走路或是干一些其他有意义的事情。不用说，这当然算个大进步。

就在这时，来自天国的声音再度响起："达西卡，既然你已经能看见了，那就勇敢地向前看，试着学习走路吧。"达西卡动了动耳朵，仿佛听懂了这一天外来音，它要开始学走路了。小家伙先小心翼翼地迈出右前腿，可是接下来呢？"现在迈你的左后腿！"神的声音在达西卡的耳边响起。嗯，走得还不错。"那么，接下来是迈另一只后腿。"神的声音说道："后腿，注意我说的是右腿，不是前腿！噢，你这个傻瓜，你还留着一条后腿没往前迈呢！天啊，等等，如果你不赶紧让那条后腿跟上来的话，你可一步都走不了！我再说一遍，把你的右后腿放在你的小屁股下面！噢不，不是尾巴，是你的腿。用尾巴你可走不了路！听好了，达西卡，尾巴什么的就别管了，它会自己跟着的。好了，现在四条腿都回复原位了吗？那我们再来一次，先迈右前腿，把头抬高点儿，这样你就不用老是弯着腿了。好的，就是这样。这次迈左后腿，下面是右后腿——别把腿伸得那么远，达西卡，四条腿必须始终位于肚子的下方——好，现在是左前腿，太棒了，看，你会走路了！休息一会儿，然后我们再走一次：一，二，三，四，头抬高。一，二，三，四……"

第二章

这下读者朋友们，你们也该明白小孩子练习走路不是一件容易的事了吧。而天国传来的声音对达西卡来说更是个严厉得不得了的老师，即使是这么一丁点儿的小狗，也绝对不会娇惯它。但时常会有忙不过来的时候。因为容纳万物的大自然可不能整天只陪着小狗练习走路，还要教小麻雀怎样飞行，教毛毛虫辨别什么叶子可以吃，什么叶子不可以吃。那时候，忙碌的大自然就只能给达西卡布置一些家庭作业，比如斜着身子从屋子的一个角落爬到另一个角落之类的，让可怜的小家伙自己跟自己殊死搏斗。达西卡拼命练习着，累得小小的舌头不停地伸出来喘着粗气。右前脚——然后是左后脚（咦？哪边是左边啊？是这边还是那边呢？）——接着迈另一只后脚（哎呀！跑哪里去了？）——然后该怎么走来着？"不行！不行！"正在教小麻雀飞行方法的大自然上气不接下气地呼唤着达西卡，"达西卡，脚步不要迈得那么大，头要抬起来，脚给我老老实实地放到身子下面……再来一遍！"真是的，老是自说自话教训别人。可达西卡又确实不知道自己该怎么做才好，它小小的四肢如丝线般细长无力，还像果冻一样抖个不停，无论怎么尝试都是徒然。再加上浑圆的肚子，大大的脑袋，这么看来的话，你还会认为走路是件没有难度的小事情吗？达西卡累得气喘吁吁，却一点成效都没有，于是沮丧地跌坐在狗屋正中央，哼哼唧唧地叫了起来。妈妈爱丽丝走过来安慰达西卡，又把它喂得饱饱的，来缓解一下它心中的苦闷。然后妈妈拥着达西卡入睡，不过达西卡立刻就又醒了过来，它想起自己的功课还没做完，就爬过妈妈的身体，朝狗屋的另一个角落走去。"达莎，做得不错！"耳边响起大自然的称赞声，"就用这种劲头继续努力，很快你就能跑得跟风一样快了。"

或许你很难相信，一只小小的狗也有那么多事情要做吗？没错，不练习走路的时候它就睡觉；不睡觉的时候它就练习蹲坐。这并没有你们想象中的那么简单，不信你听听大自然是怎么说的："达西卡，身子要坐赢！头抬起来，背挺起来，不要驼成那样！哎呀，你想四脚朝天那样坐吗？天啊，你怎么又坐到自己脚上了？咦？尾巴跑哪里去了？达西卡，我再说一遍，不能坐在尾巴上，不然尾巴就摇不动了！"看看，净是批评吧！

然后，小狗就连吃奶睡觉的时候，都必须背负着成长这一重要任务。腿一天比一天变长、变结实，脖子也一点一点地变得细长，鼻子则必须变得灵敏起来……大家应该也知道，一长一短的腿走起路来可不怎么方便，达西卡的四肢也必须长得长短粗细都一样才行。尾巴也不能忘记，总不能一直摇着老鼠似的尾巴，一定要变得更粗更强壮。事实上猎狐犬的尾巴也必须像棍棒般结实，摇晃起来像鞭子那样"刷"的一声才行。要做的事情还有很多，耳朵要时刻竖起保持警惕，尾巴要上下左右地摇晃，还有要会大声汪汪吠叫。达西卡必须把这些都学会，不能有丝毫马虎。现在达西卡已经能开始走路了，虽然偶尔会"弄丢"一条腿，不知道跑到哪里去了。而这时候，达西卡就会坐下来找出那条"消失"的腿，再好好数数四条腿是不是都好端端地在原处。即使有时不慎跌倒，达西卡也自有办法——身子蜷成一团，像圆桶那样滚下去就可以了。由于这种种事情，小狗的生活变得相当忙碌。没过几天，麻烦又来了——这次是牙齿长出来了。

开始的时候就像米粒那么大，长着长着就大了不少，牙齿前端也变尖锐了。对小狗来说，牙齿当然是越尖越好，而随着前端变尖，也激起了达西卡大咬特咬的冲动。所幸这世上有不少东西正适合让达西卡磨牙齿用。比如妈妈的耳朵呀，人的手指呀等等。不过要说咬起来最舒服的还是人突起的鼻尖跟软软的耳垂。一旦咬到嘴里，简直就是爱不释"嘴"啊。就这样，最大的受害者就是妈妈爱丽丝。爱丽丝的肚子，不是被达西卡咬，就是被用爪子抓得血迹斑斑。可妈妈还是一如既往地喂养这个小小的暴徒（粗暴的女儿，粗暴的少女，粗暴的大小姐，粗暴的女人——唉！到底要怎么形容这个小小的暴徒呢？），尽管妈妈经常痛得禁不住惨叫。好了，达西卡，你也该是时候断奶了。这样的话又必须再掌握一门新本领，也就是学习如何用盘子吃饭。

小不点儿，到这边来。这是盛了牛奶的盘子。什么？不知道怎么喝？太简单了，把鼻子探进去，舌头伸出来，浸到那白色的东西里去，趁着白色东西还留在舌头上的时候迅速地缩回去。然后一遍一遍地重复，直到盘子变空为止。别呆呆看着了，快过来试试！非常容易的，快点！

达西卡却仿佛不关自己的事似的，就那样愣愣地摇着尾巴。真是个笨蛋！实在是拿你没办法，只好把你的鼻子硬按进牛奶里去了。这突如其来的举动让达西卡大吃一惊！被硬按进牛奶里的鼻子和胡须都沾上了牛奶，它不得不用舌头去舔干净。这么一舔可不得了，没想到这白白的东西这么好吃。这下子可是谁都拦不住了。达西卡自己主动走向美味，还把头和脚都伸到盘子里，把牛奶溅得满地都是，四只脚再加上耳朵跟尾巴全都沾满了牛奶，妈妈只好过来把它舔干净。虽然结果不尽如人意，但总归是踏出了第一步。过了两三天，达西卡就能将盘子舔得跟刚擦干净的一样。达西卡就像春天新发的幼芽获得了雨水的滋润那样苗壮成长起来。不过达西卡喝的可不是雨水，而是牛奶。所以，小朋友们，你们要想身心强大，就要以这只小狗为榜样，吃得多多的才行。是的，就是要跟这只叫作达西卡的可爱小狗一样。

第三章

时间如流水般飞快地逝去，如流水般逝去的还有达西卡的小便。达西卡早已不是当初那只整天只会摇尾巴，笨手笨脚的小不点儿了。如今的它全身毛发硬邦邦乱蓬蓬的，牙齿也都长齐了，成了能独当一面的"小大人"了。可它就是坐不住，贪吃不说，好奇心也异常的旺盛，总是到处惹是生非，活脱脱一个"大麻烦"。不过，用自然科学的话说，它是个死皮赖脸、煮不烂烧不软、小混混似的、软硬不吃的犬科食肉兽，属于调皮捣蛋（行为滑稽）亚科，来回乱窜种，黑耳朵小丑亚种的淘气脊椎动物。它想到哪里就到哪里，整间房子，整个庭院，只要是篱笆包围的范围之内的世界，都是它的领地。在它的领地里，达西卡可以为所欲为，咬咬这个，啃啃那个。这片领地值得探索的地方还真不少，比如选一块什么样的风水宝地做自己的"厕所"，它对这种游戏乐此不疲，开发了不少自己的秘密基地。最终达西卡选择了我的工作室及周边地区作为最佳地点，有时它也会倾向于饭厅。另外，达西卡对于自己"卧室"的选择也很有一套，比方说睡在抹布上，或是人的怀里、鲜花盛开的花坛正中央、扫帚上、刚熨帖平整的衣服上、篮子里、购物袋中、山羊皮上、鞋子里、暖房里、盛有垃圾的簸箕上、小垫子上，甚至直接睡在地面上。达西卡还找到了不少专供自己娱乐的地方，比方说，能像飞机俯冲一样迅速华丽降落的楼梯，从楼梯上滚下来用鼻尖着地的时候达西卡就是这么认为的：这太有意思了。而另外一些地方，比如房门，则是十分危险而又让人无法预料的，达西卡经常稍不留神就被门撞个晕头转向，要不就是尾巴或是爪子被夹了个正着。这时，达西卡就会痛得大叫，然后要被人抱在怀里安抚好一阵儿才慢慢停止啜泣。而之后，又会得到美食作为安慰，可情绪刚平复下来，它就又不安生地跑去滚楼梯。

除了偶尔会有这些惨痛的经历外，达西卡深深地确信自己根本不会有大难临头的那一天，它不相信会有什么灾难降临到自己身上。于是扫帚来了也不躲，还自信满满地等着扫帚给它让路。不过通常情况下扫帚也的确不会扫到它。达西卡从小就对毛茸茸的东西有着与生俱来的亲近感，无论是扫帚还是从沙发里面搜出来的毛毡，或是人的头发。它更不会去躲人们的大鞋子——在它看来，鞋子应该主动躲着它才对呢！

因此，凡是住在我家的人啊，都多多少少被迫学会了太空漫步。走路的时候必须时时刻刻注意着脚下，简直是如履薄冰。要是不那么小心谨慎的话，就很有可能会在什么时候听到脚边传来凄厉的惨叫声。你无法相信这只小狗是多么的神出鬼没。阴谋、诡计和陷阱，从来不在达西卡的考虑范围之内。单纯的它只是无法理解为什么这个世界上会有不能随意奔跑的地方。达西卡曾有三次头朝下栽进院子的水池里，我们把它救出来后，就把它裹在暖和的毛毯里，让它咬着人的鼻子，好好安慰它。希望达西卡咬完自己世上最喜欢咬的东西之后能打起精神来。

第四章

但是，要是按顺序来看的话，就先说说达西卡最主要的工作——跑步这件事吧。达西卡再也不是当初那个走路一步三晃的小不点儿了，现如今的它，跑起来绝对算得上是高难度表演。比如说短跑、快跑、全速奔跑、10米冲刺跑、匍匐爬行，另外它还会玩各种从高处跳落的花样儿，比如说，它可以用鼻子或后背先着地，还会在空中连续翻跟头加上向前或向后转体若干度；还有障碍赛跑，负重跑（例如嘴里叼着一块抹布）等等；另外它还会做各种形式的翻转、打滚、跟头、旋转、大回环、跳跃，再有，无论是进攻还是逃跑，前进还是后退，它都很在行。总而言之，狗的"体操运动"中所包含的一切"项目"，对它而言都是小菜一碟。在这方面，达西卡那富于牺牲精神的母亲给了它莫大的帮助——爱丽丝教给达西卡如何像离弦之箭一样越过花坛，跳过一切阻挡的障碍，眨眼间就从院子的一边蹿到另一边。达西卡紧紧地跟在妈妈后面练习，可妈妈经常在急速奔跑的过程中来个变向跑，而跟在后面的达西卡可没听说过什么变向跑，一见不好，便躺在地上打滚，因为不这么做的话它压根停不下来。而当妈妈转着圈奔跑时，达西卡也总是一直跟在后面，可是小小的达西卡根本不懂世上还有"离心力"这个概念（对于物理学，狗类动物看来还要等上若干年才能真正明白）。结果，可怜的达西卡一下子被离心力甩得离地半尺，然后重重地摔了个大马趴。每当遇到这种莫名其妙的物理现象时，达西卡就一屁股坐在地上，眼睛瞪得圆圆的，仿佛在思索这到底是出了什么事。

另外，老实说，这样的小狗还不知道体现在自己行动上的中庸之道。原本只是想迈出一小步，结果却像弹弓一样"嗖"地就跳出去了；原本只是想轻轻地跳起来，结果却像被大炮打出来似的飞了出去。大家也知道，年轻人嘛，做事就是这么不靠谱。事实上，达西卡也不是出于自己的意志要跑，而是脚自然而然地就跑起来了；它也不是出于自己的意志要跳，而是就那么自然而然地飞出去了。达西卡的速度都是创纪录的，它可以在三秒钟之内，把成堆的花盆掀翻，并且一头撞进培育仙人掌幼苗的温室里。同样，连续摇动尾巴六十三次，它也只需用上三秒钟。如果有谁觉得自己也能做到，那么不妨跟在达西卡的后面尝试一下。

接下来，我们要说的是达西卡生活中最重要的第二件事——咬东西。可以说达西卡从来没有安分过，无论看见什么东西都要咬上一口。尤其是藤制家具啦、扫帚啦、地毯啦、电视天线啦、拖鞋啦、刮胡刀啦、照相器材啦、火柴盒啦、绳子啦、花盆啦、肥皂啦、衣服啦（特别是扣子）等等。如果实在不凑巧身边没东西可咬的话，达西卡就只好咬自己身上能咬到的地方，有时咬得太使劲了还会疼得大叫起来。在咬东西这件事上，达西卡表现出了惊人的毅力与耐性。它甚至能把地毯的四个边和桌布的四个角啃得一干二净。希望大家都能承认，这些成果对于达西卡这么一个小家伙来说还真是了不起的"功绩"。在不长的时间里，达西卡漂亮地取得了不小的"战绩"，列表如下：

旧地毯一张………计700克朗（捷克货币单位）

藤制家具一套………计360克朗

沙发坐套一件………计536克朗

（崭新的）桌布一张………计940克朗

花园用水管一根………计136克朗

刷子一把………计16克朗

凉鞋一双………计19克朗

拖鞋一双………计29克朗

其他物品………计263克朗

总计：2999克朗

（大家感兴趣的话可以核算一下。）

也就是说，这只纯种的小刚毛猎狐犬竟然"价值"2999克朗。那么我想知道，按这个算法，一只纯种的柏柏尔狮子（北非的野生狮子）的后代究竟价值多少呢？

有时候，家里会出奇的安静。那是因为达西卡悄悄地缩在哪个角落里，没有发出什么动静。这时候，人们就会长长地舒口气，感谢上天赐予的美好时光，小家伙多半是没什么可折腾的就跑去睡觉了，至少可以让人安静片刻了。但是过了一段时间，这样的寂静就不禁让人生疑，达西卡怎么能突然安分了这么长时间呢？百思不得其解的人只好过去看看。可刚一走过去，就看到达西卡犹如打了胜仗似的，得意扬扬地站起来摇着尾巴。脚下不知是什么东西的碎片散落一地，原本的面目已无从知晓，大概是把刷子吧。

　　第三件事也很重要，就是诸如"拔河"之类的运动，通常必须由妈妈爱丽丝协助完成。可狗又找不到能拿来拔河用的绳子，所以看到什么就用什么，帽子、袜子、鞋带等等，凡是看起来用得上的就一并拿来使用。具体怎么拔呢，当然是妈妈用力地拉着达西卡在院子里转来转去。达西卡也不打算赖皮，只是瞪大眼睛死死地拉着绳子，直到那条绳子扯断为止。要是妈妈不在身边的话，达西卡也能琢磨出不用妈妈自己就能玩的拔河。人类的屋子里能找出各种磨炼牙齿和肌肉力量以及耐性和运动精神的工具来，比如晾在竹竿上的衣服、照相机、花花草草、电话听筒、窗帘和天线等等。

　　第四，古典式摔跤也是达西卡十分喜爱的一项力气型运动。只见达西卡斗志昂扬地向妈妈扑过去，紧紧咬住妈妈的鼻子和耳朵。妈妈当然不甘示弱，迅速甩掉对手，按住对方的脖子，一场肉搏战就这样开始了。两名战士在摔跤台上（通常是草地上）扭成一团，不过看起来就像两个毛球蹬着乱得数不清的前后脚在那里翻滚。有的时候不是听到这个毛球发出尖锐的惨叫声，就是看到那个毛球得意扬扬地摇着胜利者的尾巴。两名战士的斗争越来越激烈，双方都使出浑身解数，四脚并用打算压制住对方。过了一会儿，爱丽丝一跃而起，被斗志高昂的达西卡追着绕院子一连跑了三圈。然后比赛重新开始，因为妈妈只是为了做示范，当然不可能真的咬达西卡，可达西卡的斗志却熊熊燃烧着，它使出全身的力气，对着妈妈又是抓、又是扯、又是咬。可怜的爱丽丝，每次比赛，都不知道要掉多少根毛。达西卡渐渐长大，变得更加强大，毛也比以前要浓密坚硬许多。可相对的，妈妈却遍体

鳞伤，毛越来越少。唉，孩子生来就是折磨父母的，对此你的妈妈可是深有体会。

有时候，疲倦的妈妈会不动声色地从自己前途一片美好的女儿面前消失，静静地独处一段时间。于是达西卡就跟刷子搏斗，把气撒在不知道擦什么用的抹布上，或者勇敢地去攻击人的脚。每次有客人来访，达西卡就电光火石般地猛扑到客人的脚下，紧紧咬住对方的裤子不松。客人硬挤出笑容来，心里虽然暗暗咒骂："滚开，蛮横无理的家伙！"嘴上还得说自己最喜欢小狗了，这只挂在自己裤子上的小狗就特别可爱等等口是心非的话。还有的时候，达西卡会朝客人的鞋子扑过去，扯着鞋带，然后在那位绅士说出第二句话之前（比如"真是伤脑筋"之类的），就能将鞋带解开，或是扯得粉碎。达西卡觉得这很有趣，而客人可不会这么觉得。

除此以外，第五件事就是达西卡还很喜欢做韵律操和自由操。比如用后脚挠挠耳朵孔或者搔搔下巴颏，它总觉得自己的毛发里藏有跳蚤，会时不时咬几口（这样的训练可以增加身体的优雅度以及柔软度，一般对于在地面上表演特技十分有用）。

不然就是跑到那个种满花草的花坛里做挖洞训练。达西卡是㹴犬，也就是出身于一个擅长捕鼠的种族，所以也会做捕鼠训练。我经常都得抓住达西卡的尾巴，把它从自己挖的洞里拖出来。达西卡乐此不疲地玩着这个游戏，不过我认为这一点都不好玩——大家不妨也想一想，如果花园里竖起的不是一枝百合花而是一条狗尾巴，您还高兴得起来吗？达西卡，我觉得我已经无法很好地跟你相处了，没有别的选择了，我必须把你从家里赶出去。妈妈爱丽丝也用它慧黠的眼睛告诉我：的确，我也不能再养着它了。人类先生，你看，这个孩子都把我折腾成什么样子了。毛几乎被拔光，浑身也弄得脏兮兮的。现在正是长出新毛，换上新衣的好时机。还有还有，我都在这儿服务五年了，可是大家光知道宠这个疯丫头，一点儿都不知道关心关心我，达西卡就是这样长大的，实在太令我伤心了。老实说，我连饭都吃不饱，那孩子总是吃完自己的就跑来抢我的，还从来不知道心存感激。是时候让这孩子出去锻炼锻炼了。

就这样，终于有一天，达西卡被几个陌生人带走了。我们一再向他们保证：达西卡是多么的勤奋，多么的听话乖巧（其实，就在当天它还把暖房的玻璃打碎，还有一株名贵的唐菖蒲被它从花坛里连根拔起），多么温顺以及多么彬彬有礼，甚至还亲切热情地夸奖"像达西卡这么好的一只狗，世界上再也找不出第二只了"。最后是说给达西卡听的："再见，亲爱的达西卡，要听话，做只乖乖狗哦！"

现在，这所房子终于恢复了久违的宁静与和平。谢天谢地，我们终于不用再担惊受怕了，再也不用担心那只烦人的小狗又在哪里搞了什么破坏、又干了什么荒唐的恶作剧出来。值得庆幸的是，它已经走了……但是，没过多久，这所房子的宁静显得死气沉沉。究竟是怎么回事？大家开始有意地避开对方，不敢与他人的目光对视，人们找遍了所有的角落，然而怎么找也没找到，就连曾经令人恼火的"小水洼"都寻不见了……

就在这时，狗窝里传来轻轻的啜泣声，那是浑身上下被咬得到处是伤口的狗妈妈爱丽丝发出的，疲倦的它缩在角落里，只露出一双依旧明亮的眼睛。

（陈菲菲　译）

一只狗的研究

[奥] 弗朗茨·卡夫卡

　　我的生活发生了怎样的变化啊，可从根本上看也没什么改变！当初我也生活在狗类当中，狗类所有的忧虑我也有，我只是狗类中的一条狗，当我现在将那些岁月重新唤到自己面前，当我回想起那些岁月并进一步观察时，我发现，在这里自古以来就有什么东西不对头，在这里有个小小的断裂处，在最令人起敬的民众集会中我会稍稍感到不适，甚至有时在最亲密的狗当中也是如此，不，不是有时，而是很频繁，只要看到一只我所喜欢的狗伙伴，只要看到以某种方式新见到的伙伴，就使我感到难堪，感到惊慌，感到束手无策，感到失望。我尽力安慰自己，凡是我告以实情的朋友们都帮助我，这样随后的一段时间就比较平静了，在这段时间里，虽然不乏那种意外，但我却能比较沉着冷静地对待它们，能比较沉着冷静地将它们接纳进生活。这段时间也许会使我悲伤疲倦，但它却使我从整体上来说真正在做狗，虽然我这条狗有些冷漠，拘谨，胆怯，精打细算。如果没有这种休养时期，我怎能活到我现在这把岁数，我怎能在观察我年轻时代的恐惧和忍受老年时期的恐惧时获得平静，我总能靠我那可悲的天资得出这些结论并依照它们生活。我承认我的天资很可悲，但为了表达得更谨慎些，我应该说它不十分出色。隐居荒野，孤独，仅仅从事一些毫无希望、但我却离不了的小研究，我就这样生活着，不过同时我也没有停止从远处观望我的人民，常常有些消息传到我这里，我也时不时地让他们了解一下我的情况。狗们对我怀着敬意，他们不理解我的生活方式，但却并不因此而讨厌我，就连那些年轻的狗，我时常看见他们在远处经过，他们是新的一代，我还能模模糊糊地回忆起他们的童年，就连他们也不会不恭恭敬敬地向我问好。

不容忽视的是，尽管我有种种显而易见的怪僻，但根本没有变种。每当我思考这些问题——我有时间、有兴趣，也有能力做这些，我就想，狗类的情况还是蛮不错的。除了我们狗外，四周还有各种各样的生物，可怜的、无足轻重的、沉默的、只能发出叫喊的生物，我们狗中有许多狗在研究他们，给他们起了名字，试图帮助他们，教育他们，想使他们高贵起来，还有诸如此类的事。即使他们不试图打扰我，我也不喜欢他们，我老是把他们搞混，我也就不管他们了。不过有一点特别明显，因此我不可能注意不到，这就是与我们狗相比，他们很少同心协力，总是怀着某种敌意默默地相互从身边走过，只有最普遍的利益才能把他们稍稍在表面上连在一起，而且就连这种利益也经常引发仇恨和争执。我们狗则完全相反！也许可以说，我们全都生活在一个唯一的群体中，另外，由于在时间的长河中产生的无数巨大差异，我们又是那样各不相同。全都生活在一个群体中！这就迫使我们相互走到一起，什么也不能阻止我们对这种强迫心满意足，我们所有的法律和机构，无论是我还依然了解的一小部分，还是我已忘却的绝大部分，都源出于对我们有能力获得的最大幸福的向往，源出于对温暖地相聚在一起的向往。然而现在却恰恰相反。据我所知，没有一种生物像我们狗这样远远地分散开来生活，没有一种生物有如此众多的、一目了然的等级差别，种类差别，职业差别。尽管如此，我们在充满激情的时刻依然成功地一再相聚在一起。我们怀着相聚在一起的愿望，而远远地分散开来生活的恰恰也是我们，我们从事着古怪的、连邻狗也难以理解的职业，恪守着不属狗类规定的规定，更确切地说是针对狗的规定。这是些多么困难的事情，谁都不愿沾边的事情——我理解这种观点，与我的观点相比，我更理解它——我完全沉迷于其中的事情。我为何不像其他狗一样行事，和我的人民和谐地生活在一起，默默地忍受破坏这种和谐的一切，把它们当作大账单中的小小失误忽略不计，时刻笑迎能将我们与民众幸福地联在一起的事，对那些非得让我们脱离民众的事——当然它们总是无法抗拒的——则不予理睬。

　　我还记着我少年时代的一件事，当时我正处在一种极度幸福又难以解释的兴奋之中，就像每只狗在孩提时代都要经历它一样。当时我还是只年幼的狗，什么都令我欢欣，什么都与我有关，我觉得，我周围发生着许多大事，而我便是它们的统帅，我必须将我的声音借给它们，如果我不为它们奔跑，不为它们晃动我的身子，它们只能痛苦地伏在原地。现在，孩子的幻想随年岁的增长已无影无踪了。不过当时它们非常强大，完全左右住了我，到后来自然还发生了一件不寻常的事，它似乎理所当然要引出一些狂热的期望。其实这也不是什么非同寻常的事，这种事和更为奇怪的事到后来我常常看都懒得看了，然而它当时给我的印象极为强烈，不可磨灭，它是我的第一个印象，是为以后的许多印象定向的。事情是这样，我遇到了一伙子狗，更确切地说，不是我遇到了他们，而是他们朝我走来。当时我已在黑暗中奔跑了很久，我预感到将要发生大事，那是一种很容易落空的预感，因为我总有这预感。我在黑暗中奔跑了很久，漫无目的，什么也听不见，什么也看不到，引导我的仅仅是模模糊糊的渴求。突然我停了下来，因为我感到我已经到了地方。我向上望去，已是明亮的白昼，只是稍有点儿雾气，一切都散发着四下翻滚的醉人气味。我用含糊不清的声音向清晨问了好，这时，就好像是我用魔法招来似的，从某一暗处出来了七只狗，同时还发出一种我从未听到过的可怕的喧闹声。如果我没看清他们是狗，如果我没看清这喧闹声是他们带来的——尽管我还分辨不清他们是怎么发出来的——可能我会立刻跑开，但我却停住了。关于那种仅仅赋予狗类、富于创造性的乐感，当时我几乎是一无所知，我那慢慢才形成的观察能力在此之前当然也没有觉察到它。如果自襁褓时代起音乐就是我生活的一个自然而然、必不可少的组成部分，它时刻充溢着我的四周，什么东西也不能迫使我将它和其他生活分开，只要暗示一下，只要设法用适合孩子理解力的方法向我暗示一下，那这七个大音乐艺术家就会令我更加意外，简直就令我五体投地。他们没有说话，也没有唱，他们几乎是靠一种顽强的毅力保持着沉默，但却由空空如也的空间变幻出冉冉上升的音乐。无论什么都是音乐，投足抬脚，回首转头，奔跑休息，彼此之间的位置，彼此间的依序排列，它们大概是一个将前爪搭在另一个的背上，就这样排列起来，因此最前面的得挺直身子承受着其他狗的所有重量，他们或是将身子贴近地面头尾相缠，而且从不出差错。最后那只狗还不太有把握，他并不总能马上跟上其他的狗，有时也基本上能按着旋律晃动，不过没有把握只是相对其他狗有十分的把握而言的，即使他的把握性再差一些，甚至没一点把握，也丝毫影响不了其他狗，即大师们沉着地保持着节奏。然而我几乎看不见他们，几乎不能一个个全看到。他们走了出来，我从内心把他们当作狗来欢迎。我虽然被伴随他们而来的喧闹声搞得稀里糊涂，但他们的确是狗，和你我一样的狗。我按习惯观察他们，就像观察在路上遇到的狗。我想靠近他们，和他们互致问候，他们也离得非常近。他们的岁数虽然比我大许多，不属于我这浓密长毛类，但在个头和体型上也并不完全陌生，或者是相当熟悉，我认识许多此种类型或相似类型的狗。我这样沉思时，这音乐声渐渐大起来，简直就抓住了我，把我从这些真正的小狗身边拖开，我完全违心地竭尽全力直立起来号叫着，好像我感到了疼痛，我什么别的也不能干，只能听这从四面八方，从高处，从地下，从所有的地方传来的音乐，将听者围在中央的音乐，令人压抑的音乐，劈头盖脸而来的音乐，近得要命也就如同在远处的音乐，似乎还能听见铜号声的音乐。我又被放开了，因为我过于筋疲力尽，元气大伤，虚弱得不能再听下去。我被放开了，看着那七只小狗列起他们的队列，看他们跳跃。我想和他们打招呼，想请他们教我，想问他们到底在这里干什么，可他们却一副拒人于千里之外的模样。我是个孩子，总以为无论何时都能提问题，而且谁都可以问。但我刚要开始，刚刚感到与那七只狗建立起了亲密良好的狗的关系，他们的音乐又开始了，搞得我晕头转向，打起了转转，似乎我自己也成了这些乐师中的一个，可我仅仅是他们的牺牲品，我扑过来又扑过去，拼命祈求怜悯，最后终于逃脱了它的控制，因为它把我逼进了一堆放得横七竖八的木头里，那木堆在四周耸起，而我一直没发现，此时它紧紧围住我，压得我低下了头，尽管音乐仍在外面轰鸣，我却有了一个稍稍喘口气的机会。的确，我惊叹那七只狗的艺术——我理解不了的艺术，不过我不能理解它也不仅仅是由于我的能力——更惊叹他们坦然地将自身完全置于自己制造出的东西之中的勇气，更惊叹他们泰然自若地承受着这些而没被压断脊梁骨的力量。可当我从我的避难所更仔细地观察时，我看出来，他们奏乐时与其说是镇静，倒不如说是极端紧张，他们的腿在移动时似乎稳健，其实每走一步都因惶恐而不停地抽搐，瑟瑟发抖，他们似乎很绝望，一个个目光呆滞地望着另一个，舌头刚被控制住立即又疲惫无力地从嘴里耷拉下来。这不可能是因为成功而产生的恐惧，谁敢于这样做，谁做成了这样的事，谁就不会再胆怯——究竟害怕什么？谁会逼迫他们在这里做这种事？我再也克制不住了，尤其是因为我觉得现在他们令人费解地需要帮助，于是我就在这一片喧闹中挑战似的大声喊出了我的问题。然而他们——难以理解！难以理解！——不回答，就当我不存在。对狗的呼唤不做任何答复，这是一种失礼，无论是最小的狗还是最大的狗，都是绝对不能原谅的。难道他们并不是狗？可他们怎么会不是狗呢？此时，当我更认真地听时，我甚至听到他们低声呼唤着互相鼓励，互相提醒着各种困难，互相告诫别出差错。排在最后面的是那只最小的狗，大部分呼唤都是冲着他的，我看见他不时偷偷瞟我一眼，仿佛很乐意回答我，但却极力克制着自己，因为这是不允许的。然而为什么这是不允许的？为什么我们的法律一直要求无条件做到的事这次却是不允许的？这使我心中火冒三丈，我几乎忘记了那音乐。这些狗违背了法律。无论他们是多么了不起的魔法师，这法律也适用于他们，就连我这孩子对此也理解得一清二楚。我在那里面还发现了更多的东西。他们的确有沉默的理由，比方说他们是出于负罪感而沉默不语。因为当他们表演时，由于震耳的音乐我一直没有觉察这一点，他们已没有丝毫廉耻感，这帮可恶的家伙做着既最可笑又最伤风化的事，他们用后脚撑着直立起来。呸，真见鬼！他们脱光身子，炫耀着自己的裸体，还以此感到自豪，每当他们遵从良知将前腿放下片刻，便吓得不得了，好像这是个错误，好像这种天性是个错误，于是又赶紧抬起前腿，他们的目光好像在祈求原谅他们不得不稍稍停止了作孽。这世界颠倒了吗？我在哪里？到底出了什么事？为了我自己的生存，我不能再在这里犹豫。我扒开团团围住我的木头一跃而出，我要去找那几只狗，我这小学生得做回老师，得让他们明白他们在干什么，得阻止他们继续作孽。"这种老狗，这种老狗！"我不断对自己重复着。然而当我刚刚自由、离那些狗仅隔两三步时，那喧闹又开始了，它又降住了我。这种喧闹我已熟悉，虽然声势可怕，但也许是可以克服的。但透过这种喧闹，远处持续不断地传来一种声音，它清晰严厉，始终不变，也许它就是这喧闹中的真正旋律，它迫使我跪倒在地，如若不是这样，我努力一下也许可以顶得住这种喧闹。这些狗奏出如此惑人的音乐。我受不了了，我不想再教训他们，就让他们叉开双腿，就让他们作孽，就让他们诱惑别的狗犯下默默观看的罪恶吧。我是一只如此幼小的狗，谁会要求我做如此困难的事情呢？我变得比实际的我更小，我哀声而号，他们若就此事征询我的意见，我也许会同意他们的做法。另外，时间过得并不长，他们就消失了，所有的喧闹声也消失了，他们从中现出身来的黑暗中的一切亮光也消失了。

正如我已经说过的，整个这件事并无任何不寻常之处，在漫长的一生中，一只狗会遇到各种事，用一个孩子的眼光从整体上看，它们更令人吃惊。此外，正如最确切的措辞所说的，此事和所有的事一样，当然不能"乱说"，后来事情就成了这样：有七个音乐家聚在一起，在清晨的寂静中演奏音乐，一只小狗迷路跑到那里，一个不受欢迎的听众，他们想用特别可怕或特别庄严的音乐把他轰走，可惜没有成功。他以提问题的方式搅扰他们。有生狗在场就够受干扰了，难道他们还得接受这种干扰，还得通过回答问题来扩大这种干扰？虽然法律规定必须答复每一只狗，但一只乱跑的小狗到底算不算应予重视的某狗？或许是他们压根就没闹清他的话，他提问题的汪汪叫声大概相当不清楚。他们也许听懂了他的话并克制着自己做了回答，可他这只不习惯听音乐的小狗从音乐中却分辨不出回答。至于后腿的问题，可能他们确实破例只用后腿走路，这是一种罪过，是的！然而他们是单独待在一起，七个待在朋友中的朋友，在亲密的聚会中，从某种程度上说就是在自家的四堵墙中，从某种程度上说根本没有外人，因为朋友不算公众，那里不是公众场合，即使一只好奇的街头小狗在场也不算公众场合，鉴于这种情况，这不就等于什么事都没有发生吗？也不完全是这样，但差不多就是这样，父母应该教育子女少到处乱跑，对此类事情最好保持沉默，要尊重老者。

到了这一步，这桩事情也就了结了。当然，对于大狗来说已经了结的事，对小狗来说还不算结。我四处奔跑，我逢狗便讲，逢狗便问，我控告，我研究，我真想将每只狗都拉到事发现场，给他们指一指，我当时在哪里，那七个家伙在哪里，他们在哪里以及如何跳舞并演奏音乐。可大家都不理我，讥笑我，如果有谁能和我一起去，我也许会牺牲我的清白，也试着用后脚站立起来，以便把一切都说得清清楚楚。而现在呢，大家对一只小狗所做的一切都感到生气，但最终还是原谅了他。但我一直保持着这种天真无邪的本性，就这样成了一只老狗。我对这件事的评价今天就更低了，不过依然和那时一样，对它我还在大声地谈论，还在将它还原成原来的样子，还在和那些在场的狗较量而且毫不顾及我身处其中的社会，总是干着既令我又令其他所有狗感到厌烦的事，然而也恰恰因为如此——这就是区别——我想通过调查研究彻底搞清这件事，以便最终再腾出眼睛去观察平凡、安静、幸福的日常生活。在后来的日子里，我工作起来完全和当时一样，直到今天也没罢手，虽说少了许多孩子的方法，但区别并不大。

起因也就是那场演奏。对此我并无怨言，在这里起作用的是我的天性，即使没有这场演奏，我的天性也一定会另找机会显露自己。只是事情来得那么快，这让我以前时常感到遗憾，它耗去了我的大部分童年，小狗那种无忧无虑的生活在有些狗那里能持续好几年，可对我来说只有短短的几个月。没有关系。世上有些事比童年更为重要。可能要到上了年纪，通过一种艰辛的生活，我才能得到超出一个真正的孩子的承受力的童年幸福，不过我以后会得到这种承受力。

当时我从最简单的事情开始我的调查，材料并不缺乏，真遗憾，它非常丰富，丰富得令我在混沌中感到绝望。我开始调查狗以什么为生。可以说，这当然不是个简单的问题，自古以来它就费尽了我们的脑筋，就是我们思考的主要对象，在这一领域里，各种观察、尝试、观点数不胜数，它已成为一门科学，这门科学规模巨大，它不仅超出个别学者的理解力，而且也超出了所有学者的理解力，除了整个狗类，谁也无力承担这门科学，而即使整个狗类还未承担起全部，已被压得气喘吁吁，它在早已占有的旧财富中不停地剥落，因此必须花费千辛万苦去填补它，何况我的研究困难重重，各种条件几乎无法满足。对这一切大家和我没有分歧，这一切我都知道，我无意涉足这门真正的科学，我对它怀着它应得到的一切敬意，但要增强这种敬意我还缺乏知识，缺乏勤奋，缺乏冷静，特别是近年还缺乏胃口。我将食品吞下肚子，可它根本就不值得我从农业角度事先有步骤地观察一番。在这一方面，一切科学的那句提要就足够我用了，即母亲让孩子离开自己的怀抱投入生活时告诉他们的那个小小的准则："尽自己的所能弄湿一切。"这里不是的确几乎包容了一切吗？对我们的祖先开始的这项研究到底还该添补什么重要东西？各种细节，各种细节，而一切都是那样不可靠。然而只要有我们狗在，这条准则就将存在。它关系到我们的主要食物。毫无疑问，我们还有其他辅助食物，但在非常情况下，只要没到特别悲惨的年龄，我们是能靠主要食物生活的。我们在地上得到主要食物，而土地则需要我们体内的水分，以这水分为生，仅以这种条件向我们提供食物。不应忘记的是，狗可以通过各种咒语、歌唱和动作使食物加速出现。按照我的观点，这就是一切，此事从这个角度基本上再没什么可谈了。在这方面，我和绝大多数狗观点一致，我严密防止沾惹任何这方面的异端邪说。的确，我既无特殊之处，也没有固执己见，若能和同类意见一致我总会感到高兴，而在这件事情上就是如此。不过我的活动是在另一个方向进行的。表面现象告诉我，只要按照科学原则喷洒耕作土地，它就会提供食物，也就是说以什么样的质量和数量，以什么样的方式，在什么地方和时间，都要符合完全或部分地由科学规定的法律的要求。这些我都接受，但是我的问题是："土地从哪里获取这些食物？"一个大家通常总托辞不理解的问题，对此他们顶多回答我："如果你吃的不够，我们会把我们的给你一些。"大家都看重这种回答。我知道，我们将我们获得的食物拿来分发不是狗类的优点。生活是艰难的，土地是皲裂的，科学在认识方面显得那么丰富，但在实际成果方面却那么贫乏。谁有食物，谁就将它保存起来。这不是自私，而是恰恰相反，这是狗的法律，是一致通过的全民决议，是在战胜自私自利中产生的，因为占有者总是少数。"如果你吃的不够，我们会把我们的给你一些。"这种回答是一种常用的客套话，是一种俏皮话，是在逗乐。这我从未忘记。但对我更有意义的是，当时我带着我的问题满世界乱跑时，谁也没有这样取笑过我。虽然我一直都没得到过奉送的食物——叫人家从哪里能立刻拿出来呢，即使赶巧人家手里有，可饥肠饿肚在大发脾气时当然不会想起顾及别的狗——但大家对提供食物还是蛮认真的，如果我能快得足以抢到手，有时我还真能得到点儿吃的。我怎么会被另眼相看，我怎么会受到照顾优待？就因为我是一条瘦弱的狗，营养不良，对吃的关心得太少？然而有许多营养不良的狗在到处流浪，如果有可能，甚至连他们嘴边粗劣到极点的食物也会被夺走，这常常不是出于贪婪，而是出于原则。不，我没受过优待，其实对此我仅有个清晰的印象，因此不可能详细地描绘。大家不为我的问题感到高兴吗？不认为它们特别聪明吗？不，他们并没感到高兴，他们以为这些问题全都非常愚蠢。它们也只能是些使我引人注目的问题。似乎他们宁愿做出那件难以置信的事，即用吃的塞住我的嘴——他们没有这样做，但他们想做——也不愿容忍我的问题。然后他们就能更容易地赶走我，更容易地禁止我的问题。不，他们没有这种想法，他们虽然不愿听我的问题，但正是由于我的这些问题，他们不想赶我走。我受到百般嘲笑时，我被看作愚昧的小动物时，我被推来推去时，其实正是我名声大振的时期，后来再也没有出现什么类似的情形，那时我什么地方都可以去，什么事都可以做，从表面上看是受到粗暴的对待，其实是在受恭维。这一切仅仅是由于我的那些问题，是由于我的无辜，是由于我的研究欲望。他们是想以此来麻痹我，他们不愿采用强制的方法，而是想用近乎慈爱的方式引导我离开一条错误的路，一条其错误性还未明确到可以采取强制手段的路，不就是这样吗？——某种敬意和畏惧也是采用强制手段的障碍。当时我就有类似的预感，而如今我已一清二楚，比当时这样做的那些狗要清楚得多。毫无疑问，他们想诱使我离开我的路。目的并未达到，他们起的作用刚好相反，我更加专心致志。我甚至发现，事实上我才是那个存心诱哄人家的狗，而且我的诱哄实际上也获得了一定的成功。全赖众狗的帮助，我才开始明白我自己的问题。例如当我追问"土地从哪里获取这些食物"时，如果仅从表面现象看，土地到底用不用我去操心？土地的忧愁与我有无关系？丝毫没有，正像我很快就认识到的，这与我毫不相干，要我费心的只有狗，除此别无他物。除狗之外到底还有什么？在这辽阔空旷的世界上，除狗之外还能呼唤谁？一切知识，一切问题，一切答复，都存在于狗中。但愿这知识能发挥作用，但愿这知识能公之于世，但愿他们别明明知道十筐却对外对自己只承认一碗。还有那最健谈的狗，一旦离开摆着上乘佳肴的地方，就更加沉默寡言。狗们轻手轻脚围着同伴绕圈子，狗们浑身散发着贪欲，狗们用各自的尾巴相互抽打，狗们问着，请求着，号叫着，撕咬着，这才做到了即使不费任何劲也能做到的事：充满深情的倾听，亲切的触摸，恭恭敬敬的嗅闻，真挚的拥抱，你我的号叫融为一体，一切都是为了陶醉，遗忘，得到。但有一样，狗们首先想做到的却依旧没做到：承认自己的知识。对于这种请求，无论是默默地还是大声地请求，即使你使出浑身本事去诱呀哄呀，回答你的顶多是麻木的表情，斜视的目光，混浊模糊的眼睛。当年做孩子时我呼唤那几个狗乐师，可他们却一言不发，与当时的情形相比，现在没有多大变化。

某些狗也许会说："你对你周围的狗不满，对他们在这些重大事情上一言不发不满，你认为，他们知道许多，但却不愿全都承认，不愿让它们在生活中全都发挥作用，这种沉默，其原因和隐秘他们自然也一起藏在了沉默之中，毒害了生活，使你觉得难以容忍，你必须改变它，或者抛弃它，也许是这样吧。但你自己也是一只狗，也有狗的知识，现在就请你把它说出来，只是别用提问的形式，而是得用回答的形式。如果你将它说出来，谁会和你作对呢？狗类大合唱将会开始，好像它正翘首以待。随后你就会得到实情，你就会一清二楚，你就会听到承认，只要你愿意。这种低等生活的顶盖，你在背地里如此诋毁的顶盖将会敞开，我们大家将狗挨狗升往高处的自由王国。假使达不到最后这一步，那情况将比现在更糟，毫不掺假的真实比半实半虚更难以忍受，那些沉默不语的生活维护者将被证实是对的，我们现在还怀抱着的微弱希望将变成完全绝望，这些话是有品味价值的，因为你不愿意按照为你限定的方式生活。这么说吧，为何你指责人家沉默不语而自己也沉默不语？"

很容易回答：因为我是一只狗。完全和其他狗一样，我严严实实地将自己封闭起来，厌恶自己的问题，出于畏惧而冷酷无情。难道我向众狗提出问题，准确地说，至迟自我成为成年狗之后，我提出问题难道为的就是让他们回答吗？我竟抱着这样愚蠢的希望？难道我看不到我们这生活的基础，预感不到它的深渊，看不到建筑工地和昏暗厂房中的工人？我还在期待，按照我提出的问题这一切将会结束，将会毁灭，将会被抛弃？不，对这些我的确不抱任何期望。我理解他们，我们身上流淌着共同的血，那可怜、永远年轻、总是充满渴求的血。然而我们共有的不仅是血，而且还有知识，不仅是知道，而且还有通往这些知识的大门的钥匙。没有其他狗我也占有不了这些，没有他们的帮助我不可能拥有这些。那些包着最珍贵的骨髓的骨头硬如钢铁，只有所有的狗用所有的牙来一起咬，才能对付得了。当然这只是一个比喻，一种夸张。只要所有的牙齿都拉好架势，根本就用不着咬，那骨头就会自己裂开，骨髓将无遮无挡地摆在那里，连最虚弱的小狗也能取到手。如果我还要再接着比喻下去，那就是我的意图，我的问题，我的研究均针对着什么令人恐惧的事情。我想迫使所有的狗聚在一起，我想让那根骨头在他们已摆好架势的压力下自行裂开，随后放他们去过自己喜爱的生活，然后我想独自，远远近近就我一个，吸下那骨髓。这听起来真可怕，似乎我不仅仅想以一根骨头的骨髓为生，而是要以众狗的骨髓为生。可这无非是个比喻而已。这里所说的骨髓不是食物，而是相反的东西，是毒药。

为我这些问题忙得不亦乐乎的也仅仅是我自己，我想用四下里回答我的沉默鼓励我。正如你通过自己的研究越来越清楚地意识到的，众狗沉默不语，并将永远沉默，这你能忍受多久？这你能忍受多久，这就是我真正的终身课题，它超出所有其他个别问题，它只是提给我的，不会打扰任何其他狗。遗憾的是，我能够回答这个问题，比回答任何问题都容易：估计我将忍受到我的自然终点，老年人的镇定越来越能抗住这些急躁的问题。我可能将默默地死去，在一片沉默中死去，近乎宁静地死去，我将泰然自若地面对沉默。好像是出于恶意，赋予我们狗的心脏强健得令人赞叹，肺绝不会提前用坏，我们抗拒所有的问题，甚至连我们自己的也不例外，这沉默的堡垒就是我们。

最近我对自己的生活思考得越来越多，我在寻找我也许曾犯下的大错，应对一切负责的大错，但却没能找到。可我肯定犯过这错误，如果我没犯过，又勤勤恳恳地干了漫长的一生却仍未达到我想达到的目的，那就说明，我所想达到的目的是不可能的，而且由此将产生彻底的绝望。看看你这项毕生的事业吧！起初调查的问题是：土地从何处获取我们的食物？一只小狗本来自然会渴望生活的乐趣，而我放弃了所有的享受，绕路躲避一切娱乐，将头夹在双腿间躲避各种诱惑，就这样开始了这项工作。这不是学者的工作，既不涉及博学，又不涉及方法，也不涉及目的。这些大概算是错误，但却不可能是决定性的。我学的东西不多，因为我很早就离开了母亲，不久就习惯了自立，过着自由的生活，而过早自立却是系统学习的大敌。然而我耳闻目睹颇多，和各种各样从事各种职业的狗谈过话，而且我自以为对一切都理解得不赖，将各个单项观察也联得不错，这稍稍弥补了博学方面的不足。另外对我进行研究来说，自立也是某种优点，虽然对于学习是个缺点。像我这种情况，自立比我不能遵循真正的科学方法，即不能利用前辈的工作、不能与同代研究者建立联系更为重要。我完全依靠自己的力量开始了最初的工作，我认为我将来偶然画上的句号必将是最终的句号，这种意识令年轻的狗感到欢欣，但却特别令老年狗沮丧。如今果真只有我一只狗从事我这种研究，而且一向如此吗？既是，又不是。无论过去还是现在，无论在什么地方，个别的狗不可能总是处在我这种境地。我的处境大概还没那么糟糕。我丝毫没有脱离狗的本性。任何一只狗都和我一样有提问的欲望，而我和每只狗一样有沉默的欲望。谁都有提问的欲望。若非如此我通过我的问题也只能引起最低限度的震动，我常常有幸欣喜地，当然是极其欣喜地看到这种震动，如果我面临的情况不是这样，我能做到的肯定要少得多。我有沉默的欲望，真遗憾，这一点不需任何特别的论证。我和所有的狗基本上没有差异，因此尽管存在着许多意见分歧和反感，所有的狗总的来说还是肯定我的，而我对每只狗也是如此。有区别的仅仅是基本特点的混合体，这种区别对个别狗来说十分巨大，但对全民却毫无意义。无论过去还是现在，那些一直存在的基本的混合体类似于我的情况并不罕见，若说我的混合体不幸，那个混合体则不是更加不幸吗？这有悖于一切其他经验。我们狗从事着各种最美妙的职业。有些职业若不是你手里有最可靠的消息，你简直就无法相信。关于这方面我最乐意回想的就是那些天狗的例子。当我第一次听说一只天狗时，我笑了，任凭怎么说也不能叫我相信。为什么？难道会有一只极小的小种狗，个头没我的头大，到老也长不大，这只狗自然十分虚弱，外表不自然，未发育成熟，毛发收拾得过于精细，不会正正经经地跳一下，就像大家说的，这只狗恐怕大都在高空中移动，但看到什么事都不干，只知休息。想让我相信这种事，这样利用一只小狗的没有主见未免太过分了吧，我就是这样想的。然而事隔不久，我又从另一渠道听说了另一只天狗的事。难道他们串通好了愚弄我？接着我就看到了那几个狗乐师，也就从那时起，我认为无论什么都是可能的，我的接受能力不受任何成见限制，我追踪着那些最为荒唐的谣传，尽我所能密切注视着它们，我觉得，在这荒唐的生活中，最荒唐的事比合理的事更有可能，对我的研究特别有用。这些天狗也是如此。对他们我已了解了许多，虽然至今还没能见到一只，但对他们的存在我早已坚信不疑。在我的宇宙观里，他们有他们的重要位置，和在大多数情况下一样，在这里也不存在要求我开动脑筋的技巧。这真奇妙，谁能否认这种狗会在空中飞翔，我与众狗的一致之处在于对此感到惊异。不过对我的感觉来说，这种存在物的荒唐性，无声无息的荒唐性则要奇妙得多。总的来说，这种荒唐性没得到任何解释，他们在空中飞翔，事情就是这样，生活依旧在继续，大家时而谈谈艺术，谈谈艺术家，这就是一切。可是为什么，心地善良的众狗，为什么这种狗只是飞翔？他们这种职业有何意义？为何他们在那高处飞翔而让狗引以为自豪的腿萎缩，离开赖以生存的大地，不播种却收获？据说他们靠狗类负担生活得特别安逸。我可以自夸地说，正是我对这些事提出了疑问，才起了一点儿促进作用。大家开始解释，开始拼凑一种解释。开始是开始了，但开了头也再迈不出第二步了。不过毕竟还是做了点什么。虽然解释中不会看到真实情况的影子——狗们永远走不到这一步，但却可以稍稍见到谎言乱成一团糟的情况。因此我们生活中的所有荒唐现象，特别是最荒唐的现象都可以解释。当然这还不够——真是天大的笑话，但为了回避那些令人难堪的问题这也足够了。天狗重又被当作例子：他们并不像我们当初想的那么傲慢，不如说，他们特别需要同伴，只要试着设身处地地为他们想一想，就能理解这一点。他们必须使别的狗谅解自己的生存方式，至少也得让别的狗别注意它，忘掉它，如果不能公开做这些——这违背沉默的义务，那就设法换一种方式。正像我听说的，他们正在这样做，采用的方式是令人几乎难以忍受的夸夸其谈。他们能不停地讲，一半是讲他们彻底放弃体力劳动之后还能继续进行的哲学思考，一半是讲他们在高处进行的观察。他们在智力方面并不特别出众——过这种游手好闲的生活自然是这样，他们的哲学和他们的观察一样毫无价值，科学几乎用不上它们，也无法依靠如此糟糕的原始资料。尽管如此，如若有谁问起这些天狗到底想要什么，他得到的回答总是这样的：他们会为科学做出许多贡献。"这一点不错，"他接着说，"但他们的贡献没有价值，令人讨厌。"另外的回答就是耸耸肩膀，岔开话题，生气或大笑。如果过上一阵儿他再问，他又被告知，他们在为科学做贡献。即使是被问得有些不耐烦了，最后得到的回答依然如此。也许最好还是不要过于固执，顺顺从从，这些天狗业已存在，不可能不承认他们的生存权利，那就容忍他们吧。不过别再提出更多的要求，那样就过分了，可要求还是提了出来。他们要求容忍不断涌现的新天狗。简直搞不清他们从何而来。他们是通过繁殖增加了数量？他们哪里有这种能力呢？他们也就是一张漂亮的毛皮，那里面能繁殖出什么？就算这种不可能的事是可能的，那该于何时进行呢？他们在空中总是独来独往，从不合群，即使肯屈尊下来跑一跑，也只是一小会儿，他们矫揉造作地跑上几步，总是独往独来，沉浸在无论怎么努力也摆脱不了的所谓思想中，至少他们声称是这样的。如若他们并未繁殖，那是否可以想象，有那么一些狗，他们自愿放弃地面上的生活，自愿变成天狗，为了舒适和某种技能选择了这种软垫上的无聊生活，是否会这样呢？这是不可能的。繁殖不可能，自愿加入也不可能。然而现实表明，不断有新的天狗出现。由此可以推断出（尽管我们的智力似乎无法克服种种障碍），一个曾经存在的狗种——尽管他们是那样特别——不会灭绝，至少不会轻易灭绝，至少各个种不能进行有效的自卫时不会灭绝。

如果一个如此怪僻、荒唐、特别之极、无力生存的狗种真是这样，比如说天狗，那我不是也得为我的种这样设想一下吗？我毫无特别之处，属于至少在这个地区极为常见的普通中产阶层，既不因什么特别之处而出类拔萃，也不因什么特别之处而遭受鄙视，在我的少年时期和部分成年时期，只要我不忽视自己并大量活动，我甚至还是一只相当漂亮的狗。我的正面像倍受赞扬，修长的腿，头的漂亮姿势，还有我那灰、白、黄、毛尖卷曲的毛皮，都特别讨人喜欢，这一切都无特别之处，特别的只是我的性格，但即使是这种性格——我从不许自己掉以轻心——大概也是由一般的狗性造成的。

如果说连天狗也不是独苗，在这狗的大世界里总能时不时见到一个，他们甚至不断地凭空弄来新的后裔，那我也可以坚信我并非没有希望。当然我的同类必定有一种特殊的命运，他们的存在对我永远不会有明显的帮助，单单因为我几乎辨认不出他们，他们对我就不会有用。我们是受沉默压迫的狗，由于渴望新鲜空气真想打破这沉默的狗，而其他狗却觉得沉默很惬意。这虽然只是一种假象，就像那几个狗乐师，表面上在镇静自若地演奏音乐，实际上却非常激动，但这种假象十分强大，我们试图征服它，它却对任何进攻都嗤之以鼻。我的同类当如何自救？他们的生存尝试该是什么样子？这可能是多种多样的。年少时我曾用我的问题，进行了尝试。也许我可以找也提出许多问题的狗来往，这样我也就有了自己的同类。我也曾在一段时间内用自我克制的方法进行过尝试，之所以采用这种方法，是因为与我有关的主要是那些应该回答问题的狗，而老是用我大都回答不了的问题来搅扰我的那些狗则令我讨厌。谁年少时不喜欢问这问那，而我该如何从这众多的问题中找出真正的问题？哪个问题听上去都类同于其他问题目的才是关键所在，但却不知它藏于何处，常常连提出问题的狗也摸不着头脑。总之，提问题是狗类的一个特点，大家乱哄哄地东问西问，好像这样就能抹去真正的问题的痕迹。不行，在提问题的小狗中我找不到自己的同类，在沉默者中，即我现在也属此列的老狗中，同样也难以找到。但这些问题到底有何用处，我因它们遭受了失败，大概我的同类要比我聪明得多，为了忍受这种生活，他们采用了完全不同的、优秀的方法，当然这些方法——正如我按自己的观点所要补充的——或许在危急中能帮助他们，安慰他们，麻痹他们，起到改种换宗的作用，但从总体上看，他们的方法和我的一样软弱无力，因为就我所看到的，还没有一个成功的例子。和成功相比，恐怕在所有其他方面我更易辨认出自己的同类。可我的同类到底在哪里？是的，这就是哀怨，这就是它。他们在哪里？无处不有而又处处不见。也许就是我的邻居，跳三下就到，我们常常互相呼唤，他来过我这里，我却没去过他那边，他是我的同类？我不知道。虽然在他身上我没看出任何迹象，但这有可能。若这有可能，那可就没有不可能的事了。当他处在远处时，我凭借所有的想象力，像做游戏一样在他身上还能找出一些让我似乎感到亲切的东西，可他一旦站在我面前，我臆造出的一切简直就成了笑话。一只年迈的狗，比刚够中等个儿的我还矮一截，褐色的短毛，走路抬不起脚，由于患病左后腿还有点儿拖。除了他，我已好久没和谁如此亲密地交往了。我勉强还能忍受他，我挺高兴的。当他离去时，我总要冲他的背影喊几句顶顶亲切的话，当然不是出于爱，而是对他感到气愤，因为一看到他的背影，看到他拖着腿、扭着过于低矮的屁股悄悄走开的样子，我就又觉得他极其讨厌。有时我觉得，若无意间将他称作我的同类真是在自我讥讽。即使在我们交往时，我在他身上也找不出任何同类的痕迹。虽然他聪明，其学识对我们此时的关系来说也足够了，我大概能跟他学不少东西，但我要找的是聪明和学识吗？我们谈的一般都是当地的问题，当时我真吃惊——我的孤独生活使我的目光在这方面更加尖锐，对一只普普通通的狗来说，为了勉强维持自己的生活，为了免遭常常出现的最大的危险，即使情况并非十分不利，他得要多少智慧啊。科学虽然定出各种准则，但即使在远处粗线条地理解它们也极为不易，当理解了它们之后，真正的难题才会出现，即按照当地的情况运用它们，在这方面几乎谁也帮不了你，几乎每个小时都会给你提出新难题，每一小块新土地都会给你提出它特有的难题。谁也不能断言，连需求一天少似一天的我也不能断言，自己已经定型，自己的生活从某种程度上说是在自行流逝。这一切无穷无尽的艰辛——为了什么目的？不就为了永远将自己掩埋在沉默里，不就为了永远也别让谁再拖出来。

常常听到赞誉狗类经历各个时期后已普遍进步，大概这主要指的是科学的进步。毫无疑问，科学在阔步前进，势不可当，它甚至在加速阔步前进，越来越快，可这又有什么可赞誉的？这就好比有只狗随着岁月流逝越来越老，因此也越来越快地走近死亡，可大家却在赞誉他。这是一个自然过程，也是一个可恶的过程，我觉得没什么可赞誉的。我看到的只是衰退，不过我并不认为前几代本质较好，他们只是比较年轻，这是他们的巨大优势，他们的记忆力不像今天的这样负担过重，让他们开口说话还比较容易，虽然谁也没有成功，但这种可能性是比较大的，这种较大的可能性也就是在听那些古老而单纯的故事时让我们激动不已的东西。有时听到一句暗示性的话，我们几乎想跳起来，我们似乎感觉不到几百年岁月压在我们身上的重量。不，无论我能如何指责我的时代，前几代也不如后几代，从某种意义上说，他们要糟糕得多，软弱得多。当然那时奇迹也不是在小巷里随手就能抓到，不过那时的狗不像今天这样奴性十足——我无法用别的措辞来表达，狗类的组织还比较松散，那句真实的话当时还能施展影响，还能决定、改变、按照各种愿望修改那项建筑，甚至能将它改得面目全非，那句话确实存在，至少离得很近，就悬在舌尖上，谁都能听到它。今天它到哪里去了，就算今天能摸遍五脏六腑也找不到它。我们这一代大概没希望了，但这一代比那一代更加无辜。我能理解我这一代的犹豫不决，根本已不再是犹豫不决，是忘却了一千夜前曾梦过的而且已忘过千次的那个梦，谁愿意为了这第一千次忘却生我们的气？我认为我也理解先辈的犹豫不决，我们可能也只能这样做。我简直想说：我们可真幸运，非得把这罪孽压在我们头上的不正是我们自己，在一个已被其他狗遮得昏天黑地的世界里，我们只能保持几乎是无罪的沉默，快步走向死亡。我们的先辈迷了路时，他们大概不会认为这是一个没有尽头的迷误，他们还真看到了那个十字路口，这就简单了，随便什么时候都能返回，要是他们犹豫着不肯返回，那只是因为他们还想再过上一会儿这种愉快的狗生活，这种狗生活本没有独特之处，而他们已觉得美得令人陶醉，好像再往后将更不一样，至少再过上一会儿就会不一样，于是他们继续迷着路。他们不知道我们在观察历史进程中能预感到什么，不知道心灵的变化要早于生活的变化，当这种狗的生活开始让他们感到欢欣时，他们那颗狗心肯定已相当老了，而且他们离出发点根本不像他们感觉的那么近，或者说不像他们那沉醉在一切狗的欢乐中的眼睛告诉他们的那么近。今天谁还能谈青年。当年他们是些真正的青年狗，可惜他们唯一的抱负就是变成老狗，这件事他们当然不会失败，所有的后代都在证实，而我们这一代，即最末一代，则证实得最好。

这一切我当然没和我这位邻居谈起过，但只要我坐在他这位典型的老狗对面，或是将嘴拱进他那已有一丝剥下皮后才有的气味的毛里时，我常常不由自主地想起它们。和他谈这些事毫无意义，和任何一只狗谈都没有意义。我知道若谈起来将会怎样。大概他有时会提出几点小小的异议，最后却会表示赞同——赞同是最好的武器，此事也就入土埋葬了，为何还要再烦劳它走出坟墓呢？尽管如此，我与这位邻居大概还是有某种一致之处，一种超脱空话、更深一层的一致之处。我不能放弃这种看法，尽管我不能证明，尽管我可能完全弄错了，因为他是我长久以来唯一与之有交往的狗，我必须和他保持交往。"你大概就是以你的方式出现的我的同类吧？你会因事事失败而羞愧吗？我和你的情况完全一样。如果是我一个，我将为此哀号，来吧，两个狗在一起会甜蜜些。"有时我一边这样想，一边紧紧盯着他。他并没有垂下他的目光，但从那里面却什么也看不出来。他呆呆地望着我，搞不清我为何沉默，为何中断我们的谈话。不过这种目光也许正是他提问的方式，我使他失望了，就像他使我失望一样。要是放在我年轻时，如果我觉得没有比这更重要的问题，如果我不自满自足，我也许会大声问他，我可能会得到一个有气无力的赞同，那还不如他今天的沉默。然而不是所有的狗都如此沉默吧？我真想把所有的狗都当作我的同类；我真想不仅仅是偶尔才有一个同类研究者，哪怕他已随着他那些微不足道的成果沉没在遗忘的汪洋之中，无论怎样我也穿不透各时代的昏暗或当代的拥挤找到他；我真想还不如一直将所有的狗都当作同类，尽管他们全都按照自己的方式在努力，全都按照自己的方式一事无成，全都按照自己的方式沉默不语或狡诈地喋喋不休，就像这毫无希望的研究本身的结果一样；是什么在阻止我这样想呢？要是这样我也就根本不必离群索居了，我可以安安静静地和其他狗待在一起，不必像个淘气的孩子非得从成年狗的队列中挤过去，他们和我一样也想出来，他们身上使我迷惑不解的只是他们的理智，这理智告诉他们，谁也出不去，无论怎么挤都是愚蠢的。

不过这样的想法显然是受了我邻居的影响，是他搞得我思绪纷乱，抑郁忧伤，这可够他开心了，至少我听到他回到自己的地盘后又吼又唱，真令我讨厌。也许最好连这最后一个交往也舍而不要，不再糊里糊涂地异想天开，将我仅有的那点时间全部用于我的研究。凡是狗之间的交往总免不了诱发你去异想天开，哪怕你认为自己已久经磨炼也无济于事。如果他下次再来，我就躲进窝里装睡觉，来一次躲一次，一直到他不来为止。

我的研究也陷入了混乱，我松懈了，疲倦了，原先能欢欣鼓舞大步奔跑的地方，如今只能慢慢腾腾地挪着机械的步子。我在回想着刚开始调查"土地从哪里获取我们的食物"这一问题的时候，当然我那时生活在民众之中，哪里狗最多便往哪里挤，我想让所有的狗都成为我这项工作的见证，我甚至觉得这种见证比我的工作还要重要。因为我还期待着能产生某种普遍的影响，我自然会受到很大的激励，如今孤苦伶仃的我再也找不回这种激励了。那时候我是那样强壮，因而所作所为总要违背我们的所有原则，皆属闻所未闻，所有当时的目击者今天肯定都把它们当作一种可怕的回忆。在正趋于无限分门别类的科学中，我在某一方面却发现了一种奇怪的简化。它说，它们的食物主要出自土地。做出这一假定后，它又介绍了如何做出各种优质丰盛的食品的方法。食物产于土地，这当然正确，毫无疑问，但却不是简单到只需一般地描述而不用做任何进一步研究的地步。就拿那些天天都在重复的最简单的事情来说吧。如果我们什么都不做——我现在几乎就是这个样子，如果我们草草处理一下土地就蜷成一团等着什么到来，假如最后能有什么结果，那我们当然能得到地里的食物。但这可不是常例。面对科学只需稍稍放开一点胆子——这类狗当然为数不多，因为科学画出的圈圈越来越大——即使根本不是为了特殊的观察也能轻易看出，后来在地上的食物大部分来自空中，我们可以各自施展自己的技巧，依照各自的贪婪程度，在它们落地之前将其大部分截住。我这并不是说科学的坏话，土地当然也产这些食物。土地大概从自己体内掏出一部分，又从空中唤下另一部分，无论到底是怎么回事也许并没有本质的区别。在这两种情况下，土地的耕作都必不可少，科学既然已经这样明确指出来，大概也就不必再研究区别了，也就是说："你嘴里若有食，那这一次你就解决了所有的问题。"不过我觉得，科学以隐蔽的形式至少对这些事情进行过一部分研究，因为获取食物的两种主要方法它都了解，即真正的土地耕作和以念咒、舞蹈、歌唱为其形式的补充性高雅活动。我在这里面发现了一种二等分，它虽不完善，但已够清晰，而且与我的分法完全相符。按照我的看法，土地耕作是为了获得这两种食物，总是必不可少的，而咒语、舞蹈和歌唱却与狭义的地产食物没什么关系，它们主要用于从空中掇下食物。传说更加坚定了我的这一见解。民众似乎在这里修正了科学，他们并没有意识到这一点，而科学也不敢反抗。按照科学的意愿，这些仪式只应为土地服务，大概就是为了赋予它从空中获取食物的力量。既然是这样，那这些仪式按照逻辑就得完全在地面上进行，一切都得说给土地听，跳给土地瞧，舞给土地看。据我所知，科学大概也没有别的要求。可奇怪的是，民众在进行他们所有的仪式时全对着空中。这样做无损于科学，科学并不禁止，它将这方面的自由给了农民，它在自己的学说里考虑的只是土地，而农民也在实行它针对土地的理论，它感到满意，但根据我的看法，要理清它的思路其实得费更大的劲。从未深入了解过科学的我根本无法想象，那些学者怎能容忍我们的民众以少有的狂热冲上呼喊那些咒语，对着空中似悲似怨地唱着我们古老的民歌，跳起蹦蹦舞时就好像忘了土地，想永远向上升腾。我就从观察这些矛盾做起，按照科学的理论收获季节随时都可能临近，我将自己完全限制在地面上，跳舞时我哒哒地踩着它，为了尽量接近它我使劲扭过头来。后来我给自己的嘴掏了个坑，或唱或诵，只有土地能听见，其他谁也听不见，无论在上面还是在旁边。

研究成果微乎其微。有时我得不到食物，我正想为这一发现欢呼，食物却又来了，就好像它们起初被我那古怪的举止搞糊涂了，不过现在我看出了它们带来的好处，很乐意放弃我的吼叫和跳跃。食物常常来得比以前丰盛，但后来却又是什么都没有。我详细制定了我的一切实验计划，我那股勤奋劲在年轻狗身上还从未见过，有时我觉得已找到一条能引导我更进一步的线索，可随后却又消失在混沌之中。毫无疑问，我在科学方面准备得不够充分也妨碍了我。假如说造成我没有食物的原因并不是我的实验，而是不科学的土地耕作，可我到哪里去寻求保证呢，如果这合乎实际，那我的一切结论就都站不住脚了。我想做成这样一种实验：根本就不耕作土地，单凭冲上进行的仪式就能让吃的落下来，而靠对土地进行的仪式则得不到吃的。如果获得成功，那我也就能在某些条件下做成一项几乎完全准确的实验。我也做过这样的实验，但信念不坚，实验条件也不完善，因为按照我的不可动摇的观点，至少土地得进行一定的耕作，就算不相信这些的异教徒是对的，那也没有得到证明，因为喷洒土地是迫于某种需要，而且在某些范围内根本无法避免。另一个实验有些古怪，但我做得比较成功，而且引起了一些轰动。刚刚习惯在空中截取食物我就决定，虽然还让食物落下来，但不去截取。出于这种目的，每当食物落下来时，我就轻轻一跳，不过这一跳总被计算得够不着食物。那些食物大都满不在乎地落向地面，我愤怒地扑向它们，这愤怒不仅出自饥饿，而且也出自失望。然而偶然也发生一些不同的事，那才真叫不可思议，那些食物不往下落，而是在空中跟着我，它们在追踪饥肠辘辘的狗。没过多久，也就跟了我短短一截，它们就往下落了，或是消失得无影无踪。最常见的是我的贪欲使实验提前结束，那些东西被我吃个精光。我当时挺高兴，至少我周围到处都是议论声，狗们变得急躁、专心了，我发现我所熟悉的狗更加理解我的问题，在他们眼中我看到某种求助的光亮，也可能那只是我自己目光的反光，我别无所求，我心满意足。后来我当然了解到——其他狗也随我得知，这种实验在科学中早已有过描述，早已取得的成功比我的要伟大得多，由于很难做到它所要求的自制，因此已经很久无法再做，不过据说它在科学上毫无意义，所以也没有必要再去重复。它证实的仅仅是已经知道的事，即土地从空中不仅直着往下取食物，而且也斜着取，甚至还旋转着取。我站在那里，但不气馁，要气馁我还太年轻，正相反，我因此而被激励着去争取我此生也许还能取得的最大成就。我不相信我这项实验没有科学意义，但在这里起作用的不是相信与否，而只是证据。我想证明，想以此使这项本有些古怪的实验真相大白，我想将它作为研究的中心。我想证明，当我躲避那些食物时，土地并没有将它们斜着往下拽，而是我引诱它们跟在我身后。然而我无法继续这项实验，看着面前的食物却得进行科学实验，叫谁也挺不了多久。不过我想采用别的办法，我想在能忍受的期限内彻底绝食，当然我也要避免看一眼食物，避免一切诱惑。于是我隐居起来，不分昼夜合眼而卧，既不操心捡食物，也不操心截取食物。我不敢断言，不过却怀着些许希望，希望不采取任何措施，单凭不可避免且不经济的喷洒土地和默背那些咒语及歌曲（舞蹈我想放弃，以免跳虚身子），食物就会自己从空而降，它们不理睬土地，径直来敲打我的牙齿要求放它们进去。如果出现这种情形，就算科学没被驳倒，因为它有足够的灵活性应付例外和特殊情况，但民众将会说什么，幸亏不如此灵活的民众将会说什么？因为这不可能是历史上曾有过的那种例外。史有记载，有只狗因身患疾病或悲观沮丧拒绝准备食物，寻找食物，吃下食物，于是狗类联合起来共同念咒，因而使食物偏离正常路线，径直进入病狗口中。但我精力充沛，身健体康，我的食欲之旺能让我除它之外什么都不想。不管大家是否相信，反正我绝食完全出于自愿，我自己有能力让食物下来，也想这样做，但我不需要狗类帮助，甚至坚决而又坚决地禁止自己得到帮助。

我在一个偏僻的灌木丛中为自己寻找合适的地方，在那里我听不到吃饭的谈话，听不到吧嗒嘴的声音，听不到骨头的碎裂声。我又饱餐了一顿，然后卧了下来。我想尽可能合上双眼度过所有的时光。只要吃的不到，管它是几天还是几星期，我就只当是黑夜。不过在这期间我得少睡或者干脆不睡——这是非常困难的，因为我不仅得念咒让食物下来，还得提防别睡过了食物到来的时间。不过话说回来，睡觉是令人非常高兴的事，因为睡着了比醒着更能耐饿。出于这些理由，我决定慎重地将时间进行划分，多多地睡觉，但每次只睡一小会儿。我做到这一点的方法是，睡觉时我总将头挂在一根软枝条上，它一会儿就断了，我也就给叫醒了。我就这么躺着，或睡或醒，或梦或默默地唱，最初的一段时间过去了，什么也没发生，食物来的那个方向依然没有一点儿动静，好像是我在阻挠事情的正常进程，一切都寂静无声。我担心众狗会发现我的失踪，会很快找到我，会采取什么措施对付我，这种担心对我的努力有些影响。我的另一种担心是，单靠喷洒土地——尽管这是科学所说的贫瘠之地——就能得到的所谓意外之食的气味会引诱我。不过暂时还没有发生任何此类事情，我还能继续绝食。除了这些担心之外，我暂时还是镇静自若，我还从未发现我能如此镇静。虽然我在这里干的其实是扬弃科学的事，但我心中充满了科学工作者的愉快和几乎是众口皆碑的镇静。在我的幻想中，我得到了科学的谅解，在科学中我的研究也有了一席之地，我耳边传来了令我欣慰的声音，既然我的研究将会如此成果辉煌，那么我这狗的一生就绝不是没有希望，科学将对我十分友好，它将亲自解释我的成果，许下这一诺言就等于已经实践了它，从前我内心深处一直有一种被逐出感，一直发疯似的想再回到我的人民之中，而他们就要恭恭敬敬地接受我了，我四周翻涌着一股股相聚在一起的狗身子发出的暖流，朝思暮想的暖流，我将被高高抬起，在我的人民的肩膀上被颠来颠去。最初的饥饿的奇特反应，我觉得自己的成就如此之大，由于感动和自怜自惜，我在那寂静的灌木丛中哭了起来，当然这不大好理解，因为既然可望得到那应得的回报，我干吗还要哭？大概仅仅是由于心情舒畅。每当舒心时——可够少见的——我总要哭。当然这很快就过去了。随着饥饿程度的加重，那些美妙的幻象渐渐隐去，没过多久，当所有的幻觉和激动都匆匆辞别之后，陪伴我的只剩下刺得我五脏六腑阵阵发疼的饥饿。"这就叫饥饿。"当时我对自己不知说了多少遍，好像我想让自己相信，饥饿是饥饿，我还是我，对它就像对一个讨厌的情人，我可以丢而弃之，但实际上我们已痛苦之极地结为一体，当我向自己解释"这就叫饥饿"时，其实就是它在说话，是它在拿我开心。一段可恶又可恶的时间！只要我一想起它就毛骨悚然，当然不仅仅是由于我当时已经历的痛苦，而主要是因为我当时还没熬到头，如果我想干出点名堂，就必须重品一遍这痛苦，因为我至今还把绝食当作我的研究的最后一个强有力的方法。这条路在饥饿中盘旋，要到达最高处——如果它是可以到达的话——只能付出最高的代价，而这最高的代价在我们这里就是自愿绝食。当我仔细研究那些日子时——为了我的生活我愿意重忆它们——我仔细研究的也就是威胁我的日子。若要从一次这种实验恢复过来，好像得花费几乎整整一生，我在整个壮年期从没有像那样挨过饿，但我还未恢复。若下次我再开始绝食，也许会比以前更加果断，因为我已有了更多的经验，因为对这项实验的必要性我认识得更加清楚，但我的体力从那时起每况愈下，至少在单单等候那熟悉的恐怖中我将筋疲力尽。我愈来愈差的食欲也帮不了我，它只能稍稍降低实验的价值，可能还会迫使我毫无必要地再多饿些日子。我相信对这些和其他先决条件我已一清二楚，在这漫长的间隔中并不缺少预备性实验，我曾多次开始绝食，但都没饿到极点，当然年轻时那种毫无顾忌的好斗性已一去不复返了。它已在当年绝食期间消失殆尽。好些思索折磨着我。我们的先辈似乎对我是种威胁。虽然我不敢公开说，但我认为他们对一切负有责任，对这种悲惨的生活负有责任，我轻易就能以反威胁对付他们的威胁，不过我佩服他们那些我们已不知其来源的知识，因此虽然现实迫使我反抗他们，但我永远也不能违背他们的法律，只能从法律的空隙钻过去，对这种空隙我有着特别的嗅觉。关于绝食我依据的是那次著名的谈话。在这次谈话中，我们的一位智者说出了禁止绝食的观点，另一位马上就提出一个问题进行劝阻："到底谁将会绝食呢？"第一位被说服了，再也不提这条禁令，但现在又产生了这样的问题："其实并不禁止绝食吧？"对这一问题绝大多数注释者都持否定态度，认为绝食是允许的，他们偏爱第二位智者，因此也就不担忧某种错误的注释会引起糟糕的后果。开始绝食前，我已查证清了这个问题。但现在，当我饿得蜷起身子，在神思迷乱中不住地在自己的后腿上寻找救助，绝望地舔着它们，啃着它们，吸吮它们的血，一直到肛门，到这时我才觉得对那个谈话的一般注释完全是错误的，我诅咒这种注释科学，诅咒听任它将我诱入歧途的我。连孩子肯定也看得出来，那次谈话里并非只有一个对绝食的禁令，第一位智者想禁止绝食，一位智者的愿望已经实现了，也就是说绝食是禁止的，第二位智者不仅赞同他，而且还认为绝食是不可能的，也就是在第一个禁令上又加上了第二个，即对狗性本身的禁令，第一位智者接受了，再也不提那个明确的禁令，也就是说，在阐述了这一切之后他要求狗类锻炼一下判断能力，自己禁止自己绝食。那是一个三重禁令，而不是通常所说的一个，我违反了它。至少现在我还能过晚地遵守它，还能停止绝食，但在这痛苦中还有一种继续绝食的诱惑，我贪婪地跟随着它，就像跟随着一只陌生的狗。我无法停止绝食，大概我已虚弱得站不起来，无法逃离这荒僻的地方。我在林中落叶上辗转反侧，无法成眠，我听见四下里响起阵阵嘈杂声，我活到现在一直见其沉睡的世界似乎被我的绝食唤醒了。我获得了这样一个印象，我永远不会被吃掉，因为要是那样的话我势必要使这自由自在地喧闹的世界再度沉默，这我做不到。然而我听到的最大的喧闹声在我的肚子里。我常将耳朵贴在肚子上，不由地瞪起惊恐的眼睛，因为我简直不敢相信我听到的声音。情况已极为严重，我的本性似乎也已晕眩，它在进行着毫无意义的救援尝试。我开始闻到了食物的味，精美食物的味，那食物我已很久没吃过了，那是我童年时代的欢乐。是的，我闻到了我母亲的乳香。我忘掉了要抵御各种气味的决心，不过还不如说，我并没忘记它。我带着这似乎还算个决心的决心往四下里爬，总是只能爬出几步，我嗅着，好像仅仅是为了防范我才想嗅到食物的味。我什么也没找到，我并未因此而失望，食物就在那里，只是总远了那么几步，我的腿先前已折断了。然而同时我也知道，那里什么也没有，我稍稍挪一挪仅仅是害怕彻底垮在一个我再也不能离开的地方。最后的希望破灭了，最后的诱惑消失了，我会惨死在这里，我的研究意欲何为，天真的幸福时代的天真试验，此时此地还在坚持，研究本能在这里证实它的价值，然而它在哪里。这里只有一只无可奈何地爬向虚无的狗，他虽在不知不觉中一直拼命地匆匆喷洒着土地，但那些咒语已乱得一团糟，他在记忆中一点儿也搜不出来，甚至连小狗崽都能念着缩进母亲身下的那一小行也搜不出来。我觉得我在这里并非与众兄弟相隔一小段路，而是与狗类远隔千山万水。我觉得我其实根本不会因绝食而死，而是将死于孤独。很清楚，谁也不关心我，地下的不关心我，地上的不关心我，空中的不关心我，我在他们的冷漠无情中走向毁灭，他们的冷漠无情说：他就要死了，可能就是这样。我不赞同吗？难道我不也说着同样的话吗？我不是想要这种孤独吗？再见了，你们这些狗，但不是就这样在这里收场，而是到真理那边去，离开这谎言世界，在这世界里找不出一个能从他嘴里听到真话的狗，从我这天生的谎言公民嘴里也听不到。也许真理并不极其遥远，而我也不像我所想的那样孤独，抛弃我的并不是其他的狗，而是我自己，一事无成行将就木的我自己。

不过死起来也并不像一只神经质的狗想得那么快。我只是昏了过去，当我苏醒过来抬眼看时，有只陌生的狗站在我面前。我没有感到饥饿，我十分健壮，根据我的判断，我的各个关节均还灵活，尽管我没有尝试通过站立起来证实它。我本没看到什么非同寻常之物，一只俊俏、可也并不特别出众的狗站在我面前，我看到就是这些，没有别的，不过我认为，在他身上我看到了不同一般的东西。我身下有血，起初我以为那是吃的，但我立刻察觉到，那是我吐的血。我掉转目光看着那只陌生狗。他清瘦，长腿，一身棕毛上点缀着几处白色斑点，有一种动人、有力、审视的目光。

"你在这里干什么？"他说，"你必须离开这里。"

"我现在无法离开。"我说，再没做其他解释，因为无论我怎么向他解释一切，他好像都很着急。

"请离开。"他说，他焦躁地刚放下一只脚又抬起了另一只。

"别管我，"我说，"走吧，别为我操心，其他狗也都不为我操心。"

"我是为你着想才请求你。"

"你为何请求我随你的便，"我说，"就算我想走也走不成。"

"没有任何问题，"他微笑着说，"你能走。恰恰因为你看上去虚弱，我才请求你现在慢慢离开，你若犹豫不定，待会儿你就得跑。"

"这是我的事。"我说。

"这也是我的事。"他说，他因我的固执感到伤心，但他显然已经想让我暂且留在这里，利用这个机会和我套近乎。若换个时间，这条俊狗这么做，我会很喜欢，可当时，也搞不清是怎么回事，对此我有一种恐惧感。

"走开！"我提高声音喊道，好像非得这样才能保护自己。

"我就让你留在这里吧。"他慢慢向后退着说，"你真是不可思议。难道你不喜欢我？"

"只要你走开，只要让我安静安静，我就会喜欢你。"我说，虽然我想让他相信，但能否做到我对自己并没有把握。我的感官因绝食变得无比敏锐，我在他身上看出或听出了某种东西，它才刚刚形成，它在增长，它越来越清晰，我已经明白了，如果你现在还不能想象出你将如何才能站立起来，这条狗将有赶走你的力量。对我粗暴的回答他只是温和地摇了摇头，我更加好奇地注视着他。

"你是谁？"我问。

"我是个猎手。"他说。

"为什么你不愿让我待在这里？"我问。

"你打搅了我。"他说，"你在这里我就打不成猎了。"

"试试看吧，"我说，"也许你还能打猎。"

"不能，"他说，"很抱歉，你必须离开。"

"今天你就放弃打猎吧！"我恳求说。

"不行，"他说，"我必须打猎。"

"我必须离开，你必须打猎，"我说，"毫不掺假的必须。你理解我们为何要必须吗？"

"不理解，"他说，"不过此事也没什么可理解的，这是显而易见、自然而然的事情。"

"不尽然，"我说，"必须赶走我让你觉得抱歉，可你还是要这样做。"

"是这样。"他说。

"是这样。"我气呼呼地重复道，"这不算是回答。你觉得放弃哪个容易些，放弃打猎还是放弃赶我走？"

"放弃打猎。"他毫不犹豫地说。

"那么，"我说，"这里可就有了一个矛盾。"

"什么矛盾？"他说，"你这可爱的小狗，难道你真不理解我必须如此？难道你不理解这理所当然的事？"

我不再回答什么，因为我发现——此时我突然感受到新的生命，惊吓带来的生命——我从难以置信、除我之外大概没人会注意到的细节中发现，他开始由胸腔深处唱出一首歌。

"你要唱歌了。"我说。

"是的。"他一本正经地说，"我要唱歌了，很快就唱，但还没开始。"

"你已经开始了。"我说。

"没有，"他说，"还没开始，不过你就准备好听吧。"

"尽管你否认，但我已经听见了。"我颤抖着说。他沉默不语。当时我以为自己看出了在我之前哪条狗也不曾经历过的东西，至少在传说中找不到丝毫这方面的痕迹。我无比恐惧和羞愧地连忙将脸埋在我面前的那摊血中。因为我以为自己已看出那只狗在唱歌他自己却不知道，另外还有，那已与他分离的旋律按照自己的法则在空中飘荡，它似乎与他无关，它越过他全都朝我而来——今天我当然不会承认一切这样的发现，我把它们归为自己当时的过度兴奋，然而尽管这是一个错误，可它却有着某种辉煌，是唯一的真实，尽管只是虚假的真实，是我从绝食期挽救出来带到这个世界的真实，它至少显示出，我们在完全超脱自我方面能够达到何种程度。我的确完全超脱了自我。要是在一般情况下我会得重病，无力动弹，但那时我却无法抵制那旋律，似乎就要被他据为己有的旋律。它越来越强烈，它也许会无限地强烈下去，它此刻几乎震聋了我的耳朵。最糟糕的是，好像仅仅由于是有我才有它，仅仅是由于有我才有了这个森林在其庄严伟大面前突然沉寂无声的声音。还敢一直留在这里的我是谁？满身污垢一身血迹地在它面前炫耀自己的我是谁？我颤颤悠悠地站立起来，顺着身子往下看，成了这样还跑什么，我正这么想着，却已被那旋律驱赶着在精彩的跳跃中飞似的跑开了。对朋友们我只字未提，可能本该刚一到达就把一切都讲出来，但当时我太虚弱了，到后来我又觉得那是无法讲的。我无法迫使自己克制住略略讲述一下的愿望，可到了讲的时候却一个字也讲不出来。另外，没过几小时我的身体就复原了，但精神上的后果我一直背到今天。

我将我的研究扩展到了狗类音乐上，科学在这方面肯定不是无所作为的，如果我了解得不错，关于音乐的科学大概要比关于食物的科学内容更为丰富，至少能比较确定地得到证实。对此可以这样来解释，在前者的领域里能够比在后者的领域里更冷静地工作，前者涉及的多为纯粹的观察和系统化，而后者涉及的主要是符合实际的结论。与此有关的还有，敬重音乐科学更甚于敬重食物科学，但前者从未能像后者那样深入民众之中。在听到森林里的那种声音之前，我比任何一只狗都更不了解音乐科学，虽说与那几个狗乐师相遇的经历已经向我提示了它，但我当时还太小了。仅仅接近一下这门科学也并不是件易事，它在大家眼里难度极大，而且对大多数狗都傲然相拒。虽说那几只狗身上引人注目的是音乐，但我觉得他们隐藏起来的狗性比音乐更为重要，在别处我大概绝不会把什么类似的东西认作他们那可怕的音乐，因此我可以不去管它，但从那之后在所有的狗身上我处处都能遇到他们那种本性。要研究狗的本性，我觉得研究食物是再合适不过了，可以不走一点弯路到达目的地。然而这两门科学的边缘学科当时已引起了我的疑心，它就是关于唤下食物的歌唱的理论。在这里我又有很大的障碍，因为我从未真正钻研过音乐科学，在这方面我还远远算不上总是倍受科学歧视的半瓶子醋。我觉得如今依然是这样。在一个学者面前，恐怕连那最简单的考试也会让我考得焦头烂额，遗憾的是我有这方面的证据，除了已经提到的生活环境外，之所以这样的原因当然主要在于我在科学方面的无能，思维能力太弱，记忆力太差，特别是没有能力牢牢盯住科学目标。这些我都公开承认，甚至还带着某种愉悦感。我觉得，我在科学方面无能的更深的原因是天性，而且确实不是恶劣的天性。如果想说大话我就可以说，恰恰是这种天性毁了我在科学方面的能力，因为这难道不是种至少是非常奇怪的现象：我在一般的日常事物中——它们肯定不是最简单的——显示出的智力还算过得去，就算我理解不了科学，但对那些学者的认识却是入木三分，这在我的成果中可以得到检验，可同样是这个我，一开始就连将爪子伸向科学的第一级台阶的能力都没有。也许恰恰是由于这科学的缘故——不过那是一种不同于今天所从事的科学的科学，是一种最新的科学——这种天性使我将自由看得高于一切。自由啊！当然，就像它今天已成为可能，自由是个可怜的东西。不过毕竟还是自由，毕竟还是一种财产……

（周新建　译）

疯狗

[俄] 叶·马雷萨耶夫

一只疯狂的狗

门"咔嚓"一声打开了。工棚里先是卷进来一团团咝咝响的、冰冷的雾气，然后就从这些泡沫似的雾气里冒出了钻井工长的熟悉身影。只见他身穿羊皮短大衣，头戴毛蓬蓬的狼皮帽，脚蹬狗皮软底毛靴，短大衣右边的袖子被撕去一大块儿。

"我非打死这畜生不可……"他大声嚷着，从钉子上摘下了卡宾枪。

大家好不容易才把他拦住。

"其实我还故意绕了个弯儿，躲开了它！可还是不行，它追上来就咬……"他慢慢地平静下来，说，"比只饿狼还凶！"

我躺在铺上打了个口哨。第二天轮到我坐狗拉的爬犁去送我们的

"成果"——岩心，这是通过岩心钻取出的岩石取样，即一些装在匣子里的圆柱形花岗岩标本。从这里到堪察加基地所在的村子，坐狗拉的爬犁得走两天两宿，或者按照堪察加当地人——埃文尼人和科里亚克人的说法是"有一个月亮的路程"，而且这段时间都得和疯狗在一起……

我套上软底毛靴，披上短大衣，来到了冰天雪地的户外。

十一只卸了套的狗卧在一辆狭长的载货爬犁跟前。我本想转过工棚的拐角，可突然传来一声悠长而低沉的呼噜声，接着疯狗就从狗群中蹿了出来。它的尾巴像烟筒一样竖着，龇着牙向我扑了过来，我赶紧又溜进了工棚。

好家伙！有时候，这只披着狗皮的"魔鬼"吓得我们连厕所都不敢去。

勘探分队队长坐在那张堆满公文、做工粗糙的自制办公桌旁，转过头来对我说："到村里去另找一只头狗。要是你自己找不来，就以我的名义求勘探队长帮个忙，他会帮这个忙的。买狗的钱你到会计室去领，而且我们还可以多出三个卢布，所以你不必过分计较价钱。还有问题吗？"

"那疯狗怎么处理呢？"

"毙了。不过不能在村里毙，那会挨罚的。"

夺取头狗地位

疯狗是九月底来到队里的，那时候北堪察加一带已铺上了一层经久不化的积雪，暴风雪猖狂肆虐，已经出现轻微的初寒。我们用爬犁做交通工具有两个星期了。三人一班，由狗拉到钻场去，然后再拉回来。三座钻场分别建在离工棚四公里、七公里和十一公里远的地方。每座钻场都是三班倒，春天、夏天和秋天步行上班，走路比干活还吃力，入冬以后狗可帮了我们的大忙。

有天夜里，狗的咬架声把我惊醒了。这种事屡见不鲜：贪权的狗为争当头狗而厮打。套在一起的这几只狗是我们刚从各村弄来凑在一起的，它们还没有最后确定由谁来领头。目前暂时保持"头狗"这个称号的是一只名叫科尔弗（这是钻井工人买下的这只狗所在的那个北堪察加村子的名字）的宽胸脯的北地猎犬。科尔弗身上那些累累的新旧伤痕切实地证明：它是多么难以统率这些同伙。

一般情况下，这种厮打顶多不过持续六七分钟左右。科尔弗在这几分钟内完全可以击退那些"首领宝座觊觎者"的进攻。可这次，它却一直咬个不停。

为了不让风把工棚里的暖气吹走，那些窄小的窗户都用从河里采来的长方形冰块从外面堵得严严实实，只透进些许微弱的亮光。我只好穿上衣服，走到天寒地冻的户外。以防万一，我带上了卡宾枪、鞭子和手电筒。

月色溶溶，星光闪烁。在模模糊糊的水银色月光下，只见那些狗死死地扭成一团，正在雪地上打滚。要把这些厮打着的拉套的狗拽开，几乎是徒劳，而且不无危险。当然，朝空中放一枪可以吓唬吓唬它们，把它们的注意力引开，但我又可怜那些交班后疲惫不堪的小伙子们，他们

正在休息，都不堪惊扰。我保持着一定的距离，等着这群狗斗累了，自动停止厮打。没过多久，厮打果然停下来了。

然而那些狗并未听命于我，那只头狗被它的同类团团围住，蹲在那里，闷声闷气地吼叫着。我突然发现它不是科尔弗。我摁亮手电筒。一束耀眼的强光照到头狗身上。那狗四肢着地站了起来，我猛地扯下肩上的卡宾枪：开枪的那一瞬间，我以为那是只狼。白爪子，白肚皮，灰褐色的脊背，一双吊角眼，身子柔韧、坚实，肌腱发达……的确，这家伙个子大得让人吃惊，虽然比起狼来要小些，但由于事情来得突然，我没注意这一点。

卡宾枪的准星在瞄准孔里抖了一下。要不是这个不速之客这时吠叫起来，它当时就没命了。我狠命抽了一下鞭子也没能使它安静下来，相反，却更加激怒了它。我只好朝空中放了一枪，这才使它跳向了一旁。

钻井工人听见枪响，都跑出了工棚。我对他们说明了事情的原委，小伙子们挠了挠后脑勺。

"它是从哪儿来的？"

"从邻近的村子跑来的。或者是离了群，跟原先的一伙合不来。"

"真是只疯狗……瞧，它绝不会老实的，随时都可能扑过来。"

"伙计们，快过来！"有个工人喊道。他站在五分钟前群狗厮打过的地方，我们急忙朝他那里走去。

科尔弗四只爪子摊开，不自然地蜷曲着躺在雪地上，身下是一摊凝住了的血。它已经死了。

"原来是这样……"

"要不要用枪打死那只狗？要不它会把别的狗也咬死的！"

"不，不会，"分队长望着夜间的不速之客，说，"现在它不会了。"

我回头看了看。我们的那些狗依次走到杀害科尔弗的凶手跟前。那只狗以胜利者的姿态站着，呜呜地发着威。别的狗以各自不同的方式向先前的对手和敌人——疯狗，表示了归顺和服从。瞧，现在布兰走过来了。它胆怯地舔了舔这只外来狗的下颚便走开了。它的位子马上被那只淫荡的大个子母狗曼卡占去。曼卡夹着尾巴，耳朵紧贴着脑袋，先抬起一只前爪，接着抬起另一只，大着胆子碰了碰这位新来的头领的背，而后仰面朝天躺了下去。再下一个是别尔西克（取的是勘探队一位技术指导的滑稽姓氏，这只狗就是他领到钻场来的），它就像一只狗崽找到躲藏起来的主人似的，来来回回地摇晃着它那毛蓬蓬的尾巴。

这种丢尽我们那群狗的面子的仪式结束后，我们向工棚走去。明天再决定这个魔鬼的命运吧，一日之计在于晨嘛。我走在最后，紧握鞭柄，担心地斜眼瞟着那只狗。还真是得提高警惕。等我们快走到工棚时，它飞也似的蹿了几蹿，向我们扑将过来。鞭子一抽下去，霎时间就把它的嚣张气焰遏制住了。趁它一时还不知道是怎么回事，我们便像一群被吓破了胆的田鼠，一个跟着一个溜进了敞着门的工棚。

"的确是只疯狗！"分队长说，"再也找不到更合适的名字了……"

清早大家集合起来准备上班时，决定起用布兰做头狗，以代替死去的科尔弗。

疯狗真的像是魔鬼附了身。门吱溜一响，它便向人们扑来。这个坏蛋连门都不让人出？空放的一枪吓住了它，它闪到一边，可还是在那里

跑来跑去，恶狠狠地吠着。

我不由得欣赏起它来。它那庞大的身躯和力量同轻捷、优美的动作结合在一起。只有现在，在白昼的光线下，我才看见狗的额头上有个白色的星斑，整整齐齐的眉毛也是白的。这是北地猎狗的明显特征。根据疯狗的毛色、脾性和身子各部分的大小来看，它还继承了另一种狗即东欧狼狗的血统。

我们着手给狗上套。疯狗突然老实下来，它敏捷地来个蹲地坐势，一动不动，目不转睛地望着我们，还迫不及待地尖声叫着。该轮到套布兰了，我解开绳子，拉出应该套在头狗身上那根最长的套索。这时，突然出现了意想不到的事：疯狗向爬犁扑过来，用獠牙咬住布兰，可怜的布兰号叫着躲到一边去了，它自己却果断地、以主人公的姿态背冲我站好，意思是说："套吧！"弄得我一时不知所措。

"全都明白了，"分队长说，"疯狗过去是拉主套的。"说着，他无所顾忌地给它套上了。

长鞭子在狗群的上方一声长啸，几只狗向前一蹿，拉动了爬犁。疯狗立即快步跑起来，仿佛它非常熟悉这条路似的。它一下子就瞧准了方向，正确地判断出该从哪面绕过横在路上的大圆石，以免把爬犁碰坏；当驶过树间的狭窄通道时，同样为了避免碰坏爬犁，它放慢了速度，而且还不断回头张望，看看爬犁是否顺利通过了。

前边出现了钻塔的井架。我们完全不用借助撑竿把爬犁停住，头狗从容不迫地让爬犁在暖棚前停下来，它已经猜到这里就是终点站。

在我们接班时，我用眼角瞥了一下疯狗。它好像完全变了个样儿，显得多么听话啊！下了班的三个人走出来，他们得回工棚休息；我们这只新来的头狗是初次看见他们，但它甚至都没冲这些人吠叫。一声鞭响，这群狗便卷起阵阵雪尘，拉着爬犁往回赶了。

疯狗找到了主人，又在狗群中取得了最高的"职位"，似乎是安定下来了。不过，这仅仅是我们的感觉罢了。

八小时以后，第二个班来到了钻场。我们这才知道，几小时前刚给狗卸下套，疯狗又兽性大发了。它向一个工人扑去，咬住他的一条腿，幸亏小伙子穿的是厚厚的狗皮毡靴，才没被咬着。这只头狗一连折腾了八个小时，转眼间第二班又该上钻场了。当人们用鞭子和枪声把它赶开，来到爬犁跟前时，又出现了同样的场面：疯狗跑过来，让人往它身上套索。

疯狗的这些莫名其妙的举动一直持续到今天——一上套即温顺如绵羊，卸了套简直是个魔鬼！人们还发现疯狗的另一个古怪脾气：如果我们对别的狗表示一下爱抚，它就不愿意。只要你一走到哪只狗跟前，摸摸它的后颈，疯狗便飞快地跑过来，先是将那只狗咬开，然后就向人扑过来。

难以驯服的疯狗

在所有的地质勘探队里都明令禁止酗酒，因为队员们都随身带着枪，旁边就是原始大森林，人喝醉了，什么乱七八糟的念头都会钻到脑子里来的。但新年前夕，分队长弄来了应急储备品——医用酒精，人们

用它来擦身、预防感冒与伤冻。每人分到一百克左右。

如果能把这些变得粗野的胡子拉碴的男人在手风琴伴奏下傻里傻气地大声喊叫也称作"玩乐"的话，那么就在他们"玩"得最开心的时候，有个钻井队员走过去把门打开一条缝，好让房间里通通风。就在这时，疯狗冲进了工棚。面对这一突发情况，我们都怔住了。这只头狗迄今只是在户外无法无天，还从未闯进过人的住所。它满怀仇恨地用鼻孔吸了口气，也不吠上一声，就龇着獠牙扑向一个人，紧接着又扑向另一个人……分队长把一壶滚烫的开水冲它扔了过去，把自己的手也烫着了。但疯狗巧妙地躲过水壶，从开着的门缝里蹿了出去。

给分队长淌着血的伤口抹了碘酒，包扎好之后，大家一致决定：明天早上就把这只头狗毙了。禀性难移啊！

一觉醒来，大家又多少冷静了一些。分队长提议对疯狗采用非常手段——用抽打来整治它的坏脾气。我有一次曾在楚克奇见过这样的鞭笞。有一只用来拉爬犁的恶狗把二十来只同伙咬得半死，还咬了赶爬犁的人，人们就用鞭子抽它。结果怎么样呢？居然把它整好了。更确切地说，是把它改造过来了。它明白了：不准许它把人和自己的同伙咬个半死。不，这完全谈不上是残忍。把多年来忠心耿耿为主人效劳的老狗、病狗赶去剥皮，那才叫残忍。而现在根本谈不上是残忍，实属迫不得已。

行刑人是分队长。他装出要套狗出车的样子，向爬犁走去。疯狗服服帖帖地跑到分队长跟前。分队长并没给它套车，而是给它扣上一个带长襻绳的颈圈，襻绳的一端系在离得最近的一棵落叶松上。

我们的分队长是个彪形大汉。长鞭子在他手中呼呼地撕裂着空气，一鞭一鞭地抽打下来。那场面真叫人看不下去……

我还记得，挨上十四五鞭以后，楚克奇的那只恶狗突然哀号着往地上一趴，摇着尾巴，肚皮蹭着地向行刑人爬过来。狗用这个姿势来表示绝对地服从。但疯狗根本就不想屈服，它被拴在那里，拼命挣扎着，两只后腿直立，全身向前倾，牙齿碰得咯咯响。

分队长扔下鞭子，把护耳皮帽往后脑勺上一推。

"根本不顶事，小伙子们，"他说，"这不是狗，而是个最坏的变种。"

我们套好了狗，该去接班了。布兰占据了头狗的位置。

所有其他的狗就像商议好了似的——都不愿意。它们趴在雪地上，不管是用鞭子抽，还是用脚踢，都不能让它们动一动。它们都望着疯狗，望着它们的合法头领——它可是靠流血和强力赢得这个地位的。而疯狗拉紧了襻绳，也望着它们。

分队长给布兰卸下套，然后从疯狗身后绕过去，用锋利的猎刀割断襻绳，没敢取下颈圈。只见疯狗蹿了几蹿，便站到了狗群前头。是分队长亲自给它上的套，这时疯狗伫立在那儿，像什么事也没有发生似的。

疯狗逃脱

.

一月中旬，一列橇式拖拉机从我们工棚旁边驶过，这是另一个勘探

队的钻探工人。从聊天当中我们得知：他们是到三百公里以外和楚克奇毗邻的地方去，他们得在那里钻两眼井。

听见工棚的圆木墙外有狗吠声，他们的分队长伤心地说："我们是带了一只狗，可它被拖拉机轧死了，真可怜。我们真不知道在原始森林里没有狗可怎么办……"

"原来是这么回事呀，朋友！随便你挑一只吧。"我们的分队长打断他的话说，"挑吧，挑吧，"当对方表示拒绝时，他一再重复这两个字，"我们这里有的是狗。我们有办法。"

"太谢谢了！你们可是帮了大忙，同志们，你们可真是帮了大忙……"

当客人稍事休息，向门外走去时，我心里想："最好能让他们挑上疯狗才好！"可那个坏蛋却像是有意似的，开始向那些来客猛扑过来。我好不容易才用鞭子将它抽跑。

"当然就要那一只喽，"他们的分队长冲疯狗点点头，"就要它……可这样我们良心上有些过不去……"

"你知道高加索山民有什么样的习俗吗？"我赶紧从远处说道，"客人夸奖什么，就把什么送给客人。所以你们就带走吧。虽说我们舍不得它，但还是送给你们。不过……"我讷讷起来，"这只狗的脾气……有点儿，唔，这么说吧，不那么随和。"

"请问，给客人暗地里使坏，这是哪儿的习俗？"我们的分队长很严厉地问我。

于是，他谈了疯狗的全部情况，用最难听的字眼儿把它骂了一通。不过奇怪的是，外来的这位分队长并未因此而感到惶惑，而是恰恰相反。

"别见怪，朋友们，你们是没有找到对付狗的正确方法。我会找到的，这我有把握。我从小就和狗打交道，看了大量关于养狗的书籍。我将用科学的方法来对付它。"外来的分队长向我们担保。

一句话，客人决定把疯狗带走。大家一同来抓这只头狗，但它不会轻易就范。最后，我们还是用尼龙网把它逮住了，绑起它的四条腿，嘴巴用皮带扎紧。疯狗又是刨蹶子，又是哀号，但还是被送进一个临时木房里。这木房有一个小铁炉，被安置在橇式拖拉机上。客人想付款，可我们坚决不收，而且我还说，只要能永远摆脱这头野兽，我们倒情愿付给他们一笔钱。

那辆橇式拖拉机在河湾处消失以后，一个钻工做出一副无赖相，开始祷告……

然而，我们高兴得太早了。刚过半小时，我们就已经想去追那辆橇式拖拉机，把我们的头狗追回来。

事情是这样的：这群狗被套在爬犁上后互相咬架，不愿拉，不承认布兰是它们的头领。为了保证布兰的生命安全，我们改用别尔西克拉主套，可是也没用。再换上曼卡时，众狗差点儿没把它撕成碎片。

我们被这群犟狗搞得筋疲力尽，与其说是它们拉我们，倒不如说是我们拉它们和爬犁。非得有一头力量最强、最敏捷的狗当上头领，事情才会走上正轨。可什么时候才会出现这种情况呢？一天以后？三天以后？还是一个星期以后……

　　如果不是三天后疯狗跑回来了，我们还不知道得和这些狗受多大的罪。它瘦得厉害，像猎狗一样肚子瘪了下去；右耳像被齐根割下一样毫无生气地耷拉在额头上；腰两边各有一道又长又深的伤口。显然它是在原始森林里迷路时，撞上了熊窝……

　　我先说一下后面的事：第二年早春时节，我们的那队钻井工人又来了。那时我们才知道狗是怎样从他们那里逃跑的，从而也弄清楚了，它的伤并不是被熊咬的。

　　还在路上疯狗就跑掉了。它两天两宿、白天黑夜都在木板房里挣扎，声音嘶哑地哀号着。人们还以为它饿了，小心翼翼地取下勒在它嘴巴上的皮带，结果它把一个人的手咬出了血。高傲和倔强的疯狗没有进食。

　　接着它蓦地平静了下来。它被绑着四肢躺在那里，苦闷地瞧着窗框。

　　后来它吃了整整一钵子荞麦肉粥，喝了点浓缩牛奶，甚至还允许人摸了摸它的后颈。对这种突然转变感到十分高兴的人们放松了警惕，他们给它松了绑。

　　疯狗跳了两跳便逃出了樊笼：头一跳——蹿到了桌子上；再一跳——用前额和肌肉发达的双肩把窗框顶了出去，随即从正在行驶的橇式拖拉机上跳到了路边。锋利的玻璃碴儿扎伤了它的两肋，划了两道口子，险些没把它的右耳割下来。疯狗顺着原路往回跑了。

　　人们没去追狗，他们害怕。他们做得对，对疯狗最好是躲得远些。

疯狗的身世

分队长看了我一眼，向疯狗点了点头。

"手不会发抖吧？"

"该干就得干。不会发抖。"

"照着左肩胛骨打……然后马上去买一只头狗让它试试套。让别的狗承认它，服它管。"

"没说的。"

"好啦，那就上路吧。再见！"

"愿你们幸福愉快，伙计们！……"

最后这句话我是甩着鞭子喊的。载着岩心箱子的爬犁上的滑铁吱嘎一声响，便上路了。我坐在叠成两层的狗皮软袋上。不一会儿，我们的工棚就消失在河湾后边了，前面是条覆盖着一层薄雪、隐约可见的道路。

乘着重载的爬犁走远路绝不是件乐事，而是件繁重的苦差事：经常还得拽拽捆住货箱的熟皮皮带，下坡时得用撑竿和腿脚准备随时刹住爬犁；上坡得下去推，帮那些很吃力的狗一把。别看天寒地冻的，你会像匹跑马那样浑身冒气，里面的衣服都没有干的时候，而且你还得随时注意，别让爬犁碰到树上，提防自己掉到坡底下去。

每只狗平均能拉四十来公斤的重量，再多就受不了了。本可以让这

些狗成纵列前进，也就是顺着一根绳子成双成对地跑，这样它们拉起来就会轻松一些。然而，这样的纵列会使狗在弯弯曲曲的道路上失去活动余地。所以，狗是呈扇形被套着的。这种套法使赶狗群的人碰到任何一个急转弯都能操纵自如。

当然，赶狗拉爬犁的人还得有个不可缺少的助手———一只聪明、老练，其他同类都能绝对服从的头狗。无怪乎一只好领头狗在北极地带是无价之宝。而疯狗就是这样的一只狗。我的命令它一听就懂，话没说完它就领会了。此外，它作为头狗，还密切监视着拉套的每一只狗，让它们都得老老实实干活，不得偷懒。瞧，别尔西克拉的绳松了，在雪地上拖着：它竟擅自歇息起来。我还没来得及用鞭子抽它，疯狗就马上过来，只一声吼就咬住了懒鬼的脖子。即使对曼卡，它也毫不留情。虽说曼卡偷懒是可以原谅的，因为它已经怀了孕，但是疯狗并不顾这些。它认为凡是拉上套的都一样，都得老老实实干活。

布兰不时地跳到爬犁上，爬过箱子来找我。我知道它这是为什么。布兰各方面都好，就是有些傻——不会咬去嵌在爪间的冰块，不知道为什么布兰的爪子比其他狗的爪子都爱结冰。我没停爬犁，用小刀子很快就剔去了冰块；为了表示感谢，布兰常舔舔我的脸，然后就赶忙去拉套了。我们总是忘记请村里的埃文尼人用皮子给它缝四只跑长途用的软皮套。

疯狗看见布兰跳上爬犁，并不赶它回去。它明白人家不是偷懒，不让布兰上去，它的腿就会瘸，就跑不动了。这头狗的确聪明。

记得还在初冬时节，当时河还没结冰，我曾经留心观察过我们那些狗是怎样捉鱼的。它们一发现清亮的河水中闪过一个黑乎乎的脊背，就扑通一声跳进水中！这样做把远处的鱼都吓跑了。在疯狗没来之前，这些狗就是这样逮鱼的。它来之后，教会了这些狗一个万无一失的办法。它"命令"这些狗泅到对岸，而它自己留在这边，走到齐膝深的浅滩上。疯狗发出一阵低低的吠声，这就是在命令："下水！"于是，众狗一同跃入水中。鱼自然是向另外的方向游，游到疯狗严阵以待的浅滩上来。它很机灵地同时用两只前爪和牙齿逮住一条大鱼，再一蹦一跳地将猎物送到岸上。然后又如法炮制……

我怎能把这么好端端的一只狗送上西天呢？

这时，北方短促的白昼恰似一朵盛开的白玫瑰，霍霍地亮了起来。一轮红日从山崖后面露出圆脸，照亮了一面谷地和层层叠叠、绵延不断的山峦，巨大的圆石和山坡上长满一层闪闪发光的雪白的枞树。气温在零下五十度以下，鼻孔被冻得酸痛酸痛的。罩住整个面部，只给眼睛、鼻子和嘴巴留有小孔的深色毛织面罩被冻得硬邦邦的，同胡须粘在了一起。

到了三点钟，白昼即将结束，太阳已经朝谷地那边沉了下去，空中的反光在雪地上印下了一条条轻纱般深蓝和殷红的色带。我休息了半个小时，应该让狗喘口气了。

我给每只狗扔去一条干鱼，而自己则拿出裹在睡袋里的暖水瓶和皮大衣内兜里用干净布包着的夹肉面包。谢天谢地，这些面包片还没被冻硬。我小口地品着煮得浓浓的热茶。咖啡是一种非常糟糕的饮料，北方人不爱喝它。这么冷的天用它来提神，顶多不超过一刻钟。如果喝浓茶，则可以长时间地消除疲劳。

歇息了一会儿，便又上路了。没有黄昏，夜直接就降临了。带有三个五颜六色光环的、黄中透红的硕大月亮把道路照得通明。月亮看起来像是挂在附近什么地方，就在山崖那边，等你登上山顶，似乎就可以用石头砸它，使之发出叮叮当当的声音。滑铁的吱嘎声变得更响，更加刺耳了；狗爪子踏在雪地上的沙沙声越来越清晰；从嘴里喷出的哈气咝咝地响着，立刻就凝固了。真是冷得够呛。

快到半夜的时候，我累极了，月亮和耀眼的星辰都在眼前浮动起来。一个急转弯，我险些从爬犁上掉下去，于是我明白，今天看来该告一段落了。够了，可千万别把头碰破，或者把腿弄断。一个人在原始大森林里是很容易消失得无影无踪的。

最好是稍微吃点东西，但我的力气仅够将双层保温的厚毡帐篷支起来，把睡袋搬到里面去。每只狗都吃了一个冻硬了的加肉荞麦饭团，这是一种自制的肉类浓缩食品，叫阿拉斯加比米甘①，用来做狗长途跋涉的干粮。

按说我应该脱得只剩下裤衩和背心，把衣服均匀地塞进睡袋里，但我却犯懒，只脱了皮大衣和毛靴。两边有布兰和曼卡两个活炉子，幸好没有冻坏。出门在外时，这两只狗总是陪着我在帐篷里睡觉。

不记得我睡了多长时间。一阵凶狠的、忽高忽低的犬吠声把我惊醒了。它们通常要碰到大野兽才这么叫。

刹那间，我已经穿好衣服，咔嚓一声扳响枪栓，跑出了帐篷。然而，我的担心是多余的——有个人驾着狗拉爬犁正向我的宿营地驶来。

---

①北美印第安人出猎或打仗时吃的干粮，用肉粉加脂油、果汁做的干饼。

令我大惑不解的是，我的头狗跑到赶爬犁的人跟前，摇摇尾巴便跑开了。不仅如此，当我的那些狗向外来的狗扑过去时，疯狗连忙将它们轰开，而和和气气地将那些外来的狗嗅了个遍。

一个个子矮小，由于穿了好几件皮衣而使身子显得溜圆的赶车人从爬犁上跳下来，走到我跟前。明晃晃的月光照着他那黑黢黢的颧骨、突出的圆脸庞和一把稀稀拉拉的花白山羊胡。这是个埃文尼人。

"你号（好）！"

"阿姆托！"我照惯例用他的本族话问过好，拖着类似法语发音的长腔。

"老大爷，您打猎去？"

"去打赖（猎），去打赖（猎）。"

"干吗夜里在大森林里转呢？在我这里歇到明天早上吧，多尔甘。咱们马上弄点茶。"

当我称呼他的姓时（可能还叫对了），他并不感到意外：堪察加的一大半居民都姓"多尔甘"，这是个很普遍的姓。

我在大森林里折了好些干柴，很快，光亮和明净的火苗就撕破了昏沉的月夜。我们两人在一棵粗大的枯树干上坐下来。老人请我吃他带的味道极美的冻鹿肉片，然后我们喝茶，猎人点上自制的短烟袋，我抽烟卷。

猎人说他住在离这里有两百公里远的一个埃文尼人和俄罗斯人杂居的小村子里。他七十八岁，早就领退休金了，但还没放弃打猎的营生——有二十几个孙子在哈巴罗夫斯克和列宁格勒上学，得帮忙补贴他们。

聊着天，我不时瞧瞧疯狗，长鞭子在我的脚旁放着。头狗的举动太奇特了：它蹲在不远的地方，两眼简直是一往情深、目不转睛地望着我的客人，尾巴左右摇晃。

我想，这显然是因为北方的狗喜欢本地人胜过俄罗斯人。不论是埃文尼人、科里亚克人还是楚克奇人，他们从不用石头打狗，对他们来说狗是家庭的一员；我们呢，有时却会打它们，而且是无缘无故的。

老人拿来一把用拉直了的轴承（这是用来做刀的最好的钢）打成的锋利的猎刀，削下一块块冻鹿肉递给疯狗。它马上跑过来，把冻肉块吞了下去，然后舔了舔老人黑黢黢的手，在他旁边卧下来，以表示对他的谢意。我使劲地擦了擦鼻梁：这不会是幻觉吧？

"这只够（狗）早就跟你们了？"埃文尼人问。

"入冬时候吧。"

"细（是）呀，细（是）呀，入冬时候。"他把我的话重复了一遍，像是想起什么。

"您认识这只狗，老大爷？"虽然有点迟，我到底还是猜到了。

"我知道这只够（狗），知道。很号（好）的一只够（狗），聪明的够（狗）。就细（是）它的主人不号（好），太坏了。"

接着，老人对我讲了疯狗的来历……

不用说，它曾有过另外一个名字。老人的邻居一个凶狠而孤僻的猎人养着它和另外四只狗。大约二十年前，他的妻子带着小女儿跟过路的一个地质学家私奔了。从那时起，他就一直鳏居，闭门谢客，嗜酒如命。喝醉了，他就把自家的狗打得鲜血淋漓，这已经成了他的习惯。乡亲们心疼那些狗，但是无能为力。

而他的那些狗，尤其是这只"疯狗"，不管是打猎，还是拉爬犁，都是顶呱呱的。"疯狗"一直都是打头的。

为了寻求爱抚和人间的温暖，这些狗时常今天逃到这家，明天投奔那家，但主人硬是将自己的"私有财产"要回去，并且用毒打来惩罚它们。疯狗不止一次跳过和多尔甘院子相隔的矮篱笆墙，去寻找老人的庇护，和他的狗住上一段日子。

有一次，喝得醉醺醺的主人恶狠狠地惩罚了疯狗。它忍受不了毒打，向主人扑过去，将他拱倒在地，用牙咬住他的喉咙。如果不是街坊四邻赶来将它轰走，那个醉鬼就没命了。主人被咬伤后进了医院，而疯狗打那以后就从村里消失了……

我们坐得太久，该睡觉了，明天还有一段艰苦的旅程。我请老人和我一起在帐篷里睡。他显然是出于礼貌才同意了。这些"耐寒的人"不同于娇气的欧洲人，路上不管多冷，都喜欢露天睡觉。铺上狗皮睡袋，自己钻进去，再在上面撒上雪，这就成了现成的锦床。我有一次也这么试过，说来也怪，居然没有被冻坏。

布兰和曼卡虽然很不乐意，但我还是把它们请出了帐篷，因为里面容不下我们两个人和两只狗。

老人像个困乏了的小孩儿，一倒下便打起了呼噜，我却辗转反侧，难以入眠。我不由得回想起，我们也曾用鞭子改造过狗的凶狠脾性。

现在我才明白，为什么它容不得有人抚摩别的狗：它那是妒忌得发狠，因为从来没有人试图对它表示一下爱抚。

我也明白了，疯狗为什么在新年前夕闯进工棚里咬人——它习惯性

地把酒精气味同鞭笞联系了起来。

清晨，为了不耽误时间，我匆匆地就着热水瓶中的茶水，吃了些鹿肉片权当早点，便与老人分手了。

疯狗在埃文尼人的那些狗周围转来转去，这是从我跟它认识的这段时间以来，在没上套的情况下，它第一次没有对人表现出任何敌意。

看着老人在套自家的狗，疯狗驯服地将背冲着他，希望也能被套上。它显然是想拉这挂爬犁。老人不得不把它赶开了。

最后，埃文尼老人挥了一下鞭子，一群狗拉动了轻载的爬犁。疯狗跟在后面追去。老人轻轻地用鞭子抽了它一下，也无济于事。于是他举起卡宾枪，向空中放了一枪。疯狗不追了，垂头丧气地跑了回来。

我站在帐篷一旁，观察着疯狗的动静。这时它蹿到我跟前，恶狠狠地吠起来。但是这次，我不用鞭子赶它了，我扔下了鞭子。爱怎么就怎么吧！好吧，就由你咬好了！

头狗眼看鞭子掉下，疑惑不解地望了望我。自入冬以来，它是第一次看到这种场面。

我蹲下来。

"原谅我吧，好伙计，啊？一下子没能了解你。"我向狗伸出手去，"让我们互相握握手，忘掉这一切，行吗？"

疯狗把头歪到一旁听着，然后它摇了摇头，鼻子发出哧的一声，往旁边一闪，一路小跑找同伴去了。

在套头狗的时候，我摸了摸它两个耳朵中间的部位。它闷声闷气地咕噜了一阵，但没咬人。

途中做短暂停留时，我挨着疯狗坐着进餐，试着用手拿东西喂它。头狗不领我的食，它担心上当受骗呢。

为了等钻头，我在村里耽搁了几天。这些钻头很快就该用飞机从彼得罗巴甫洛夫斯克运来，然后转运到分队里去。

在这段时间里，我试图取得疯狗的信任。这可不是那么轻而易举的事，有两次它差点儿咬了我的手。

我动作利索地在工棚附近让爬犁停下来。小伙子们听见狗吠声后钻出了工棚。

"怎么回事？为什么还用疯狗拉车？新买的头狗在哪儿？"分队长厉声问道。

"瞧你一下提了多少问题……"从爬犁上下来，走到疯狗跟前，卸下它身上的套，"它有哪一点不称你的心呢？我不明白。又温驯，又听话……"

"你懂不懂俄语？我在问你：为什么还用这畜生拉车？"

"你听见没有，调皮鬼？人家都信不过你，而且话还说得这么难听。"我离开驾车的狗走上十四五步远，转回身朝疯狗叫了声，"调皮鬼，到我这儿来！"

疯狗立刻执行命令，飞快地跑了过来。它往上一蹿，前爪就搭在我胸口上，似乎在问："你叫我干吗，主人？"

（粟周熊　译）

叫花子和狗

[俄] 库普林

大家都叫这个又高又瘦的老头儿"狗叫花子"。这并没有什么恶意。因为他姓甚名谁，从哪里来的，大家一概不知道，不过，他的身边总有一条夹着尾巴的狗。所以大家就这么叫着。

这个老头儿头发花白，乱蓬蓬的，走路颤巍巍的，衣衫褴褛，身上散发着半是酒精、半是地下室里那不流通的空气的味道，看上去就像个上了年纪的单身酒鬼，过一天算一天。

当他小心翼翼地走进一家下等酒馆时，他那条褐毛狗也跟在后面。那狗已经老了，视力不好，像是给人打怕了，胆子又小，进酒馆时都是半蹲着爬进去的。瞧见他俩这副模样，酒馆的老主顾就互相打了声招呼。

"瞧，带狗的这位又来了。"

老头儿并不急于上前，而是左挑右选，终于走到在他看来最慷慨、喝得最高兴、微微带着醉意的那一桌的主顾身旁，用讨好的语气问道："高贵的先生们，你们想看看我的狗把戏吗？"

他这么毛遂自荐，有时会遭到一通臭骂，因为别人喝酒受到了打扰。不过，在多数情况下，喝酒的人还是接受了他的狗把戏，因为在微醉的时候，正好需要寻求点儿新的刺激。

"哦，那就来吧，我要看看你今天表演的有什么不同。"

这下，小酒馆就变成了一个临时剧场。演员就是老头儿和他那只褐毛狗。酒馆内所有的客人、跑堂的伙计，还有酒馆的老板，都成了观众。

酒馆老板长得肥头大耳，不时从柜台后面伸出头来，用鄙夷的眼光瞟上几眼。不过，他并不反对老头儿在这里表演狗把戏，因为客人们乐了，又会叫更多的酒。

"皮拉特卡，过来！"老头儿向狗发出命令，"过来，你这个懒家伙！"

褐毛狗微微摇了摇尾巴，犹豫着，走向主人。

"躺下来，别动。"

褐毛狗照着主人的吩咐，躺在地上，四脚朝天，询问似的看着老头。

老头儿拿出一小块面包，放在狗的鼻子上，又走开两步，用一种恫吓的语气，慢条斯理地数道："一、二、三、四、五……"

褐毛狗神色紧张地注视着主人，连大气也不敢出。老头儿故意停顿了片刻，然后回过头，向观众做了个鬼脸，突然大喊一声："吃下去！"

褐毛狗一哆嗦，把那块小面包向上一抛，然后张开嘴巴接住。

面包游戏结束后，老头儿又命令褐毛狗坐到椅子上，用非常客气的口吻问它："皮拉特卡先生，你是不是想抽支烟呢？"

狗不作声，不停眨着眼睛，将脑袋转向一侧。它知道，又该让它表演那个讨厌的把戏了。

"想来支烟吗？那你就求求这里的老爷们，说不定他们会赏你呢。来呀，别难为情。快求求他们，你这个狗崽子，不就是要饭的命吗？"

狗竖起了它的两个前肢，像是在作揖，口里叫着谁也听不懂的语言。现场有观众掏出了烟，赏给它。

"立起来。"老头儿发出命令。

狗坐了起来，抬起前肢。老头儿把烟塞进狗的牙缝里，点燃了。要是烟钻进狗的鼻子里，它便不断打喷嚏，逗得观众大笑起来。

老头儿却非常客气地问："是不是这烟不对你的口味？你是不是更喜欢抽马其顿牌的？没关系，抽一抽就习惯了。"

褐毛狗把烟放下了，跳过椅子，去捡回扔掉的东西，中间还模仿邮差的模样，用后腿立起来走路。表演的最后一个把戏，也是最精彩的一个节目，总是引来观众的一阵叫好声。

"死去！"老头儿再次命令狗。

褐毛狗果然侧身倒下，有气无力地伸出爪子和脑袋。

"瞧呀，皮拉特卡真听话，太好了！"老头儿夸奖着，"不过，已经行啦，让老爷们乐够了。起来吧，咱们走。起来呀，你听见没有？"

褐毛狗一动不动，只顾在那儿费劲地喘着气，眨着眼睛。老头儿有些失望了。

"皮拉特卡！亲爱的，你不要再装了！开个玩笑也就够了。起来吧。"

褐毛狗依然一动不动。这时，老头儿一改温和的口气，吓唬道："你听见没有，皮拉特卡？爬起来！那个带枪的大兵来了！"

褐毛狗充耳不闻，对此警告毫不理会。

"快爬起来，皮拉特卡，扫院子的扛着扫把过来了！"

褐毛狗根本就不理睬他。

老头儿又搬出烂醉的酒鬼、酒馆的老板，还有许多有权有势的大人物，可这对叫起褐毛狗来说，仍是无济于事。

褐毛狗像是断了气一般。

这时候，老头儿心生一计。他向狗俯身过去，惊慌失措地喊着："警察来了！快跑！"

突然间，褐毛狗像是受惊了似的，猛地跳了起来。它在酒馆里蹿来蹿去，大声地叫着。酒馆里这些喝酒的客人，平日喝醉了酒，也没少和警察打交道，其间也有被警察追得乱跑的经历。

现在，看到这条狗这样表演，酒馆的客人们不由得大笑起来。就连狗都怕警察呀，看来自己被警察追着跑，也算不上什么丢面子的事。

表演就这样进入了高潮。这个时候，老头儿赶紧摘下头上的帽子，塞进狗嘴里，让它衔着从所有的餐桌前走过。观众们一个个往那顶破帽子里扔铜板，有的客人还给老头儿倒上一杯伏特加。老头儿也不客气，当场一饮而尽。

并不是每次都有这样的好运气。有时候，褐毛狗表演完了，老头儿准备收钱的时候，有些看客不仅不给钱，还借着酒劲，要把他们轰出去，说是打扰了酒兴。

碰到这样的场合，老头儿也不去计较。他总是不声不响地戴上帽子，领着他的狗，走到另一家酒馆去碰碰运气。

老头儿最怕的是碰上阴雨天。在那样的日子，到酒馆里喝闷酒的主顾们都像事先串通好了似的，一个个性情粗暴，不愿意施舍一个子儿。这时，老头儿和他的狗就得饿着肚子，打着哆嗦回家。

家里并不好受。老头儿住在一个地下室里，那是每个月花半个卢布租来的。老头儿和狗依偎在一起，互相取暖。狗的处境相对还要好一些，它有时候可以到院子里的泔水缸里找点腐烂的食物或别人啃过的骨头，躲到没有人的角落里，贪婪地舔着，以减轻饥饿。老头儿就更惨了，住在地下室的那些人不会借一文钱给他，也不会分给他半个面包。因为他平时总是沉默寡言，很少主动跟别人交往。与别人打交道，往往就是吵架，甚至动拳头，为的是让这条狗能跟他一起住在地下室里。可是，那些人不喜欢他，也赶不走他。大家的关系就越来越僵。

饿肚子的确很难受，精神上的折磨也不轻松。在这些倒霉的日子里，老头儿有的是时间回忆过去的岁月。这种遭受屈辱的乞讨生涯像一幕无声的黑白电影胶片一样，在他闲暇的脑海中播放，想停下来都难。以前，他并不是一个在酒馆里供人取乐的叫花子，不是那种被人呼来唤去的角色，也不是臭烘烘的地下室的常客。他是个诚实的劳动者，有自己的老婆和孩子，可是后来一切都变了，他也不知道怎么就沦落到了这步田地。

在漫长的寒夜里，老头儿常常难以成眠，脑海里想的都是往事。那些往事，说起来是那么的让人伤心，他从没有对别人说过，即使说了也没有人愿意听。这世界上，对他最亲的就是和他相依为命的皮拉特卡了。

那天，他在大街上看到这条狗的时候，它躺在大街上快冻僵了。出于可怜它，老头儿收留了它，并把它训练成了一条可以表演的大狗。

在那些运气不错的日子里，老头儿牵着他的狗四处卖艺，一般没有饿肚子的烦恼，甚至还可以喝上两杯。这个时候，老头儿就特别爱说话。不过，除了皮拉特卡，没有人喜欢听他唠叨，也没有人对他的陈年旧事感兴趣。他只有对着身边的这条狗说说话。

"皮拉特卡，你看看我，你看看我到底是个什么样的人？"老头儿喝完酒后，找了块干净的土地，躺上去晒太阳，皮拉特卡也趴在他身边。

老头儿抚摸着皮拉特卡的背，接着说："我带着你到酒馆里去给人逗乐，要点饭，有点钱就吃掉喝掉，今朝有酒今朝醉。这难道是我们想过的日子吗？谁把我和你当人看待了？就说那个做生意的波斯备洛夫吧，不就是有几个钱嘛，他已经第三次往我脸上抹芥末了。他为此得意，却不知道我有多难受。这芥末是往人脸上抹的吗？我当时心都碎了。可是，我也不能跟这些主顾生气，我还指望着他们下次还能给我几个铜板呢。我跟你这个小家伙也不是生来就是醉鬼，咱们也不是一生下来就酗酒的吧？你不信，可以到翻砂厂去问问马利采夫老爷，那时候哪个翻砂工比我强？没有！你以为我没有老婆小孩，从小就这样打光棍？

哪里是这样。我老婆漂亮着呢！要不，地主家的管家怎么看上了她，一再勾引她，还带着她私奔了呢？那个拐走我老婆的家伙看起来斯斯文文的，手头又有些钱，什么巧克力、葡萄酒、柠檬汽水，都拿来哄女人。女人就这么动心了。从那以后，我的生活就发生了变化，人生的意义就少了一大截，我开始酗酒了。我的儿子们长大以后，也不理我了，跟我断绝了父子关系。他们要光宗耀祖，自然就不愿跟我这样一个堕落的父亲往来了。现在，这个世界上就只剩下你对我好了，皮拉特卡，咱们就是死也要死在一起。我的朋友，我很冷，让我抱一抱你。"

说着，老头儿抱住狗的脑袋，把它往自己身边拉了拉，狗怜悯地看着他，不知道该怎么安慰他。老头儿搂住了它，很响地亲了几口它那又湿又凉的鼻子。狗千方百计地想挣脱，却又尽量做得很委婉，不让主人伤心。要不，这世界上就只剩下他孤家寡人的了。

冬天，寒冷的日子一天天地往前挨。热闹的圣诞节到了，这可是俄罗斯大地上最严寒的季节。

那天，老头领着狗走进了"会友"饭馆。当时，有一群商人已经酒足饭饱，正在等着消遣。老头和狗表演完了所有的把戏，最后照例是一个高潮的表演，让现场的人都高声叫起来。其中，有个食品店的商人不知扯动了哪根神经，特别欣赏皮拉特卡的表演，就想把这条受过训练的狗弄到手。他请老头儿喝酒，缠着他要买走这条狗。后来，老头儿知道他叫斯皮里多诺夫。

"喂，亲爱的，你要狗有什么用？你们两个都会饿死的。你把它卖给我吧。它能吃得饱，你这个冬天也不会挨饿。"已经有了几分醉意的商人说，"我现在有三条狗在看守仓库，它们都很凶悍，但我还是想买一条受过训练的狗。你说说吧，准备开出多少价来？"

老头儿喝得迷迷糊糊的，像斯皮里多诺夫这样的商人开口求他，让他的自尊心得到些满足。不过，他还是有几分清醒，他知道就是不能卖掉皮拉特卡，这是他用来活命的。

"您真是个好人，先生。"老头儿的舌头有些不听使唤地说，"我把皮拉特卡从小拉扯大，它不仅是我的朋友，还像我的儿子一样，我还指望它来养老呢。您要我卖掉它，不，不，我不能答应您。"

老头儿越不想卖，这个商人就越想把这条狗买到手。

"你真傻！"斯皮里多诺夫说，"我给你一笔钱，超乎你的想象，那可不是几个铜板啊。你可想好了！"

"不，先生。我不是有意得罪您，您也看到了，我要靠这狗来养活自己。您要坚持这样做，让我很为难。"

"两个半卢布卖不卖？"

"不，先生。"

"三个呢？"

老头儿摇了摇头。

"五个呢？"

"先生，我们最好不要谈这个话题了。"

斯皮里多诺夫看了一眼老头，笑了笑，当他从钱包里掏出一张崭新的十卢布的票子时，老头有些犹豫了。

这张红票子比说多少话都管用。老头儿一想到有了这张红票子，就可以搬到干燥而暖和的房间，每天还能喝上一碗热乎乎的羊肉汤，狗的命运就这么定下来了。

不过，老头发现这个开粮店的商人今天似乎特别大方。所以，他还是坚持不松口，但语气没有刚才那么坚决了。等到斯皮里多诺夫又加了三个卢布时，老头儿把狗绳递给了商人，说："现在它是您的了，您把它牵走吧。"

老头儿把钱揉成一团，几乎是跑着离开了酒馆。他的心情是多么的矛盾啊。谁会出这么高的价格买这条狗呢？可是，离开了这条狗，他往后的日子又怎么办呢？

五天过去了。老头窝在他那间地下室里，没有外出喝一口酒。他把钱藏了起来，开始发疯地想皮拉特卡。

第六天，老头儿突然发现，脖子上还拖着一段绳子的狗跑回来了。那是被开粮店的商人换过的绳子。老头儿喜出望外，对狗又是抚摸，又是亲吻，像遇上久别的亲人一样。他打算到隔壁的食品店去买块面包和肉片给狗吃。谁知，刚出门，就和斯皮里多诺夫派来找狗的伙计撞了个满怀。

狗当然是被牵走了。

老头儿的心都要碎了。他再一次陷入狂喝暴饮的酗酒状态。他似乎失去了时间概念，不知道是过了一个星期，还是过了两个星期，也可能是过了一个月。他就像做梦一样，神志不清，模模糊糊地记得他把皮拉特卡抱在怀里，有人来抢它，狗在拼命地挣扎，发出一声声的哀嚎。但是，这是哪个地方呢？他一点印象也没有。

在一次严重的酒精中毒之后，他被人送进了医院，洗胃、消毒。一开始，他觉得医院还不错，病房里干干净净的，也很暖和，伙食也不错，医生跟他说话时都用"您"。可是，一想到皮拉特卡，他就心乱如麻。他太想这条狗了，也不知道上次跑回来后，那个开粮店的商人有没有重重地打它。老头急不可耐地要出院，想看上一眼分开多日的狗。

他出院那天，虽还是冬天，但风和日丽，田野里开始有了春天的气息。他呼吸着令人陶醉的暖和空气，摇摇晃晃地挪动着两条不太利索的腿，朝斯皮里多诺夫的家走去。

栅栏门是关着的。老头儿犹豫了好一阵，终于硬着头皮，推开了栅栏门。一条褐毛大狗恶狠狠地冲了上来，吓得他倒退了两步。

老头定睛一看，用一种高兴得有些颤抖的声音说："皮拉特卡，亲爱的皮拉特卡，你不认识我了？"

这条狗继续狂吠着，露出又长又白的獠牙。

"瞧，它长得好肥实啊，也许它根本就不是皮拉特卡。"老头儿自言自语。

"不对，应该还是它，就是长肥了一些。你看它那毛是褐色的，胸口上有块白斑，左耳上也有个小口子，天底下哪有这么多的巧合。"

"皮拉特卡，我亲爱的。你干吗要冲我发狠呢？小傻瓜。"

那狗突然停下了吠叫，走到老头儿的跟前，小心翼翼地嗅了嗅他的衣服，摇了摇尾巴，算是认了老朋友。

这时，扫院子的人出现在台阶上。这是个身材高大、头发通红的小伙子，身上穿着衬衣，腰间系着一条白围裙，手里拿着一把大扫帚。

"老头儿，你来这里有事吗？"扫院人喊道，"走吧，哪里来就到哪里去，不要在这儿找事了。我们都知道你们这些要饭的喜欢干什么。皮拉特卡，过来！"

皮拉特卡夹紧尾巴，发出了一声声细小的尖叫。它一会儿看看老头儿，一会儿又看看扫院子的。看起来，它十分为难。是啊，它现在是这家的狗了，上次跑出去后，还挨了一顿打。可是，它又觉得大家对它没有老头儿对它这么亲密。

"皮拉特卡，快过来，还磨蹭什么！"扫院人抬高嗓门，大声地叫着。

狗用一种无奈的眼光看了一眼老头儿，身体比以前弓得更厉害了，带着一种愧色向院子里走去。

老头儿一步一回头地离开了斯皮里多诺夫的院子。

这狗已经卖给别人了。

这天深夜里，皮拉特卡突然发出一种悲怆而执拗的吠声，声音中夹杂着绝望和痛苦。斯皮里多诺夫从梦中被狗吠声惊醒，只觉得一阵毛骨悚然。

"你这条狗，真该死，叫得人心里发慌。"斯皮里多诺夫翻了个身，嘟囔着，感到背上起了鸡皮疙瘩。

斯皮里多诺夫再也睡不着了。到底发生了什么事呢？半个小时过去了，皮拉特卡还在发出令人震怵的吠声，在深夜里十分慑人。粮店主爬了起来，敲开仆人的房间，让扫院人出去看看，皮拉特卡到底是怎么回事。要不就放了它，免得吵得人整晚上都无法入睡。

　　扫院人穿好衣服，来到院子里。外面下着毛毛细雨，略微带着暖意，但院子里黑乎乎的，伸手不见五指。

　　狗认出是扫院子的，就走到他跟前，舔了一下他的手，随后朝前跑去。偶尔还站住，尖声尖气地叫上几声，催促扫院人跟着它快走。到了栅栏门口，狗又站住了，发出了一声令人绝望的叫声。

　　扫院人一开始还不适应黑夜，似乎什么也看不见，过了片刻，他可以模模糊糊地看出夜色中的几分轮廓了。突然，扫院人一声惨叫，一头栽倒在地。

　　就在离栅栏最近的一棵椴树上，有个直挺挺的人影，在无力地晃来晃去，像个稻草人一样，双脚刚刚离开地面……那是皮拉特卡的老主人，他在离皮拉特卡最近的地方结束了自己的一生，没有等到万物复苏的春天来临。

（王颖冲、黄宏　译）

旅行狗奥尼

[美] 林恩·霍尔

这是一个大雪纷飞的寒冷的夜晚，但是纽约奥尔巴尼大街上依然车水马龙，拉车的都是纯种的上等马。穿着长裙的女人们望着明亮的商店橱窗。男人们微笑着互相点点头，问候一声："圣诞快乐！"

一辆邮车穿过这一排排马车驶了过来。车上装着大袋大袋的邮件包，从火车站运往邮局。

即使那样的速度，对于邮车下面的这只小狗来说，也有点儿太快了。

这是一只褐色的小狗，它不得不一路小跑着以便跟上马的步伐。邮车下面这个地方是安全的。这是小狗找到的唯一安全的地方，可以帮它躲避城市街道上随处存在的危险。而且，邮车可以挡住大雪不落到它身上，但是它已经浑身冰冷，湿漉漉的，所以车挡不挡也就无关紧要了。

然而，比寒冷和潮湿更可怕的是饥饿。小狗饿得两腿发软。这把它吓坏了。尽管它还很小，但它明白饥饿能够毁掉它。

它跌倒了。它的一部分只想躺在那里，听天由命。但是更强有力的另一部分却在说不。

它站起来继续跑，又回到邮车的下面。

转眼间，马车就顺着一个陡峭的山坡下山了。那时天已经黑了下来，静悄悄的，也暖和多啦！邮车停了，小狗也跟着停了下来。

很快，邮车周围就围满了人。小狗看到了黑色的靴子、穿着灰色长裤的腿，还有巨大的灰色的包裹，上面写着"美国邮政"字样。

这些灰色的大包裹有某种受人欢迎的东西。在小狗的内心深处，那是某种巨大的、柔软的、温暖的东西。那是一种曾经给过它生命和食物的东西。

当所有的黑皮靴都转移到邮车一侧的时候，小狗赶快从车的另一侧小步跑了出来，爬到离它最近的一个灰色包裹上。那东西看起来没有它想象的那么软。事实上，它的上面到处都是隆起和突起的包角。但是小狗太累了，已经顾不上这些了。这里很暖和，它不用再跟着跑了。

它把身子蜷做一团，睡着了。

肚子里一阵剧烈的饥饿的绞痛把它弄醒了。

好几个小时过去了。小狗褐色的皮毛也已经干了，浑身暖烘烘的。它抬起头来，发现有人把一条披肩盖在了它的身上。它坐起来，眨巴着眼睛。

马和邮车现在都不见了。它待在一个光线昏暗的房间里，里面堆满了灰色的邮包。好几个男人正在桌子旁边忙活着，分拣邮件。

在离小狗比较近的地方，两个男人坐在那里一边吃着三明治，一边望着它。

"它醒了。"詹姆斯说。

"也该醒了，"巴克回答说，"我刚才都有点担心啦。它还太小，在这种天气里不该出门。"

小狗听不懂这些话是什么意思，但是它听出了其中的善意。而且，它非常肯定地闻到了食物的味道！它从麻袋的边缘溜了下来，脚一落地就跑起来。它跑到离它最近的那个人身边，奇迹发生了。那人给它东西吃——一片三明治。它还没尝出是什么滋味，三明治就下了肚。

"它饿坏了，可怜的小家伙。"巴克一边说，一边把剩下的三明治都给了它——连肉带皮儿。

"我们拿它怎么办呢？"詹姆斯问，"我们不能把它扔到大街上。那样它根本活不了。"

巴克直挠头："喔，可我也不能把它带回家。如果我把另一条狗带回家，金会嫉妒的。因为金觉得那里是它的地盘。"

"我也不能，"詹姆斯说，"我们的公寓里不允许养宠物。可这是一个可爱的小家伙，对不对？"

他们又想了一会儿。于是詹姆斯说："我们就把它养在这里吧。它会成为我们的吉祥物。喂它也不用多少东西。它会成为我们的好伙伴，尤其是在夜里。"

就这样，小狗留了下来。巴克和詹姆斯给它起名叫奥尼，又在办公室一个暖和的墙角里给它安排了一个床铺，是用一个空的邮件麻袋叠起来铺成的。其他轮值夜班的人很快就发现了小狗的存在。他们都在饭盒里多给它带上一些饭。不久，原来精瘦的小狗变成了一只快乐的小胖狗。它现在有三十个慈爱的主人了。

当春天来到奥尔巴尼的时候，奥尼已经长得很大，也更加好奇了，可以出去探险了。它在邮局附近的街道上跑来跑去。有很多时候，它待在停放邮局的马和车的车房里。既然现在它已经能非常敏捷地躲过马蹄子，它也不再害怕马了。它们成了它的好朋友。

实际上，这条小狗已经没有什么可害怕的东西了。它在邮局里有一个舒适的家，有充足的食物吃，有大家做它的玩伴。当它需要爱的时候，就会有很多只热情的手伸过来，拍拍它。

在六月一个晴朗的日子里，奥尼从车房里玩够了，回到家。这时，它很想小睡一会儿，可是它发现它的床不见了。它走到墙角原来给它放床的地方站了一会儿，头歪向一边儿。

有一个工人看见了它，跟它说："对不起，奥尼。我们今天下午装邮件的麻袋不够用了，不得不用你的。一会儿我再给你铺一张床。"

这些话奥尼一点儿也没听懂。它转身出去，一路小跑着去了货场。装运下午这批邮件的马车停在月台边上，有两个人正在往邮车上装麻袋。

奥尼停住脚步，它盯着那些已经装好的邮袋看了一会儿，然后跳上月台，从那里进了邮车。

"快下来，奥尼。"其中一个人大声喊着。但是那个人太忙了，他没有注意奥尼在干什么。

小狗爬上去，转了一圈儿，终于在那一大堆灰色的邮政麻袋中找到了它的那一个。那里面装满了信，已经鼓起来了，不再像它想象的那样折叠着。但那毕竟是奥尼的床呀。它围着这条麻袋转了三圈儿，然后趴在上面睡着了。

不久，邮车离开了月台。奥尼在邮车上沿着奥尔巴尼大街睡了一路。邮车到了火车站的时候，奥尼才醒来。一节运货的火车车厢紧靠在邮车旁边。由一百多节这样的车厢组成了那列长长的火车，这只是其中的一节。

奥尼从邮车上跳下来的时候，没有人注意到它。小狗在火车站台上跑来跑去，盯着这辆火车。这是它见过的最大的东西。车轮上还留着从许多遥远的地方带回来的微弱的气味。所有这一切都让奥尼兴奋得几乎头晕目眩。

它回到邮车这里，正好看到它自己的灰色邮袋被扔进了那节火车车厢里。

奥尼起跑了两步，便纵身跳进了车厢。

"滚开，你这个杂种狗，"有人怒喝道，"该死的流浪狗！"

但是奥尼只顾围着那些邮袋转悠。它找到了自己的邮袋，跑到上面一个柔软的地方趴了下来。接着，有一种声音鸣叫起来，有个东西带着嗖嗖的风声快速启动了，越来越快，嘎嗒嘎嗒地跑了起来。火车启动了。

奥尼坐了起来，满心惊喜。它又踏上了一次旅程。火车喀哒喀哒、啪嗒啪嗒地跑着，速度不断加快。

这节邮政车厢的门还留着一条缝。奥尼从一大堆麻袋上溜了下来，坐到门边上。它以前从未见过的一些东西从眼前飞驰而过。奥尼嗅到了动物的气味、青葱的草木的幽香，还有土地的芬芳。它的脑袋从一边转向另一边，转得越来越快，因为它极力想看清楚飞逝而过的每一样东西。它的尾巴由于兴奋也甩得越来越快。

突然，有人站在了它的身后，是一个老人，一个陌生人。但是他穿的灰色制服和奥尼的那些朋友们穿的一模一样。所以，奥尼冲着他摇了摇尾巴，接着从门缝里看外面的风景。

"快看看这儿！"那人对另一个正在桌旁分拣邮件的人说，"我们有了一个小小的乘客。"

在剩下的那段漫长的旅途中，那两个人爱抚着奥尼，和它一起玩耍。他们甚至和它一起分享晚餐。这让奥尼觉得像在家里一样，只是门外多了一份飞驰而过的激动。火车下面车轮的咔哒声也是令奥尼激动的场景的一部分。

那天晚上后半夜，火车停下了，那两个人开始往下卸邮袋。

"这条狗怎么办？"一个人问。

那个老人说："我们最好让它坐两点十五分的火车回奥尔巴尼。它一定是那里的某一户人家的狗。"

然后，老人写了一张便条，把它系在奥尼的颈圈上。上面写着："你的狗和我们一起坐火车到了巴法洛。我们把它送回来啦。"当两点十五分南下的邮政列车装好了邮袋，准备开往奥尔巴尼的时候，老人把奥尼交给了另一个人。"一定要在奥尔巴尼把它放下去。"他说。

就这样，在第二天上午十点左右，奥尼坐在刚来的邮袋上，到了奥尔巴尼邮局。

刚开始的时候，奥尼很高兴又回到了朋友们中间。詹姆斯、巴克和其他人都很想念它。但是几天以后，它又想起了在那列火车上旅行的乐趣。

不久以后的一天，又有一马车邮袋运到了火车站。车后面装了十七个灰色的大邮袋，还有一只褐色的小狗。小狗黑亮的眼睛里闪过一丝亮光。

这一次火车先是往南开，然后向西走去。要在五天后，奥尼才能回到奥尔巴尼，但是它并不担心。它的周围全是熟悉的邮袋和穿着邮政制服的好心人。他们喂它东西吃，偶尔还谈论起它。

"那是奥尼，"一个人会对另一个人说，"它属于奥尔巴尼邮局的伙计们。他们给所有的车站都发了电报，请我们一见到它就给送回去。"

"可它是怎么进了我们的邮车的？"

"是在我们没有看见的时候，我想。它只是喜欢坐火车。它是在上午八点十分离开奥尔巴尼的。在克力夫兰车站，他们带它下车，把它送上三点零八分北上的列车。他们把它传到我们手里，我们要在罗彻斯特站把它放下，然后，那里的人会把它送上九点十九分回奥尔巴尼的火车。"

奥尼这次回来以后，更不愿意待在家里了。好像它的家不再只是奥尔巴尼邮局了。但凡有大宗邮袋、有穿灰色制服的人照顾它的地方，都成了它的家。

它的颈圈上现在戴着一块金属名签，上面写着奥尼的名字，还有一句话："请送还奥尔巴尼邮局。"

尽管奥尼不懂，但是它的名气已经传遍了美国的每一个邮局。每当有大宗的邮袋到来的时候，人们都希望能在里面找到它。奥尼是幸运的，人们都半开玩笑地这么说着。

很快，奥尼的项圈上缀满了名签，沉得都让它抬不起头来。周围有人的时候，这个项圈给它招来了更多关注的目光。但是当它独处的时候，颈圈戴着就太沉了，因此，奥尼学会了用两个前爪把它退下来。而当它感觉到火车正慢慢进站的时候，就把颈圈再套到头上。车门一开，它就会叮叮当当地从车上跳下来，一副载誉而归的样子。

一天，来了一个邮包，是给奥尔巴尼邮政局局长的。那是美国邮政总局局长罗德曼·沃纳梅克先生寄来的。

里面包着的是一个用非常非常柔软的皮革做成的挽具。"给奥尼的名签用。"便条上说。

几年过去了，挽具上套了很多的名签。有从墨西哥和阿拉斯加来的，还有一些从各个车站来的。火车咔哒咔哒地呼啸着，来来回回穿过全国各地。从邮车车厢的门缝里总会露出一张毛烘烘的脸，上面两只明亮的黑眼睛在向外窥望着。

一个阳光灿烂的上午，奥尼躺在了圣弗朗西斯科车站的手推运货车里。天还很早，周围几乎没有一个人。奥尼伸伸懒腰，打着哈欠，看到两个人站在门口。

他们也在看着它。

他们是在附近的大学里上学的学生，和一位朋友打了通宵的扑克。他们的那位朋友在火车站的电报局里上夜班。

罗比和丹一共赢了三十四美元，他们正在得意呢。

"瞧那边那条狗。"罗比说。"很漂亮吧？"他大笑起来。

"它什么奖也拿不到，那是肯定的。"丹回答说。

那两个人笑着转身走开了。突然，丹停了下来，慢慢地转头看着奥尼。

"我刚想起一个好主意。"他说，声音低而激动。

奥尼捕捉到了他激动的语气，摇晃起尾巴来。

"你知道今天有什么活动吗？"丹问："狗展，有全国各地来的好几百只狗。那都是适合展览的观赏狗。我在想，如果我们弄这条狗去参展，那些带着观赏狗的富人会说什么呢？"

罗比看看丹，又看看奥尼，看看奥尼，再看看丹，然后他大笑起来："那只丑陋的杂种狗？他们会把我们赶出展厅。不过，那会很好玩的。"

"嗨，小家伙，过来，伙计。"他们招呼着奥尼。奥尼感觉到会发生有趣的故事，于是小跑着过来了。每走一步，它的挽具就发出叮当一声响。

半小时以后，他们排在一座大楼前长长的队伍后面，等待着。这里排队的每一个人都牵着或抱着一只漂亮狗。有柯利犬、哈巴狗、西班牙长耳猎犬……还有奥尼。罗比把奥尼夹在胳膊下面，所以，这只褐色小狗身子的大部分没有露出来。

　　排在他们前面的一个妇女转过身来，好奇地看着奥尼。

　　"那是什么品种的狗？"她问。

　　"它是一种埃及水獭猎狗。"丹回答道。

　　那位妇女点点头："噢，是吗？我想我听说过这种狗。是很不错的品种。"

　　她一转身，罗比和丹对视了一眼，偷偷地笑了起来。

　　他们排到门口的时候，比赛登记处的人拒绝他们进入。"未登记的狗一律不许进入。"他对他们说。

　　但是罗比和丹没有轻易放弃。他们围着大楼转悠，终于发现有一扇后门没有上锁。他们走了进去，突然间置身于一个聚集了很多人和狗的大厅里。

　　奥尼在那个人的胳膊下面扭动着。大厅里充斥着的气味让它很好奇。它想下去，四处跑跑，但是罗比把它夹得很紧。

　　不时有人停下来看看奥尼，问它是什么品种的狗。狗展上，从来没有见过像奥尼这样的狗。

　　"它是安纳托利亚猎犬。"丹会这样回答。

　　或者说："它是没有训过的赛特种猎狗。"

　　再或者说："它是迷你鼹鼠猎狗。"

　　很快，奥尼身边就聚集了一圈人。它回敬那些围观它的人以同样的注目礼，它不明白发生了什么事。刚开始的时候还有点意思，但是它慢慢感觉出来人们都在嘲笑它。

　　在奥尼的一生当中，自从奥尔巴尼邮局开始收留它起，它就一直被爱和关心包围着。可现在是一种新的感觉，一种被人嘲弄的感觉。

这感觉不好。

突然从人群中走出一个看起来很重要的人物。他戴的胸牌上写着：展览会主席。

这位主席冲着罗比和丹皱了皱眉头。他们俩突然逃跑了——没有带走奥尼。主席凑近一点儿，盯着奥尼挂满名签的挽具。

他直起身来，咧嘴笑了，用手指刮了一下奥尼的下巴。"嗬，原来是你啊！"他低声地说，"你等在这里，奥尼。我要去打几个电话。"

四个小时以后，主席回来找奥尼。他把奥尼带到了大厅的中央。那里有圆形场地、明亮的灯光和一篮一篮的鲜花。

主席迈步走进圆形场地，奥尼跟在他身边跑着。另一个看起来很重要的人物从圆形场地对面走过来，手里拿着一个包裹得很漂亮的小包儿。

"女士们，先生们。"主席说。正要走出去的人都重新坐了下来。

"女士们，先生们，今天有一条非常特别的狗和我们待在一起。它的名字是奥尼。它就是来自纽约奥尔巴尼的著名的旅行狗。你们当中有很多人已经听说过它。你们在报纸和杂志上都读过有关它的文章。它自己旅行，到过合众国的每一个车站，也到过墨西哥和阿拉斯加。我相信，它今天被带到这里来是一个恶作剧，所以你们可以尽情地取笑它。"

"在场的所有的人养的都是优良的纯种狗。但是我要代表大家说，这个动物的勇气和精神已经为它赢得跟最棒的冠军平起平坐的地位！因此，今天晚上，我们将授予奥尼一个特别奖——世界上旅行最多的狗。在这里，为它颁奖的是圣弗朗西斯科市的市长！"

人们都跳着脚为这只褐色的小狗欢呼起来。奥尼获得的奖品是一个可以紧缚在它的挽具上的小包儿。里面有一条狗用毛毯、一把梳子和一把刷子。

一天深夜，当时奥尼已经七岁了，它正在奥尔巴尼的家中。巴克和詹姆斯一边吃着夜宵，一边谈论着奥尼的旅行。

"只有一个地方奥尼还没有去过。"巴克若有所思地说。

"你说的是哪儿？"

巴克抬头望着詹姆斯，慢慢露出了微笑："世界。"

三小时以后，奥尼登上了三点五十分西行的列车。它后背上背着旅行包，里面装着它的毛毯、梳子和刷子，还有一张便条，上面写着："奥尼想周游世界。"

三天以后，奥尼一觉醒来，嗅着空气中的气味。它身后是华盛顿的塔科马市。前面是大海，吹来阵阵咸味。奥尼正躺在邮袋上，邮袋颠簸着滚向轮船的跳板。

这只褐色的小狗急忙跳下来，惊讶地看着。

"走吧，奥尼，"周围的人们都冲着它喊，"这一次你要坐船旅行啦，不坐火车了。"

奥尼竖起脑袋，盯着邮袋，看着它们都滚进船舱里。这对它来说很陌生。但是轮船有令它兴奋的地方的味道。奥尼冲着看它的人无礼地叫了一声，然后，它就跑着上了跳板。

"维多利亚号"汽轮很大，很漂亮。它轰鸣一声就隆隆地离开了码头。人们都站在码头上挥手告别，所以，没有人注意到这只褐色的小狗，奥尼坐在他们身边，低头看着船下深深的海水。这和从火车车门外面飞逝而过的田野和城市大不相同。轮船呼啸着，嗡嗡地响着，不是火车那种啪嗒啪嗒的声音。

不过，奥尼是在旅行。海风把一阵阵令人兴奋的新的气味送到它的鼻端。奥尼摇晃着尾巴，静静地在那里享受这次旅行，没有人注意到它。

过了一会儿，奥尼看海浪看得发困了。它刚闭上眼睛，就有两只大手把它拎了起来。那个人穿着一身制服，但却是白色的，不是奥尼邮局里的朋友们穿的那种灰色制服。

穿白色制服的人那样拎着奥尼，好像这只小狗很脏似的。他走到一个更大的人物面前站住了。那人也穿着白色制服。

"船长，它在这里，正像我说的那样。一条流浪狗，待在我们的船上。"那个人的声音听上去很生气。

船长皱着眉头，低头看了看奥尼，"这只杂种狗到底是怎么上船的？把它带到下面去。遇到下一艘海岸巡逻艇的时候，我们把它送到岸上。"

"遵命，长官。"抓住奥尼的那个人说道。

船长转身走开了，但是马上又停下脚步，看了一眼奥尼的挽具。他弯下腰来看那些名签。突然，他露出一丝微笑。

"这不是杂种狗，"他说，"这是奥尼。我在报纸上读过写它的文章。这条狗比你旅游过的地方还多。把它带到下面，喂喂它，然后让它在船上随意跑吧。欢迎你到船上来，奥尼。"船长的大手捂住了奥尼的脑袋。

第二天对奥尼来说是充实的、幸福的。它在豪华的餐厅里，在船长的饭桌上，吃着精美的食物。它在甲板上跑来跑去，被乘客们爱抚地拍打着、夸奖着。晚上，它睡在轮船底层装邮件的舱里，被邮袋和穿白色制服的人们舒舒服服地包围着。

当"维多利亚号"轮船在日本靠岸的时候，好几千人等在那里欢迎它的到来。船长一只胳膊夹住奥尼站在那里。突然，他对乘务员说："看，皇室的一行人来了。"

"是天皇本人吗？"乘务员问。

"不是，"船长说，"天皇的特使走在队伍的前面。我给报纸发了电报，说奥尼在船上。天皇一定是听说了奥尼的故事，派特使来的。"

当发动机最终停止了运转，船板放下来以后，特使率领着皇家卫队走上船来。

特使看见奥尼正在船长的怀抱里，便深鞠一躬。"这就是来自美国的著名的旅行犬。"船长说。特使伸出手来，递给奥尼一张看起来很重要的纸。"我们欢迎你到日本来，旅行犬。我们送给你这份名誉护照，作为我们两国之间友谊的见证。"

在新加坡，类似的荣耀也在等待着奥尼。后来，奥尼坐船穿越苏伊士运河到达埃及的塞得港、直布罗陀海峡和葡萄牙的亚速尔群岛，最后，穿过大西洋回到纽约。在纽约，友谊之手把它送上了开往奥尔巴尼

的最快的列车。

12 月 23 日，奥尼跑进奥尔巴尼邮局，扑到了巴克的怀里。它在一百三十二天周游了整个世界。

如果说奥尼以前很有名，那么现在它更是天下闻名了。各大报纸的记者和摄影师纷至沓来。

"它接下来会做什么呢？"一个记者问巴克，"它会待在家里吗？"

"很可能吧，"巴克说，"奥尼不再年轻了。"

那些人动情地大笑起来，然后低头微笑地看着奥尼。

两天以后，一辆货物列车呼啸着高速驶过堪萨斯平原。有两只明亮的黑眼睛正从车厢的门缝里往外望着……

（杨春霞　译）

瞎子的那只狗

［印］纳拉扬

　　它不是一只能给人留下深刻印象的狗，也不是一只品种优良的狗；它只是一只人们到处都能看见的普普通通的狗——毛色灰白，尾巴在幼小的时候不知被谁砍掉了一段；它出生在大街上，靠着市场上丢弃的残余食物长大。它有两只不一样的眼睛，外貌平凡，好斗，平白无故就会跟别的狗咬起来，还不到两岁的时候，身上就有无数次的打斗留下的累累伤痕。每当炎热的下午需要休息时，它就蜷曲着身子躺在市场东门的阴沟里。黄昏来临，它开始每天的巡视——在附近的街道上和胡同里混时间，跟别的狗厮打，在路边寻找食物，到晚上就又回市场东门去过夜。

　　这样过了整整三年，它的生活才有了变化。市场东门出现一个双目失明的乞丐。大清早，他由一个老太婆领来，被安排坐在门旁，中午时老太婆带来吃的、收集起他讨到的钱币，晚上再带他回去。

　　这只狗就睡在近旁。食物的气味使它无法安睡。瞎子正在吃他那很少的一点儿东西，它站起来，离开栖息的地方，走到瞎子身边，摇着尾巴期待地盯着他的饭碗。瞎子挥动两手，问道："是谁？"它就上前舔着他的手心。瞎子轻轻地抚摸着狗，从耳朵摸到尾巴，然后说道："你多美啊，跟着我吧。"他扔下一些食物给它，它感激地吃了。也许这正是他们友谊开端的时刻。此后他们每天都碰头。狗尽量减少了闲逛，它从早到晚坐在瞎子身边，守望着他收受的钱物。在长时间的观察下，狗懂得了，路过的人一定得扔下一枚钱币，所以，要是有人不扔下钱币就走了，狗就会追上去，用牙齿咬着那人衣服的边，把他拖回到门洞里的老头身边，等他向碗里丢下些什么，才放开他。

　　常来这儿的人们中，有一个乡下顽童，他专干坏事捉弄人。他喜欢戏弄瞎子、骂他，还企图从他碗里取走钱币。瞎子无奈地喊叫，挥舞着棒棒。每逢星期四，这孩子就在市场门口出现，头上顶着一筐黄瓜或芭蕉。一到星期四下午，瞎子的生活就会遇到危险。市场的这座拱门下经常有三个小贩：一个出售色彩鲜艳但质地并不可靠的香料，另一个是把蹩脚的故事书摊在黄麻袋上出售，第三个守着一只精致的箱子，里面装着五颜六色的带子。每个星期四，那个顽童来到拱门旁的时候，三人中就会有一人喊道："瞎子，你的灾星来了。"

　　"啊呀，天哪，今天是星期四吗？"他哭了起来，随即挥动两手喊道，"狗，狗，你在哪儿？快来呀！"他发出一种奇怪的声音，把狗叫到了身边。他摸摸它的头，咕咕哝哝："别让那个小坏蛋……"就在这时，孩子狞笑着走了过来。

"瞎子！你还装着没有眼睛。你要是真瞎，那就不会知道……"说到这儿，他的手向着碗伸了过去。狗向他扑去，咬住他的手腕。他挣开手，没命地逃跑。狗在他后面追着，一直把他赶出市场。

"瞧，这只狗对这老家伙的感情多么深啊！"卖香料的小贩惊讶地说。

一天傍晚，那个老婆婆没有按时前来，瞎子在拱门下等待着。随着暮色逐渐加深，他越来越焦急不安。他正坐着发愁的时候，一个邻居走来对他说道："萨米，别等老太婆了。她不会再来了，今天下午她死了。"

瞎子失去了他唯一的家，失去了他在这世界上唯一关心他的人。卖带子的小贩向他建议："把这条带子拿去吧，"他拿着一段他正在出售的白带子，"我把它送你，拿它系在狗的脖子上，它要是真喜欢你，就让它领着你好了。"

这只狗的生活发生了新的变化。它替代了老太婆，完全失去了自由。它的天地局限在卖带子的小贩送的那根绳子的长度之内。它不得不忘掉它过去的全部生活——忘掉它从前常去的地方。看见别的狗时，无论它们是敌是友，它都会本能地跳起来，于是就会猛然拉动绳子，这时，它的主人就会给它一脚："混蛋，想要把我弄倒吗？懂点事——"几天工夫，这只狗就学会了控制它的本能和冲动。它再也不注意别的狗了，即使它们走到它身边对着它嗥叫也不例外。它放弃自己的活动规律，不再跟它的同类接触。

有了它的帮助，瞎子的生活变得更丰富。他到处走动，他一生中还从未这样活动过。他整天由那只狗领着，不停地走来走去。他一手拄着竹竿，一手牵着狗，由家里——离市场几米远的一家客栈的阳台，自从老太婆死后，他就搬到了那里——往外走，每天一早就动身。他发现，他不停地走动比留在一个地方可以增加两倍的收入。他沿着客栈的那条街上走，一听到有人声，就停下来伸手乞讨。店铺、学校、医院、旅馆……这些地方他都去过。需要狗站住，他就拉一下绳子；需要它走，他就像一个赶牛车的人那样吆喝一声。狗不让他的脚落到坑里，也不让他被台阶或石头绊倒，它领着他在平稳的地面上和台阶上一步步走动。人们看到这种情景，有的给他钱，有的帮他忙，孩子们则簇拥着他，给他东西吃。狗是一种活泼的动物，它之所以能保持不断奔跑的状态，是因为能很好地定时休息，可是现在，这只狗（此后它被叫作"虎儿"）却没法歇息。只有当瞎子在哪儿坐下来的时候，它才能休息一会儿。晚上睡觉，瞎子总把绳子在手指上绕几圈。"我不能怀着你不会跑掉的侥幸心情。"他说。它的主人非常希望能赚更多的钱，因此，他觉得休息就是丧失挣钱的机会，于是，这只狗就得不停地走动。有时它不想动弹，可是，如果它稍微慢一点儿，它的主人就会用竹竿赶它。竿子上的刺戳得它哀鸣、呻吟。"混蛋，别叫！不是我给你东西吃吗？你想偷懒，是吧？"瞎子骂它。它在这个瞎眼"暴君"的控制下蹒跚地挪动着步子，在市场周围不停地走着。直到来往市场的车辆停驶很久以后，你还能听到这只筋疲力尽的狗从远处传来能够划破黑夜宁静的声声哀鸣。它失去了原有的面貌。一月又一月，它的胯骨凸了出来，它的肋骨在日益失去光泽的皮毛下历历可数。

　　那三个卖带子、卖小说和卖香料的小贩在某一天生意清淡的傍晚时候，注意到这种情况，商议起来："一看这只可怜的狗像奴隶般地干活，我就心痛。我们能不能想点办法？"卖带子的小贩说。"这个混蛋开始放债了——我是从那个卖水果的那儿听来的——他讨来的钱用不完。为了追逐金钱，他已经成了魔鬼……"就在这时，卖香料的看到了带子架上挂着的剪刀。"我来惩罚惩罚他。"说着，他手里拿起剪刀开始行动起来。

　　瞎子正从东门前走过，狗拉着那根拴着它的绳子。马路上有一块肉骨头，它尽力想走过去得到那块骨头。牵绳绷紧了，勒痛了瞎子的手。于是他收紧绳子，用脚踢着狗，踢得它"汪汪"直叫。它嗥叫着，但又不愿轻易放弃那块骨头。它试图再冲过去得到那块骨头。瞎子拼命骂它。卖香料的小贩走过去一剪刀铰断了绳子，狗跳了过去，衔起了骨头。瞎子突然停在他原来站的地方。手里的半段绳子还在摇晃。"虎儿！虎儿！你在哪儿？"他大声呼喊着。卖香料的小贩悄悄走开，一边喃喃地说："你这个狠心的魔鬼！你再也没法折磨它啦！它自由了！"狗飞快地跑了。它有时快乐地把鼻子拱到沟渠里闻闻，有时朝别的狗扑去。它在广场的喷泉四周来回奔跑，眼睛里闪耀着欢乐的光芒。它又回到它常去的地方，在肉铺、茶摊、面包店门前游逛起来。

　　卖带子的小贩和他的两个朋友站在市场东门边，无比高兴地看着那瞎子艰难地找路回家。他像生了根似的站在那里，摇晃着手中的竹竿。他觉得自己像是在半空中似的。他哀叫着："我的狗在哪儿啊？我的狗在哪儿啊？有没有人肯把它还给我呀？我要是再逮住它，一定要把它杀了！"他摸索着，想越过马路，有十几次差点儿被来往车辆撞倒。他跌跌撞撞地挣扎着，气喘吁吁的。"活该！要是被车子轧死才好呢，这个没良心的恶棍！"他们看着他说。可是，瞎子靠别人的帮助终于越过了马路，摸回到旅店阳台，倒在麻袋做的床上——路上的紧张遭遇使他像个半死不活的人。

大家有十天没有看见他了，有十五天了，有二十天了。也没有看见那只狗。三个小贩一起议论着。"那只狗一定是逍遥自在地到世界各处游荡去了，那个瞎子可能永远不会再露面了……"这句话刚说完，他们就听到了瞎子拄着竹竿发出的"嘟嘟嘟"的声音。他们又看见他由那只狗领着走上人行道。"瞧！瞧！"他们喊了起来，"他又找到了那只狗，把它紧紧拴住了。"卖带子的小贩控制不住自己，他奔过去问道："这些日子你到哪儿去了？"

"你知道发生了什么？"瞎子高声说，"这只狗逃走了。我缩在我的角落里，没有吃的，没有讨到一个子儿，像坐牢一样待在我的角落里，再像这样过一两天，我就完了——可是，这家伙回来了——"

"什么时候回来的？"

"昨天夜里。半夜里我躺在床上，它走来舔我的脸。我真想把它杀了。我狠狠地揍了它一顿，叫它一辈子都忘不了，"瞎子说，"可我饶了它，它不过是只狗啊！只要能在马路上找到一点食物充饥，它就会在外游荡。可是极度的饥饿又把它赶回我的身边，这一次它再也不会离开我了。瞧！我有了这个……"他摇摇那根拴着它的东西，这一次是一根铁链条。

　　狗的眼睛里又露出死死的绝望的神色。"蠢货，走啊！"瞎子像个赶牛车的人似的大声吆喝着。他用力拉了一下链子，用竹竿捅捅狗，狗就慢慢地向前移动了。三个小贩站在那里听着"嘟嘟嘟"的声音逐渐远去。

　　"只有死亡才能拯救这只狗了，"卖带子的小贩大声说，看着它长吁一声，"对一个心甘情愿回去受罪的家伙，我们还能有什么办法呢？"

（冯金辛　译）

天赐之犬拉德

[美] 艾伯特·特休肯

拉德和它的新玩伴

拉德内心世界和外部世界的连接点是它那双在狗的王国中最为睿智、黑亮、伤感的眼睛。有人说，狗是没有灵魂的，但是这双眼睛证明他们的说法是错误的。人世间曾经有过这样的狗。

拉德的整个世界只有一个暴君，那就是它的柯利犬配偶拉蒂。拉蒂的毛色黄白相间，身材小巧玲珑。这个拉蒂，是拉德在和一只比它更年轻、更强壮的大狗进行公平的生死搏斗时赢得其芳心的；这个拉蒂，曾毫不留情地欺负它、戏弄它，做一些可怕的事情来挑衅它高贵的尊严；对于它的放肆无礼，拉德听之任之——换了其他任何挑衅者，拉德早就叫它尝尝半死不活的痛苦滋味了。

拉蒂十分敏感，任性恣肆，是一只很高贵的柯利犬。当你在它们居住的北泽西①内地做一天的旅行，你就会发现，拉德和拉蒂不论从身体上，还是从头脑上，都形成奇妙的对比。这所别墅，偶有与人类相关的客人（偶然得近乎稀少，还来不及让拉德适应）；多数时候来的都是人类本身，他们通常不懂狗，不是因为无端的恐惧远远地躲着它们，就是硬要拍打它们，或者把它们拖来拽去。

拉德讨厌客人。它常以冷冰冰的礼貌来回应他们的友好表示，而且尽可能地躲开他们。它太清楚主人的律法了，不能冲着客人猛咬，或者嗥叫，而律法也没有让它非得待在别人够得着拍打它的地方。

女主人或者男主人——尤其是女主人不经意的爱抚——都是令它快乐的事情。它愿意像一个长得大大的幼犬那样，和这两位主人当中的任何一位嬉戏，把尊严抛到九霄云外。但是，只有单独在它的主人们面前，它才会感到放松自如。

在一个春寒料峭的早晨，有一位客人，或者说两位客人来到了别墅。起初，拉德不能确定是几位。能看得见的客人是一个女人，她的怀里还抱着一个长条的包裹，里面可能是任何东西。

尽管这个包裹很长，但是轻得有点滑稽。或者，更确切地说，轻得可怜，因为包裹里包着的是一个小孩儿，有五岁大；这个小孩本来应该有四十多磅重，但现在却只有二十磅。孩子长着一张干瘪皱缩的小脸，瘦骨嶙峋的身体，腰部以下已经瘫痪无力。

六个月以前，这个宝宝像小柯利犬一样健壮、活泼。直到有一种看

①北泽西：美国新泽西州北部地区。

不见的幽灵在大地上四处游荡，把它的魔爪摁在成千上万这样快乐健康的孩子身上，就像秋霜冰冷的手指触在鲜花上面一样——结果是同样骇人听闻的。

这个特别的宝宝没有像她的许多小伙伴那样在这场瘟疫中死去。至少，她的大脑和上半身没有瘫痪。

曾有人建议她的妈妈，让这个无可救药的病残儿童多呼吸山区的空气。妈妈就写信给她的远方亲戚——这里的女主人——请求允许她们母女在乡间别墅住上一个月。

看到这位成年客人的到来，拉德一点也不感兴趣，也不怎么高兴。新来的客人走下汽车的时候，它远远地站在走廊的一侧。

但是，当男主人从客人怀里接过那个长条的包裹，抱着走上台阶的时候，拉德一下子就好奇起来。不仅仅因为男主人很小心地托着那个包袱，还因为柯利犬异乎寻常的嗅觉马上告诉它，那是一个人！

拉德从未见过让别人这样托着走的人，这让它搞不明白。于是它迈上台阶，稍停一下，继续侦察。

男主人小心翼翼地把包裹放在走廊里的秋千吊床上，解开包裹孩子的毛毯包袱。拉德走到主人跟前，低头看了一眼那张可怜的小脸儿。

这座乡间别墅里已经好多年没有小孩了。拉德很少这么近距离地看过小孩。可是现在这一看，给它的心里带来了某种很奇妙的感觉——它那宽厚仁爱的心一向很同情弱者和孤独无助的人，那颗心会让一只顽皮咬人的小柯利犬或者一只坏脾气的小哈巴狗像拉蒂一样安全，它那张厉害的大嘴巴会对它们口下留情。

拉德友好地嗅了嗅孩子向上仰起的可怜脸庞。一看到拉德，宝宝呆滞的眼睛里便闪现出一丝快乐的光芒——许多日子以来，她茫然的眼睛里第一次有了神采，两只无力的小手伸了出来，充满爱意地埋在拉德脖子周围那一团软软的颈毛里。

这一摸，狗快乐得从鼻子到尾巴都在打战。它把大脑袋放在孩子憔悴的脸蛋旁边，完全陶醉在孩子小手的轻拽给它那敏感的喉咙带来的微痛当中。

刹那间，拉德已经拓宽了它那狭小的、牢不可破的"所爱的人"的圈子，把这个病恹恹、纤弱的人也包括进去了。

孩子的妈妈紧跟在男主人之后走上了台阶。一看到这条大狗，她便停下脚步，惊叫起来："当心！"她尖叫道，"狗可能攻击孩子！噢，快把它赶走！"

"谁？你说拉德？"男主人问道，"咳，拉德不会伤害她一根毫毛的，即使它的生命悬于一发！瞧，它已经非常喜欢她了。我以前从未见过它如此亲近陌生人。她看上去也比以前几个月更活泼，更欢快了。别把狗从她身边赶走，这会把她弄哭的。"

"可是，"那个女人坚持说，"狗身上满是细菌，我在书上读到过。它可能会给她带来可怕的……"

"拉德跟我一样干净，身上一点细菌也没有，"女主人有点激动地声明，"它没有一天不在湖里游泳，我没有一天不给它刷毛。它是……"

"可它是柯利犬。"女客人抗议道。她心神不安、满脸不悦地看着前面，而此时宝宝抓住那只快乐的大狗的颈毛，抓得更紧、更疼了。"我

一直听人说，柯利犬是极其危险的，难道你们没发现吗？"

"如果我们发现了，"男主人插话说，他听人问过同样愚蠢的问题，觉得很厌烦，"我们就不会养它们。在世界上，柯利犬不是最好的狗，就是最坏的狗。拉德是最好的，我们不养另外那种狗。如果它靠宝宝这么近让你心里不安的话，我这就把它叫开。过来，拉德！"

狗很不情愿地服从了主人的命令，离开的时候，还不时回头瞥一眼它刚刚找到的可爱的新偶像，然后顺从地走到主人站立的地方。

宝宝的脸不高兴地皱缩起来。她芦柴似的胳膊伸出来，朝着柯利犬，用疲惫无力的小声音在后面喊道：

"狗狗！小狗狗！回来，快！我喜欢你，狗狗！"

拉德急切得浑身颤抖，看了一眼男主人，请求允许它应召回去，男主人转而以探询的目光望着那位忐忑不安的客人。拉德领会了主人的神情。突然间，它对那位大惊小怪的客人感到一种莫名的厌恶。

女客人走到挥动着双手叫嚷的病弱的女儿眼前，解释说："亲爱的，狗可不是生病的小女孩的好宠物。它们很凶，还会咬人。我一放下行李就给你找个洋娃娃来。"

"不要洋娃娃，"孩子不耐烦地说，"要那条狗！它不凶，也不咬人。狗狗！我喜欢你！到这里来！"

拉德看着男主人，眼睛里充满渴望，毛茸茸的尾巴摇晃着，耳朵竖着，眼睛转来转去。男主人的一只手微微指了指吊床，他的动作轻微得难以察觉，除了极度机警敏感的狗，谁也察觉不到。

拉德没有等第二道命令。它悄悄地、蹑手蹑脚地从客人身后绕过去，站在了它的偶像旁边。宝宝一阵狂喜，竟然长长地尖叫了一声，把它毛茸茸的脑袋拉过来，贴在了脸上。

"哎，好吧！"女客人妥协了，绷着脸，"如果没有别的方法能让她高兴的话，就让它去吧。我想应该是安全的，既然你们都这么说。而且，这是她感兴趣的第一件事情，自从——不，宝贝儿，"她突然停下来，厉声说，"你不能吻它！我不允许你那样做。来！让妈妈用手绢给你擦擦嘴唇。"

"狗生来不是让人吻的，"男主人说，然而，他和拉德一样厌恶这个擦嘴唇的做法，"但是，她吻一只干净的狗的脑袋，比吻多数人的嘴唇所受的损害要少得多。我很高兴她喜欢拉德。我更高兴的是拉德也喜欢她。这几乎是它第一次主动去亲近一个外人。"

拉德对小女孩的盲目崇拜就是这样开始的。一个重病缠身的孩子也是这样找到了对生活的新乐趣。

每天，从清晨到黄昏，拉德都和宝宝在一起。它离开了音乐室钢琴下面的老"窝"，整夜躺在小女孩卧室的门外面。当这个残疾孩子的轮椅行进在人行道上，或者上下台阶的时候，它甚至放弃了跟拉蒂一起在森林里嬉戏的机会，宁愿跟随在轮椅左右。

吃饭的时间，拉德离开了主人座位左边地板上的固定位置——那个地方从它不满一岁起就专属于它了，而是一直待在宝宝的卧榻餐桌后面。这可给女佣人带来了极大的不便，她收拾餐桌的时候，不得不从狗身上跨过去，这也招致了孩子妈妈不加掩饰的厌烦。

日子一天一天过去了，宝宝对她这个长着长毛毛的玩伴的兴趣一点也没有减弱。在她看来，这条狗是个永远新奇的东西。她喜欢捻它胸部长长的雪白的颈毛，把颈毛编成辫子，喜欢玩弄它敏感的耳朵，喜欢让它跟着她的指挥口令"说话"，或者握手，或者卧倒，或者起立。她喜欢和它玩一些复杂的游戏——从"美女和野兽"到"仙女和大龙"等各种游戏。

不管是扮演"野兽"，还是扮演大龙这样更复杂、要求更高的角色，拉德总是全身心地投入每一个游戏当中。当然，它总是把自己的角色搞错了。同样的，宝宝当然总是会对它的愚笨大发脾气，并且对它施行体罚，用两个无力的小拳头连续捶打它——拉德傻笑着接受这种惩罚，感到这是一种无上的幸福。

不知是因为山上那令人神清气爽的空气，还是因为整天跟一位唤起了她对生活的兴趣的密友一起待在户外，总之，宝宝越来越壮实，不大像面色蜡黄的小鬼了。注意到病情的持续好转，孩子的妈妈松了口气，她继续忍受着大狗和孩子的亲密关系，尽管她从未消除对这只大狗从最初就有的毫无理由的恐惧。

拉蒂的愤怒

后来发生的两三件事情使这种愚蠢的恐惧感又增强了。其中一件事情发生在宝宝来到别墅大约一周以后。

拉蒂跟拉德一样不喜欢客人，它远远地躲开了走廊和这所房子。可是有一天，当宝宝躺在吊床上（唠唠叨叨地生着气，想教拉德学会字母表），当那个女客人背对着它们坐着写信的时候，拉蒂一路小跑着绕过了门廊的拐角。

看到有一个很奇怪的人占用了吊床，拉蒂便停下来，好奇地眨巴着眼站在那里。宝宝瞅见了这只漂亮的黄白相间的狗，就把拉德推到一边，骄横地喊道：

"过来，新来的狗狗。你这只漂亮、美丽的小狗狗！"

拉蒂的虚荣心就这样给激发起来了，它忸怩作态地继续往前溜达。刚好走到宝宝伸手能够得着的地方时，它又停住了。这时宝宝突然伸出一只手，抓住它的颈毛，硬把它拖到能随意抚摸的距离。

宝宝对拉蒂软毛的猛一搋，比起令拉德沉醉于其中的生拉硬搋和揉搓，根本算不了什么。可是，拉德和拉蒂一点都不一样，这一点我想我已经说过了。无限的忍耐力和对弱者慷慨无私的爱，不能算在拉蒂捉摸不定的品质当中。它像拉德一样不怎么喜欢别人的放肆，而它对放肆表示憎恶的方式却要激烈得多。

刚一被拧到那敏感的皮肤，拉蒂就立刻亮出了光闪闪的牙齿，同时发出一声怒吼，它娇小可爱的黄白毛的脑袋闪电般向前扑去。就像一匹狼凶猛地扑向敌人——这种扑法除了狼和柯利犬，别的动物都不会——拉蒂凶恶地扑向那只企图把它拉过去的小瘦胳膊。

在同一瞬间，拉德飞起它庞大的躯体，插到它的配偶和偶像中间，对于如此大块头的一只狗来说，这个动作快得简直令人难以置信，而且来得正是时候。

那一下口就能咬透小姑娘臂骨的上尖牙，在拉德宽大的肩膀上横着

咬出了一道深深的殷红的血印。

在拉蒂再一次下口之前，或者说，实际上是在它还没有从对配偶干预此事的震惊中清醒过来之前，拉德就用肩膀把它推到了走廊台阶的边上。它推得很温和，也没有张牙露齿，但是它做得很坚决。

在拉蒂看来，它平日卑躬屈膝的配偶竟然这般粗野，它感到既震惊又愤怒，于是凶猛地咆哮着冲它咬过去。

正在这时，孩子的妈妈在写信当中被这阵混乱唤醒，她急忙跑过去救她遭遇危险的孩子。

"它冲宝宝狂叫，"当吵闹声把男主人引出了书房，跑到走廊里时，女客人歇斯底里地喊道，"它冲她狂叫，它还和那只凶猛的畜生打起架来，而且……"

"请原谅，"男主人打断了她的话，把两只狗叫到眼前，"但是，人类是唯一虐待女性的动物。没有一条公狗会和拉蒂打架的。更不用说拉德了——嘿！"他突然停了下来，"不信，你看看它的肩膀！那注定是因为宝宝的缘故。在这以后，我得把拉蒂锁起来了。"

"可是……"

"可是，有拉德在她身边，宝宝就像有四十名美国正规军士兵保卫着一样安全，"男主人接着说，"相信我的话。过来，拉蒂。以后的几周你就待在狗舍里吧，老伙计。拉德，等我回来，马上给你清洗肩膀。"

拉德叹了一口气，沮丧地走到吊床边上趴了下来。自从宝宝来到别墅以后，这是它第一次感到不高兴——非常非常地不高兴。它不得不推搡并挡开它所爱慕的拉蒂。它知道要等好多天，它那敏感、喜怒无常的配偶才会原谅它，或者忘掉这件事。同时，就拉蒂而言，它成了孤家寡人了。

而这全是因为它救了不抱恶意却没有自制力的宝宝，使她免受伤害！生活，在拉德简单的头脑看来，一瞬间变得令它窒息地复杂起来。

拉德轻声地呜咽了一阵子，很低沉，然后抬起头靠向宝宝那只晃来晃去的手，渴望能得到爱抚，这样也许会好受些。但是宝宝非常恼恨拉蒂竟以这种方式接受她表示友好亲近的行为。拉蒂不会因此受到惩罚，但是拉德会。

宝宝用尽虚弱的身体里的全部力量，一巴掌打在狗那充满爱意的、朝上撇着的口鼻部。拉德第一次让这样的惩罚弄得不开心。它又一次叹息，蜷缩在吊床下面的地板上，很伤心地蜷成一团，头趴在两只前爪之间，满含悲伤的大眼睛充满困惑和痛苦。

舍命斗蝮蛇

春天一打盹儿就进入了初夏。日子一天一天地过去了，宝宝看着越来越不像一个肌肉萎缩的木乃伊，而是更像一个清瘦但却正常的五岁孩子了。她能吃能睡，已经好几个月都没有这样了。

宝宝的下半身还是没有知觉。但是她干瘪的两腮上有了点点红光，眼睛又活泛起来。在敌意或惩罚的冲动下，她拽着拉德的双手也更加有力量了，她拉着软毛一拽所带来的刺痛也比刚开始的时候更厉害了，但是这种刺痛总是给拉德同样幸福的阵痛——这种阵痛帮助它抚平失去拉蒂的心灵之痛。

在六月初一个炎热的上午，女主人和男主人驱车到村子里取邮件的时候，孩子的妈妈推着残疾人轮椅，到了湖边一个绿树成荫的角落——这个地方浓郁的树荫和繁茂的蒿草看上去比走廊里有更多的阴凉。

这个城里人选择来小睡一会儿的地方，正是没有一个乡下人愿意冒险在干旱季节不穿长筒靴经过的地方。

就在这里，不到三天前，男主人杀死了一条铜头蝮蛇。也是在这里，每年夏天，在六月末的牧草地中，别墅里那些割草的人总是提心吊胆、小心翼翼地挥舞着长柄镰刀。他们割草的过程很少会悄无痕迹，至少会有一条蛇的身子被割断。

别墅大部分坐落在山腰或者高原上，远离各种各样的毒蛇，而且通常也没有蚊子。草坪都修剪到齐根短，成斜坡状一直延伸到湖边。在湖的一侧，有一条狭长的低洼滩地，一排垂柳从松散的石头湖堤中破土而出，刺入天空。

在这里，地面很少完全干透；在这里，草长得极其繁茂，四处蔓延；在这里，被干旱驱赶到水里暂时栖身的水獭、蜥蜴，偶尔还有蛇，都能在蒿草中找到阴凉和润泽，在石头的缝隙中或者湖堤里，有上千个可以让它们藏身的地方。今天上午，如果男主人或者女主人有一个在家的话，会警告客人不要推着孩子到那里去，也会加倍警告她不要做蠢事——她正把孩子从轮椅里抱出来，放到摊开在草地上的地毯里，让她背对着低矮的湖堤。

　　小地毯铺在茂盛的青草上，软软的。湖面上的清风吹拂着柳树低垂的枝条。这里的空气清爽宜人，已没有了笼罩在高地上的令人窒息的闷热。

　　女客人很满意自己选择的这个休息场所，拉德却不满意。

　　自从轮椅的两个轮子靠近湖堤的那一刻起，这条大狗就越来越心神不安。它两次跑到轮椅前面，但换来的只是喝令它退到一边。有一次，车轮以很大的力量把它的肋条撞得生疼。当宝宝被放在草床上的时候，拉德大声地叫着，用牙齿拽着毯子的一头。

　　女客人冲它摇晃着太阳伞，命令它回到屋子里去。除了它的两个主人，谁的命令拉德都不会听。它没有溜走，而是在孩子身边坐了下来；坐得靠她那么近，它的颈毛都压在了她的肩膀上。它没有像平时那样躺下，而是坐着——郁金香耳朵①直立着，黝黑的眼睛蒙上了一层阴影，头慢慢地从一边转到另一边，鼻孔翕动着。

　　对人来说，此时什么也看不到、听不到、闻不到——只有角落里凉爽的美景，清风穿过垂柳时的嗖嗖声，还有六月早晨的阵阵清香。但对狗来说，有一阵微弱的沙沙声，这声音不是清风弄出来的。还有一些同样微弱又难以捕捉的气味，人的鼻子根本无法注意到，特别是一种淡淡的气味，像拍碎的黄瓜的味道。（如果你曾经打死过一条响尾蛇家族的毒蛇，你就会知道那种气味。）

　　狗忧心如焚，忐忑不安。它的担心使它无法静静地坐着，它坐立不

---

　　①郁金香耳朵：指狗等动物尖削而竖立的耳朵。

安，挪来挪去，有一两次，还发出了低声的吼叫。

突然间，它的眼睛亮了，尾巴轻轻地甩打着地毯的边缘。因为，在上面四分之一英里远的地方，别墅的汽车正在拐下高速公路。车里坐着女主人和男主人，他们正带着邮包回家。现在，一切都会好了！艰难繁重的监护人责任可以移交到更有能力的人手里了。

汽车绕过房子的拐角，停在了前门。女客人看见了汽车，她一下子从地毯上站了起来，朝汽车走去，想看看有没有她的邮件。她起身太仓促，把湖堤上的一块小石头碰掉了，石头咕噜噜地滚进了两块大石头中间一条宽大的缺口处。

她没有留意石块儿碰到一起的声音；也没有听到随后的一小阵刺耳的咝咝声，那是一条在湖堤上最洼处的窟窿里盘成一团正在睡觉的铜头蝮蛇发出的，石头在滚落的过程中碰到了它。但是拉德听到了，它也听到了蛇在石头边上蜿蜒爬行时鳞片的摩擦声，那条蛇正怒气冲冲地寻找可以睡觉的新地方。

女客人走开了，全然不知道她所做的事情。她往前走了还不到三步，一个三角形的灰红色脑袋就从堤坝的底部伸了出来。

这条铜头蝮蛇蠕动着爬出洞穴，爬到了紧靠地毯边的草丛里。蛇既短又粗，浑身脏兮兮的，它粗糙的上半身交织着好几种错综复杂的花纹图案。它的头短小、扁平，呈"A"形。每一侧的眼睛和鼻子中间都有一个邪恶的"针孔"，那是毒囊蛇绝对可靠的标志。

响尾蛇集中在北泽西内地一些多石的山区，现在它们很少敢冒险爬进溪谷。但是，铜头蝮蛇——论杀死对手的本领，和响尾蛇是孪生兄弟，大量出没于肥沃的低草地和湖畔。它们比菱背响尾蛇更小、更肥、更致命，它从来不发出任何警告，就让人从这种十分令人憎恶的毒渊中丧生。它是一种可憎的动物，就像它自己的外表和名字一样。铜头蝮蛇和响尾蛇是目前加拿大和美国弗吉尼亚地区之间尚且生存下来的毒蛇。

这条蛇从堤坝缝隙中慢慢爬了出来，它顺着地毯的毛边挪动了一两米，然后犹豫不定地停了一下——也许是阳光刺得它眼花缭乱。

它停在了离孩子闲散地放在地毯上的皱巴巴的小手不到一码远的地方，宝宝的另一只胳膊搂着拉德，她的身体正好处在狗和蛇之间。

拉德抖动了一下，挣脱了她无力的拥抱，紧张不安地站起来。

有两种东西——也许只有两种东西——会让即使受过严格训练的最好的柯利犬无奈地感到害怕，并从它们身边逃开：一个是疯狗，另一个是毒蛇。本能，以及对死亡的恐惧，强烈地提醒着它远离这两者。

闻到了更强烈的气味，然后一眼看见了铜头蝮蛇，拉德勇敢的心一下子丧失了勇气。它曾经勇敢地攻击过侵入别墅的人类窃贼；不止一次，它怀着勇敢的大无畏精神，和比它块头儿更大的狗搏斗过；它曾以达达尼昂①似的快乐和热情，阻截过一头向女主人发起攻击的公牛，并把它撞向一边。

一般情况下，拉德是无所畏惧的。可是现在它害怕了，极度地、战栗地、病态地害怕。害怕在距宝宝不到三米的地方停住的那个致命的家伙，只有宝宝虚弱的身体挡在中间作屏障。

---

①达达尼昂：法国小说家和剧作家大仲马《三个火枪手》中的主人公之一，是三个火枪手的好朋友。

男主人已经下车，正冲着客人的方向往山下走，手里拿着几封信。拉德带着渴望的眼神看了他一眼。但它知道，男主人离它太远，即使最迫切的呼叫也不能及时把他召来。

也正是在这个时候，孩子左顾右盼的眼神凝固在了那条蛇身上。

宝宝倒吸了一口凉气，浑身战栗，退缩到拉德身上。至少她的上半身脱离了严重的危险，她的腿和脚却动不了。她这一动，把地毯拉出去了一两英寸，搅扰了铜头蝮蛇。蛇将身子盘成一圈儿，三角脑袋往后一缩，叉子似的绛紫色蛇芯子不停地飞舞着。

鉴于自己无力逃脱，孩子惊恐地大喊一声，从身边的地毯上抓起一本图画书，猛地朝毒蛇投过去。飞过去的书没有击中目标，但是却满足了铜头蝮蛇的需要，使它有理由相信自己受到了攻击。

蛇的三角脑袋又往后缩了一下，这一次缩得更远，然后它闪电一般向前一击，这两个动作是在一微秒的时间内完成的。

铜头蝮蛇在发起攻击的时候，它蜷缩的淡红色的身体伸出了足足有三分之一，它开始亮出毒牙，朝孩子瘦弱的膝盖咬去，膝盖离它自己蜷缩的身体不到十英寸。孩子又一次在极度的恐惧中尖叫起来。她的尖叫声还没有送出吓得煞白的嘴唇，就被一个从她身边飞向敌人的有力而多毛的身体撞倒，趴在了地上。

铜头蝮蛇的毒牙深深地刺入了拉德的鼻子。

它没有表现出疼的迹象，而是纵身后退，就在它后退的时候，嘴巴叼住了宝宝的肩膀。它半拖半甩地把宝宝弄到身后的草地上，锋利的牙齿竟然没有在女孩柔嫩的肩膀上留下半点儿伤痕。

拉德又一次跃过地毯，整个身子勇猛地扑向蜷伏的蛇。

就在它发起攻击的时候，蛇迅猛的毒牙又找到了一个目标——这一次是拉德一侧的下巴。

刹那间，只见蛇的铜头在草根中无力地扭动着、滚来滚去、左摆右晃，后背破裂，身子让大狗刀剑似的长牙几乎给切成了两段。

战斗结束了！威胁过去了！孩子安全了！

可是，她的救命恩人的口鼻部和下巴两个地方都储存了致命的蛇毒。

拉德站在俯卧着哭泣的宝宝上方喘着粗气。它的任务完成了，而本能告诉它付出的代价是什么，然而，它的偶像毫发无损，它感到快乐。它弯下腰舔着孩子吓得不断抽搐的小脸，默默地祈求宝宝原谅它不得不做出的粗暴行为。

但是拉德连这一点小小的慰藉也没能得到。就在低头的瞬间，它被一记重击给打得脸朝下趴在了地上，它的头颅骨几乎给打碎了。听到孩子第一声极度惊恐的喊叫，她的妈妈就回转身来。因为近视眼，很容易看错，她只看见大狗把她生病的孩子撞到地上，然后猛地从她身上跨越过去了。接着，她又看见大狗用牙叼住宝宝的肩膀，在地上拖着她，孩子在尖叫着。

这足够了！做母亲的原始本能（那有时几乎和母狮子或者母牛的本能一样强烈）被激发了出来。女客人已经顾不得自身的危险，冲过去营救孩子。她一边跑，一边抓住太阳伞的金属箍，高高地挥舞着。

奇迹出现

遮阳伞的玛瑙抓手重重地落到了狗的脑袋上。那个抓手像女人的拳头一般大，是用一块石头做成的，石头镶嵌在四个爪形银箍里面。

被狠命的一击打倒在地之后，拉德挣扎着站立起来。这时，客人临时抓到手的武器又一次高高地举在空中，这一次打在了它宽大的肩膀上。

拉德没有畏缩；没有企图躲闪或跑开；也没有张牙露齿，因为这个疯狂的袭击者是个女人。另外，她还是个客人，就这样的身份而言，在拉德从小就掌握的客人律法中，她是神圣不可侵犯的。

要是一个男人举起拳头攻击它——男主人和客人之外的男人——医院里马上就会多一个病人，如果那个人不是送去了火葬场的话。但是，事情已经发展到了这一步，它也不怨恨这一顿痛打了。

拉德的脑袋和肩膀在重击和疼痛之下抖动着，但是它威严的躯体没有哆嗦。而那个女人，因为母性和恐惧，像疯了一样继续使出她不加控制的力量猛烈地打着。

这时，救援来了。

第一棒打下去的时候，孩子就尖声喊叫着强烈抗议她妈妈这么残酷地虐待她的宠物，可惜她的喊叫没有被听到。

"妈妈！"她尖声叫道，她尖锐的高音因极度痛苦而变得嘶哑，"妈妈！不要！不要！是它挡着不让蛇来咬我的！它——"

那个狂暴的女人还是没有听到。每一次连续的击打，都好像落在这个小小的旁观者自己毫无遮蔽的心上。在这种重压之下，宝宝也发起狂来。

她以一种疯狂的热情，猛地站起来去保护她钟爱的玩伴，竟摇摇晃晃地向前走了三步，抓住了她妈妈的裙子。

这一抓之下，女人急忙低头看。于是，她的脸变得蜡黄，不知不觉中太阳伞"咔哒"一声落到地上。

那位妈妈看呆了，就这样站了好久，眼睛睁得大大的，嘴巴张得大大的，脸色苍白——凝视着摇摇晃晃的孩子，孩子正抓着她的裙子勉强站立着，语无伦次地哭着给大狗求情。

一看到大狗在受惩罚，男主人急忙奔跑过来，撞见了那一连串无言的亵渎行为。现在他突然停住了，呆呆地看着眼前发生的奇迹。

孩子已经能站起来，并且能走路了。

孩子能走路了！她，连最有办法的医生都宣布她下半身的运动中枢已经无可救药地瘫痪了；她，永远无法指望臀部以下的部分还能活动一个脚趾，或者有什么感觉！

女客人和男主人好像都被这个小小的奇迹吸引住了，部分瘫痪症状暂时就这么神奇地离开了这个残疾的孩子！

但是——正如后来一些博学的内科医生们一致认同的那样——这件事情不是奇迹，也不是魔法。

瘫痪的感觉神经系统因为震动而恢复了正常功能的病例，在病理学历史上，宝宝不是第一例。

孩子以前没有得过畸形症，没有出过意外事故伤及脊椎或者四肢与大脑之间的功能协调，而是长期的疾病使机能无力。乡下的空气和重新唤起的对生活的兴趣逐步恢复了她荒废的身体组织，一次巨大的震动重建了她的大脑和下半身之间的通道——这个通道曾经被停用，但是没有被切断。

最后，当每个人心里完全充满了奇迹和感激的时候，那位喜极而泣的妈妈听着孩子讲述大狗和蛇搏斗的故事——这个故事，在男主人发现了铜头蝮蛇被咬成两段的尸体时，得到了确证。

"我要——我要给这条天赐的大狗下跪，"女客人呜咽着，"郑重地向它道歉。噢，我希望你们当中有人像我打那条狗一样打我一顿！那样我会感觉好受些！它在哪儿？"

这个问题没有答案，拉德突然不见了。急切的呼唤和搜寻也无法让它在视野中出现。男主人在森林里不停地呼唤着找了半天，回来后，他让宝宝再从头到尾给他讲一遍大狗的故事，然后他点了点头。

"我明白了，"男主人说，他有一种想哭的欲望，觉得很荒唐，不像男子汉，"我知道怎么回事了。蛇一定咬了它，至少是一口，很可能是好几口，而且它知道那意味着什么。拉德什么都知道——我是说以前什么都知道。如果它知道得再少一点，它就会像人一样，可是——如果它是人，它很可能不会舍命救宝宝的。"

"舍命？"女客人重复着，"我……我不明白。我确实用狠劲儿打它，那不至于……"

"你没有打死它，"男主人回答，"但是蛇咬了它。"

"你是说，它已经……"

"我是说，它悄悄地爬开，独自躲进森林里去等死，这是所有动物的天性。它们比我们人类更体贴人，它们尽量不给它们所爱的人带来任何麻烦。拉德是死于铜头蝮蛇的毒牙，它自己知道，所以当我们都在感叹宝宝痊愈的奇迹时，它悄悄地走开——去死了。"

女主人匆促地站了起来，走出了屋子。她爱这条大狗，这种爱，她对人类都很少倾注。女客人感动得流下了两行伤心的热泪。

"可是我打了它，"女客人号啕大哭，"我打了它——太可怕了！而这期间，它却即将死于为救我的孩子而感染的蛇毒！噢，为此我永远不能原谅自己，我一生中最漫长的一天啊！"

"最漫长的一天只不过是一天，"男主人冷冰冰地评论道，"而且自我宽恕是最容易学会的教训。毕竟，拉德只是一条狗。正因为如此，它才死了。"

别墅里因孩子的康复而充满欢欣鼓舞的气氛，她不稳定的但一直成功地尝试走路的努力带来了阵阵欢乐声。

但是在这种共同欢庆的气氛中，男主人和女主人却没法总是保持灿烂的笑脸；甚至客人也经常地、大声地、悲形于色地哀悼拉德的去世；宝宝更是不加掩饰地沉浸在失去密友的悲痛当中。

第四天早晨黎明时分，男主人自己默默地走出房子，像平常一样在早饭前到田间散步——多年来，他散步的时候一直都是拉德陪伴着。男主人心情沉重，准备一个人出门。

他随手关上走廊的门，这时，有一个东西从身旁走廊的地毯上站了

起来——男主人不敢相信自己的眼睛，呆呆地看着这个东西。

是一条狗——但是以前从来没有这样一条狗弄脏别墅里擦得干干净净的走廊。

这条狗的身体有些虚弱。它的头部肿胀——但是，显然已经开始消肿。它的皮毛，从脊背到脚趾，从鼻子到尾巴根，都结着坚硬的、不成形的泥巴块儿。

男主人突然坐到走廊的地板上，坐到这个裹着泥巴外壳的动物身边，双手把它抱了起来，结结巴巴地飞着唾沫说：

"拉德——小拉德！老朋友！你又活过来了！你——你还——活着！"

是的，拉德十分明白应该爬到森林里去死。但是，由于它柯利犬血统中的狼性，它还知道怎样去做比死更明智的事情。

把自己埋到森林后面沼泽地里能治病的神奇的硅藻软泥中，一直埋到鼻孔，自埋三天——这满足了它的需要，正如这种软泥浴已经满足了上百万只野生动物的需要一样。软泥浴祛除了大狗身上的蛇毒，还给它一个完好的自己，虽然消瘦、腿软、头部还有些肿胀，但是完好的。

"可是，它——它脏透了！不是吗？"当男主人狂喜的喊声把全家人衣冠不整地召唤到走廊里来的时候，女客人如此评论道，"脏透了，而且——"

"对，"男主人用两只爱抚的手捧着拉德的脑袋，"脏透了，所以它还活着。"

（姬登杰　译）